NARRATORI ITALIANI

CRISTIANO CAVINA

L'ANANAS NO

Un giallo romagnolo

ROMANZO
BOMPIANI

Giunti Editore si impegna per uno sviluppo sostenibile
con l'utilizzo di carta certificata FSC® proveniente
da fonti gestite in maniera responsabile.

www.giunti.it
www.bompiani.it

Via Bolognese 165 – 50139 Firenze – Italia
Via G.B. Pirelli 30 – 20124 Milano – Italia

Prima edizione: giugno 2024

Una terra senza confini, che non si riconosce dai boschi, dai monti, dai fiumi, dal clima, ma dalla gente e dalle sue abitudini.
Non una regione geografica, dunque, ma una regione del carattere, un'isola del sentimento.
Un pianeta inventato dai suoi abitanti.

Guido Nozzoli

Sotto le dita era fredda, ma sembrava ancora una pelle candida, liscissima.

Poi il gesto misurato del polso, e la densa macchia rossa che si allarga proprio nel mezzo.

Quel momento gli procurava una gioia quasi infantile. L'inizio era sempre lo stesso e conservava la magia della prima volta, come un antico rituale: un unico movimento a spirale che si allargava dal centro fino al bordo.

Finito tutto, si puliva le mani sul grembiule già sporco, rigato da schizzi ormai scuri.

Non lo avrebbe ammesso nemmeno sotto tortura, ma quando preparava la pizza di prova, la prima della giornata, Moretti si sentiva uno stregone. Per cinque minuti purissimi, fare le pizze tornava a essere un incantesimo senza parole.

Non c'erano ancora la confusione dei clienti ai tavoli, la processione di ordini appesi alla stecca o i casini personali dei colleghi in cucina. Era facile dimenticare la piega imprevista che aveva preso la sua esistenza e illudersi di essere ancora un diciasettenne con tutta la vita davanti. Un ragazzino con tutti i sogni al loro posto, in ordine, per il quale imparare a preparare la pizza era solo la prima delle infinite avventure possibili.

Si sentiva uno dei pochi eletti capaci di portare a compimento una delle più complicate e misteriose stregonerie: sfornare un impasto di farina, acqua e pochi grammi di lievito cotto alla perfezione.

La pizza di prova si sacrificava proprio per questo: far uscire impeccabili tutte le altre che l'avrebbero seguita. Faceva il giro completo del forno per controllare che la temperatura non fosse troppo alta. Moretti non aveva neanche bisogno di guardarci, lo capiva dalla resistenza che incontrava nel sollevare e poi spostare la pala.

Quando la pizza di prova usciva dal forno, la magia finiva: era diventata un disco di carbone e Moretti era tornato sé stesso, un cinquantenne che aveva perso tutto quello che amava, per cui l'unico e improbabile salvagente erano proprio i gesti quotidiani del pizzaiolo. E neanche se ne accorgeva.

A quel punto tornavano i rumori, le parole, i pensieri: gli sportelli dei banchi refrigerati che sbattevano, la vetrinetta dei condimenti che ronzava, il telefono del Gradisca che suonava per gli ordini dell'asporto e lo scompiglio dei clienti con le loro richieste assurde, che lo trasformavano in un alchimista in affanno, protetto solo da un grembiule che pareva quello di un assassino, alla disperata ricerca di chissà quale pizza filosofale. Cominciava a pensare che avrebbe dovuto usare sé stesso come pizza di prova: cospargersi di salsa di pomodoro dalla testa ai piedi e infornarsi con un solo tuffo.

Del resto, qualcosa si sacrifica sempre.

1

"O l'ananas o me," disse Manolo Moretti, classe 1973, che i casi della vita avevano portato dalla divisa di sovrintendente della penitenziaria al grembiule da pizzaiolo in quello che a lui sembrava un ruzzolone senza fine.

"Ma vigliacca madosca, cosa vuol dire o l'ananas o te?" sbottò Vittor Malpezzi, classe 1968, che i casi della vita avevano portato dalla tuta di detenuto alla camicia hawaiana di proprietario di una catena di pizzerie in quella che a lui sembrava una cavalcata trionfale, alla facciazza dei pubblici ministeri e delle Corti di Cassazione.

"Vuol dire che qua o ci sto io o ci sta l'ananas."

"Sta' a vedere che non sono padrone neanche a casa mia," brontolò Vittor, gettando uno sguardo affranto alla cucina del Gradisca.

"È da quando ti sei sposato che non sei più padrone a casa tua, patacca," disse Moretti.

Vittor lo mandò a cagare. "Te non sei più sposato e di cos'è che sei padrone?" chiese, risparmiandosi un "patacca", che era implicito.

Erano le undici appena passate e Momo stava finendo di apparecchiare per il servizio del pranzo. La Channèl si era presa un giorno libero, con il moroso si erano iscritti a un tour a Ravenna nei luoghi dei delitti storici, *Dante in giallo*, *Misteri bizantini*, lei per quelle cose ci andava matta.

Oltre il finestrone scorrevole della cucina affacciato sul giardino pieno di tavolini, gli ombrelloni del Bagno Agatina e del Bagno Lino ondeggiavano appena per un provvidenziale venticello che proteggeva i bagnanti dall'autocombustione. Non c'era più l'ambaradan di agosto, ma faceva ancora un caldo sgodevole e la stagione sembrava appena all'inizio, perché di gente continuava ad arrivarne. Vittor diceva che con il riscaldamento globale presto avrebbero tirato dritto fino a dicembre, e si fregava le mani perché non vedeva l'ora.

Qualche famiglia coraggiosa passeggiava su e giù per il lungomare Pertini. Moretti riconobbe alcuni rappresentanti della fauna locale, che rimettevano il naso fuori dalle caverne in cui si rifugiavano a ogni inizio stagione come gli americani quando arrivava un tornado.

"Intognimò," ritornò all'attacco Vittor sbattendosi il foglio della discordia su un palmo. Aveva stampato al volo un nuovo menù, e a tradimento ci aveva infilato la pizza all'ananas: in fondo, tra quelle dolci, prima del calzone alla Nutella e dopo la spianata con il mascarpone. "In ogni modo, se non le vuoi fare te, le condirà Zafàr, va mò là," concluse.

Zafàr, un sessantenne pakistano elegantissimo sotto la sua pettorina bianca, stava curvo a sistemare delle patate su una teglia. Ogni volta che Vittor e Moretti discutevano si stringeva nelle spalle per rimpicciolire e sparire dai radar.

"Dai mò, sentiamo bene cosa dice Zafàr," fece Moretti, e si allacciò il grembiule alla vita con un tirone forte, plateale, come se dovesse strozzare qualcuno.

Vittor deglutì. Aveva conosciuto quelle manacce in carcere, quando faceva casino all'Orizzonte, la Sezione 2A dei definitivi con più di cinque anni da scontare, alla Dozza di Bologna. "Zafàr farà ben quello che gli dico io," disse poco convinto.

I baffetti di Zafàr si piegarono all'ingiù. Di bisticci gli bastavano quelli con la Suleman, sua moglie. "Io no no no litigare!" disse alzando le mani in segno di resa.

Moretti, che aveva ripreso a pulire la pala per infornare, la puntò contro Vittor. "Questo sborone vuole farci mettere fette di ananas sulle pizze per accontentare gli americani. Che ne dici, Zafàr?"

Zafàr alzò ancora di più le mani, proprio non ne voleva sapere.

"Pensa se qualcuno ti chiedesse di mettere del ketchup sul biryani," disse Moretti.

Zafàr inorridì. "Ketchup biryani no!" disse d'un fiato.

"Non dargli retta, Zafàr. Nessuno vuol farti mettere il ketchup, era un esempio del cazzo," cercò di tranquillizzarlo Vittor. La salsa citata suonò come *chezzàp*, con due Z, che restarono sospese a mezz'aria a ronzare un po'.

"Sì, sì, sì, esempio cazzo," fece Zafàr sollevato.

"Sarebbe un vero disonore per la millenaria cultura urdu," infierì Moretti.

"Disonore no," fece Zafàr. Quando gli tiravano in ballo il Pakistan si gonfiava come un tacchino e diventava permalosissimo.

"Che due maroni," commentò Vittor. Era da inizio stagione che cercava di inserire la pizza all'ananas nel menù, da quando per chissà quale motivo Galatea a Mare era diventata insperata meta di sporadici turisti americani e scandinavi.

Moretti, che sotto sotto, ad andare a scavare con una ruspa, era un uomo buono, cercò di dargli un contentino: "Se proprio vuoi qualcosa di esotico, ti faccio quella con le pere volpine. Chiamo Padérna e me le faccio allungare da lui." Erano la specialità della Katiuscia dell'Osteria Fava su a Purocielo, bollite nel Sangiovese.

Vittor sbuffò. "Ma cosa vuoi che gliene freghi agli americani delle pere volpine? Manco c'avranno la parola!"

"*Foxy pear*," s'intromise Momo, affacciandosi al finestrone e allungando un braccio dentro per prendere una manciata di posate. Tre sere a settimana doveva frequentare le serali al tecnico commerciale di Cervia e un po' di inglese aveva iniziato a masticarlo, almeno quanto bastava per prendere prestigiosissimi cinque alle interrogazioni e tenere buoni i tutori dei servizi sociali.

"Vai a cagare anche te, Momo!" Vittor fece il gesto di tiragli dietro un piatto e lui schizzò via in uno sferragliare di forchette e coltelli.

"Allora amen," disse Moretti, "si mangiano la pizza com'è sempre stata e muti."

Le spalle di Vittor cascarono giù. "Andranno tutti al Fior di Latte. Loro quella all'ananas la fanno con l'impasto di enkir e segale," disse con la voce spezzata.

Al Gradisca si usava ancora e soltanto la cara vecchia farina di grano duro zero, macinata al Molino Speroni di Coccolia, frazione di Ravenna, dal 1897. Probabilmente avevano ancora i somari a muovere le macine.

"Te l'enkir non lo riconosci neanche se ti dà un morso nel culo," disse Moretti. "A voi *Masterchef* vi ha fatto male." Si fecero di lato per lasciar passare Zafàr con la teglia di patate. Moretti ci buttò sopra al volo due spicchi d'aglio e un rametto di ramerino che Zafàr si era dimenticato di aggiungere. "L'impasto lo possono fare anche con farina di stelle, distillato di rugiada e lievito di tungsteno, sai che ci frega," tirò le somme. "Che poi vanno in bagno e cagano travi di compensato."

Zafàr tornò al banco a tagliare il radicchio e Moretti ne approfittò per dare una rivoltata alla legna dentro il forno ma senza esagerare, perché le patate venivano meglio a braci quasi spente.

"Va' là, che se dovevi pagarli te gli stipendi..." si lamentò Vittor. Poi dovette venirgli in mente una cattiveria sul camper in fermo amministrativo di Moretti, perché gli occhi gli si illuminarono di una luce sinistra.

"Malpezzi, stai semplice, fidati," lo anticipò di un soffio. "Le farine speciali vanno e vengono, il grano zero resta."

"Resta 'sti due maroni..." fece Vittor. "Che poi cosa c'entra con l'ananas?" Il foglietto con il menù nuovo gli pendeva floscio dalla mano come un sudario.

"L'ananas non c'entra un cazzo. Infatti qua dentro non ci metterà piede."

"Moretti," fece Vittor. "Lo sai dove devi andare, vero?"

Moretti annuì. Lo sapeva benissimo. Era un posto dove in un modo o nell'altro lo mandavano spesso.

Finito il servizio del pranzo, Moretti fu colto da uno dei suoi soliti dubbi morali, da cui era costantemente perseguitato: a chi scroccare l'ennesima sigaretta? Tre MS blu gliele aveva già date la Gina, non se la sentiva di infierire. Degli ultimi clienti che stavano finendo con il dessert nessuno sembrava fumare, tranne un rappresentante cotonato e abbrustolito dal sole che si dava arie da Briatore, in netto contrasto con il Doblò con cui era arrivato. Ma usava una sigaretta elettronica. Purtroppo Moretti era della vecchia guardia: ci si faceva male a testa alta con i vecchi attrezzi, tabacco e accendini.

L'unico fornitore disponibile era quel pataccone di Gerulli Attilio, in arte Bangkok, scapolo cronico, baby pensionato delle Ferrovie dello Stato con una faccia birichina da Marinara doppio aglio capperi e acciughe. Svernava in Thailandia con i soldi dei contribuenti per poi tornare d'estate nella solatia Galatea, probabilmente solo per far dispetto ai concittadini e slumare le giovani spose. Di solito faceva coppia con Medri Terenzio, detto Terri occhio di lince. In quel momento però era solo: Terri c'aveva la mamma stagionata ma con le antenne sempre all'erta, che non sempre gli dava il permesso di uscire.

Moretti si avvicinò a Bangkok slacciandosi il grembiule, che rilasciò nell'aria la caratteristica nuvoletta di farina, anima ed essenza di ogni pizzaiolo. Quindi gli fece il cenno internazionale della sigaretta: indice e medio a V, portati alle labbra in rapida successione. Bangkok ripeté il gesto, ma tirando fuori la punta della lingua, a indicare tutto un altro sport.

"Va' là, sfigato," disse Moretti. "Ancora qua sei?" Di solito Bangkok ripartiva dopo Ferragosto.

Bangkok frullò le mani in aria, come a dire che era troppo complicato da spiegare, che ognuno c'aveva i suoi guai. Visto che però era uno che non portava rancore, sfilò due sigarette dal pacchetto che teneva sul tavolino davanti al divanetto. Sarebbe stato da prendere a schiaffoni, ma aveva un entusiasmo così innocente che nonostante le boiate non potevi non affezionarti. Era gente così, che si faceva voler bene anche quando faceva schifo.

Moretti già che c'era gli scroccò pure da accendere. Gli fece il cenno internazionale dell'accendino, il pollice che va avanti e indietro sul pugno socchiuso.

"Moretti, sei una bella tassa. Ti conviene partire con me, che là i debiti non ti inseguono." Moretti gli soffiò contro la prima boccata, il cumulonembo color piombo fuso delle leggendarie Krong Thip rosse, che Bangkok portava a stecche quando tornava in patria, prodotte in Thailandia con tabacco e intonaco grattugiato: fin dal primo tiro ti asfaltavano il palato lasciando un caratteristico sapore di parcheggio della Lidl.

Ne accese una anche Bangkok. "Te devi essere come il povero Terenzio," disse, ritornando alle cose serie. "Non ci vai matto." E rifece il gesto con le due dita.

“Se tiri fuori un’altra volta quella cotoletta che hai in bocca te la stacco,” rispose Moretti.

“Vedi come sei ignorante? Non ti piace. Ci sta. Io invece ci son sempre andato matto per le ragazze,” disse Bangkok, e accavallò le gambe dal gran trombatore che si credeva.

Moretti scontò la pena di essere andato a scrocco sorbendosi Bangkok che si lanciava in una celebrazione di sé stesso, di come le avesse conosciute tutte, anche in patria, ben prima che l’INPS gli fornisse i mezzi per spopolare dall’altra parte del mondo. Poi quando iniziarono a prudergli le mani ed era sul punto di arrestarlo da privato cittadino, se ne andò sul retro a fare l’ultimo tiro, nel vicoletto dove tenevano i bidoni della differenziata. Era l’ufficio della Gina, l’unico essere umano che fumasse più di lui. Ultimamente vinceva ancora più facile, con un filo di gas, perché Bangkok aveva ragione: Moretti non aveva un euro che sbattesse sull’altro, neanche per comprarsi le sigarette. Tutto quello che guadagnava andava nei cedolini dei debiti, ed era rimasto così indietro nelle rette autunnali che da maggio non riusciva più a pagare quelle nuove. C’aveva degli estratti conto che a leggerli si sentiva un sibilo gelato in faccia, tipo aria che spira da un profondo abisso.

Decise di fare un salto al Circolino Pescatori, che se c’erano i fratelli Servadei riusciva sempre a scroccarci un chinotto senza dare l’impressione di scroccare un chinotto.

2

Come se l'arca di Noè non fosse già stata piena, alle cinque del pomeriggio, attraverso le vampate di calore che salivano dall'asfalto intorno al rotondone, emerse Padérna. Era abbracciato a una cassetta di porcini che avevano ancora il terriccio attaccato ai gambi.

Ogni volta che dalle foreste dell'Appennino tosco-romagnolo scendeva in Riviera, Padérna sfoggiava l'abito delle grandi occasioni: maglietta della cooperativa montana, corpetto mimetico smanicato tempestato di taschini e braghe da bracconiere con tasconi laterali. Il tutto era coronato da un improbabile cappellino viola in pile con visiera, con paraorecchie abbottonati in alto da cui spuntavano ciuffi dei suoi lunghi capelli color frittura mista.

Attraversando la schiera dei tavolini del Gradisca, concesse galantemente il passo a una turista che si era avventurata per tempo a ordinare l'asporto, drappeggiata da un pareo di pizzo impalpabile che lasciava intravedere un perizoma fluo sottile come filo interdentale. Fortunatamente Bangkok se n'era andato, sennò ciao mare.

Padérna entrò dritto in cucina, si guardò bene dal salutare Moretti, che lo teneva d'occhio da quando aveva parcheggiato – il suo fuoristrada 4x4 non passava inosservato, dato che faceva il rumore di un'autoblindo corazzato – e dopo aver posato la cassetta si affacciò al finestrone per avere un'ultima visione della turista, che stava già circumnavigando la rotonda ancheggiando come la Nilde Rossa dei Servadei nel mare mosso.

"Una volta per vedergli il sedere dovevi togliergli le mutande," disse Padérna, "adesso invece per vedergli le mutande devi aprirgli il sedere." E non contento fece anche il gesto come per scostare due tendine.

"Ti piacerebbe..." lo stuzzicò Moretti.

Padérna alzò la mano. "Con le donne ho chiuso," annunciò.

"Patacca," disse Moretti. "Devi ancora cominciare."

Padérna lo mandò a cagare. "Osta, non è ancora arrivata l'Anna Oxa?" disse poi.

Prima dell'incidente di Marianna, la Sabri e Moretti nei momenti più incasinati del servizio si facevano coraggio intonando i successi degli anni ottanta e novanta. Erano un duo collaudato. Ma quell'estate non l'avevano fatto neanche una volta.

"Se va grassa arriva con un'ora di ritardo," disse Vittor affacciandosi dal finestrone.

Padérna si tirò su il morale salutando Zafàr con una gran pacca sulla schiena. "Uè, Sandokan," disse.

Zafàr portava gli auricolari e non l'aveva sentito arrivare, così gli prese un mezzo accidente. Poi lo riconobbe e s'illuminò d'immenso. "Capo!" gli fece.

Quei due andavano così d'accordo che pareva avessero combattuto insieme contro i sovietici nel Panjshir.

"C'è il tabac?" Padérna si guardò attorno in cerca di Momo. Usava ancora l'unità di misura romagnola dei vecchi tempi. *Tabachino* per i bambini o le persone di quella taglia, *tabac* per i ragazzi e le taglie medie, *tabacone* per gli adulti e le stazze importanti e *tabacaz*, il superlativo valido per ogni categoria. "Uè, Lawrence d'Arabia!" lo chiamò a gran voce.

Momo era alla baracchina delle bevande e gli fece cenno di avvicinarsi, spianando già i bicchieri sul banco.

Padérna e Zafàr andarono a farsi il loro solito scambio culturale urdu-romagnolo agli sgabelli della baracchina, Padérna con una sambuchina con mosca e Zafàr con una spuma al cedro così gialla che pareva radioattiva.

“Orcamadòsca, gli sampignò!” disse a un certo punto Vittor, spalancando le mani verso il cielo e snocciolando un paio di sacramenti che aprivano dubbi sulla santità del padreterno.

La Gina, ottantenne lavapiatti del Gradisca fin dall'ultima era glaciale, mise la testa dentro dal finestrone, seguita da uno sbuffo di fumo azzurrognolo. Aveva i capelli sparati in alto e la sigaretta MS blu d'ordinanza accesa in un angolo della bocca. “Ciò, ma chi t'ha insegnato a parlare così? Tua moglie?” riuscì a dire a Vittor senza quasi aprire le labbra. Sembrava un misto tra Sid Vicious e Clint Eastwood.

Erano già le cinque e mezza. Gli ombrelloni degli stabilimenti erano ormai mezzi chiusi e il sole che tramontava dietro gli Appennini stava stendendo la sua ombra gigantesca sull'Adriatico, che sembrava un foglio d'alluminio stropicciato. Vedendo la cassetta di porcini nella cella frigorifera, Vittor aveva realizzato di essersi dimenticato di ordinare i funghi champignon da Brunì, che chiudeva alle quattro.

“A te l'ananas ti confonde le idee,” lo stuzzicò Moretti.

Vittor lo invitò ad andarsene a fare la solita cosa e scappò a recuperare una cassetta di funghi al cash & carry di Cervia. *Cassèncherri*, per la precisione, con l'accento sulle due S.

Moretti ghignò soddisfatto, ma gli passò il buonumore quando vide che quell'invurnito aveva dimenticato il telefonino della pizzeria sul banco a ridosso del finestrone. Non ebbe neanche il tempo di fissarlo imbronciato che quello attaccò a squillare.

Tra tutte le suonerie possibili Vittor per quella settimana aveva impostato un Ramazzotti vintage che ogni quindici secondi tornava indietro e ricominciava da capo, che ci venisse un canchero: se fossero stati ancora il Moretti e la Sabri dell'estate prima glielo facevano vedere loro a Eros come si cantava.

Questa volta toccò a Moretti alzare le mani al cielo imprecando contro il sommo Anubi.

Nel ramo della ristorazione le utenze telefoniche dei locali possiedono una qualità speciale: fino a una certa ora paiono morte stecchite, mute come sepolcri, poi al primo squillo prendono vita e da lì a mezzanotte scatenano l'apocalisse. Attaccano a suonare e non la smettono più.

Moretti guardò fuori disperato.

A Momo era vietatissimo prendere le ordinazioni, perché faceva casino con gli orari e a volte scriveva in arabo senza accorgersene. L'unica autorizzata a rispondere a parte Vittor era la Channèl, che in quel momento probabilmente era in brodo di giuggiole avvinghiata al suo moroso mentre ascoltava la storia di qualche poveretto sbudellato tre secoli prima.

Zafàr aveva su un auricolare solo e ascoltava rassegnato la moglie in videochiamata mentre cuoceva le melanzane sulla piastra. Il volume era così alto che dall'auricolare libero si sentiva tutto. Lei gli faceva della maletta in urdu, ma le sgridate delle mogli sono universali e a Moretti pareva di capire tutto.

La Sabri, che al Gradisca faceva solo il servizio serale, era in ritardo. Come accadeva sempre più spesso con l'avanzare della stagione. Per tenersi occupata faceva altri due lavori: le colazioni in un bar di Lido di Savio e il pranzo alla mensa della zona industriale vicino al petrolchimico. Ma ottobre si stava avvicinando, poveretta anche lei. Dopo l'incidente di Marianna nessuno aveva il coraggio di dirle niente: Moretti un po' sapeva come doveva sentirsi, a volte gli ricordava Manuel. Quando c'erano di mezzo argomenti così importanti, roba grossa e pesante, non c'erano chiacchiere e scherzi per seppellirla sotto, soprattutto se l'unica confidenza con quella persona era duettarci cantando *Non amarmi.*

Era il destino delle pizzerie. Uno poteva anche selezionare il personale, ma alla fin fine le cucine assomigliavano sempre a un gruppo degli alcolisti anonimi.

"Gina, vi va di rispondere?" chiese Moretti.

La Gina era ancora appoggiata al davanzalino del finestrone a fumarsi l'ennesima MS blu. "Mò mò mò," disse, e con una mano fece un cenno come per scacciare un moscone. Non era pratica di quella roba tecnologica: aveva un Brondi regalato da un nipote che viveva a Parigi e quando lo tirava fuori da una delle tasche del suo camicione Momo e Channèl lo guardavano come se fosse un reperto archeologico. Era nata in un mondo di calesse attaccati ai cavalli e di triremi, già il telegrafo doveva esserle sembrata una stregoneria.

Moretti sbuffò e con rassegnazione posò lo straccio con cui aveva attaccato a risciacquare la platea del forno, poi andò a rispondere. Un altro giro del povero Ramazzotti ai bordi di periferia e nel forno ci si sarebbe buttato dentro.

Fece scivolare l'indice sull'icona verde della cornetta. Silenzio dall'altra parte. Si ricordò che il telefono era quello della pizzeria.

"Gradisca," disse allora. Si sforzò di metterci pure un "buonasera", ma gli venne fuori più che altro un colpo di tosse. A parte Padérna, Don Leo e quelli del Gradisca a giorni alterni, Moretti non era pratico con gli esseri umani in libertà come lo era stato con quelli detenuti, un po' come la Gina non era pratica di tecnologia.

"Alla buonora, pensavo di aver sbagliato numero," rispose una vocetta acuta. "Posso ordinare?"

A Moretti non venne in mente nessun articolo del Codice penale che potesse impedirglielo. "Può," rispose quindi.

"Per cinque pizze?" chiese la vocetta acuta.

"Venite qua o ve le portiamo?" chiese Moretti.

"Ah, avete anche la consegna?" Dall'entusiasmo la vocetta si alzò di un'ottava. Era come un cacciavite piantato nell'orecchio. Moretti attivò il vivavoce e appoggiò il telefonino. La consegna a domicilio era un'eredità dei tempi del Covid. I clienti erano così: appena cominciavi a viziarli non si tornava più indietro. Gli davi un dito e si prendevano fino alla spalla, come gli squali bianchi. "Quanto costa?"

"Due euro."

Sentì la voce chiedere qualcosa a qualcuno. Seguì un borbottio. "Va bene la consegna." La voce riuscì ad alzarsi di un'altra ottava ancora. "Allora mi fa una con i wurstel..."

Moretti con due dita spinse il telefonino un po' più distante e intanto prese il blocchetto a copia carbone delle comande, dove scrisse 1W.

"Due Margherite..."

Moretti segnò 2M.

"Una Quattro stagioni..."

Moretti segnò un 1 seguito da un 4 e un cerchio tagliato a metà da una lineetta.

"Voi come la fate la Quattro stagioni?" chiese la voce.

Ci siamo, pensò sconsolato Moretti. Tirò un profondo respirone.

"Nord-ovest funghi, nord-est uovo sodo, sud-ovest carciofini, sud-est prosciutto cotto," rispose tutto d'un fiato.

Seguì un silenzio perplesso, in cui la proprietaria della vocetta cacciavite cercava di raccapezzarsi nel quadrante della rosa dei venti.

"Al posto dell'uovo sodo," disse infine schifata, "mi ci mette la salsiccia?"

Non era un'indigena: aveva chiesto "salsiccia", non "salciccia". Una laureata. A naso Moretti avrebbe scommesso su una dirigente scolastica. Di un liceo. Quelli come lei ti sbaraccavano sempre gli ingredienti, che ci venisse un canchero.

Di fianco alla Quattro stagioni Moretti elevò a potenza la scritta: NO UOV + SALC.

"... e al posto del cotto il crudo, ma cotto al forno."

Moretti stava per chiederle se voleva che andassero a casa a tagliargliela in ginocchio di fianco alla tavola e a imboccarla, ma riuscì a mordersi la lingua appena in tempo.

Scrisse invece: NO COTTO + CRU FORNO.

Le persone perbene le riconoscevi subito dagli ordini: ogni pizza stava in una mezza riga. Una riga intera iniziava a indicare qualche disturbo della personalità. Due righe e avevi a che fare con potenziali serial killer.

La vocetta si alzò ancora, stava per entrare nella banda degli ultrasuoni: ancora una tacca e tutti i cani di Galatea a Mare avrebbero preso a ululare. "E come ultima mi fa una Verdure, ma..."

A Moretti venne il panico. La Verdure del Gradisca aveva sette ingredienti: recinto di spinaci, croce di asparagi al centro, fagiolini tutt'intorno, melanzane qua e là, Monte Fuji di radicchio rosso, filetti di peperoni in graticola e spolverata di forma in scaglie. Se quella si metteva a cambiare gli ingredienti ci avrebbe impiegato una vita a scriverla, come le Bibbie dei monaci amanuensi. E due ore a prepararla.

"Ma..." chiese Moretti con un nodo alla gola.

"Senza mozzarella."

"Meno male..." gli scappò. "Volevo dire... Ci vuole la forma?"

"Cosa?"

Come volevasi dimostrare: non era un'indigena. Una dirigente scolastica dell'Alta Italia, senza alcun dubbio.

"La forma," ripeté Moretti. Nella lingua in cui era nato la chiamavano così. "Il grana, il parmigiano," spiegò.

"Ah. No, niente latticini, ho l'intolleranza."

A chi lo dice, pensò Moretti. Lui aveva l'intolleranza ai clienti, che per uno che lavorava in una pizzeria era tutto dire. Quasi rimpiangeva quando aveva a che fare con assassini e rapinatori. Erano una clientela che in confronto ci lavoravi con un filo di gas.

Non fece in tempo a riattaccare che Ramazzotti nacque per la terza volta ai bordi di periferia.

Questo come minimo era un contrammiraglio: aveva il tono dell'alto ufficiale. Moretti si chiese per l'ennesima volta se almeno una delle pizzerie sparse in tutto il mondo avesse clienti normali.

L'ordinazione filò liscia fino al momento di mettersi d'accordo per l'orario di consegna: sarebbe passato a prenderle lui.

"A che ora?" chiese Moretti.

"Alle sei," disse l'altro.

Moretti guardò l'orologio. Erano le sei e dieci. "La macchina del tempo è guasta," gli scappò.

"Come?"

"Niente. Siamo già un po' indaffarati," disse.

“Il prima possibile?” chiese il contrammiraglio.

Moretti guardò il cartoncino. Erano pieni fino alle sette. Alle sette e un quarto neanche a parlarne, c’era l’ordinazzo per lo staff del Barrakuda Beach, che non volevano incasinarsi la cucina quando avevano le feste. La comanda era grande come un lenzuolo, con l’ora e il nome: *Camarsa (ritira Kevin B.).* Almeno si erano risparmiati il solito tavolone dei soci più il dj, sennò ciao mare, sai il casino. Ce n’erano solo quattro segnate nel quadratino delle sette e mezza. Altre cinque ci stavano. Il forno a legna del Gradisca cuoceva dieci pizze alla volta.

“Sette e trenta,” disse Moretti.

“Lo escludo. Troppo tardi.”

“Be’, se assolda un killer e riesce a far fuori i gemelli Barzocchi con consorti per le sette…” disse Moretti.

“Se riusciamo cosa? I gemelli chi? Ma di cosa sta parlando?”

“Niente. Prima non c’è modo.”

Il contrammiraglio non disse neanche di no: riattaccò e basta, come a interrompere la comunicazione con la sala macchine, che ci venisse un canchero a tutti.

Ramazzotti riprese imperterrito e Moretti non poté esimersi dall’invocare Anubi. Poi, mentre considerava di gettare il telefonino nel forno, vide il display: compariva il nome. Una cliente abituale. Poteva farcela.

“Gradisca,” disse. Anche il “buonasera” che aggiunse subito dopo non gli venne male.

“Vittor, tiene il mal di gola?”

“Non sono Vittor.”

“Oh, che onore! Il pizzaiolo!” disse la voce divertita.

“L’onore è mio, signorina Castillo,” rispose lui. Iolanda Castillo era stata fidata cliente del Gradisca per tutta la stagione. “Solita consegna?” le chiese. La Castillo non aveva grilli per la testa: ordinava sempre la stessa pizza senza star lì a distruggere il menù. "Nicaragua," fece quindi per annotare Moretti. Era una sua invenzione: tre strati di salame piccante alternati a pomodoro, mozzarella e una spolverata di radicchio. Una nevicata di erba cipollina qua e là e due o tre peperoncini piccanti che Padérna gli procurava da chissà dove su a Purocielo.

"No, il Dottore ha cambiato idea. Prenotiamo un tavolo," disse la Castillo. Aveva la voce stanca. Anche ad accudire un novantenne ci voleva tanta pazienza.

"Che onore," gli scappò a Moretti.

La Castillo era l'esotica badante del Dottor Quadalti, che raramente usciva dalla sua proprietà, un villone in via Da Polenta con una fettaccia di pineta grande quasi quanto quella pubblica che ci stava di fianco. Nelle tre stagioni che aveva fatto a Galatea, Moretti lo aveva visto sì e no tre volte. Si diceva che ai suoi tempi fosse un birichino che faceva scintille.

"Per quanti?" chiese Moretti.

"Siamo noi tre." Il terzo doveva essere Franchino, il custode tuttofare.

Moretti si fermò mentre già stava segnando l'orario, tanto era sempre lo stesso: le otto e mezzo. "A che ora?"

"Quella solita delle pizze. Tenete posto?"

Moretti non lo sapeva, perché avevano già tre tavoloni prenotati, ma un buco si trovava sempre. "No problema," rispose.

"Lei se la cava anche a prendere le prenotazioni, Manolo," disse la Castillo.

"Dipende da chi chiama," si schermì Moretti. Faceva il patacca imbronciato e tutto d'un pezzo per difendersi dai rovesci della vita, ma i complimenti lo mettevano in imbarazzo come fosse ancora un tabachino dell'asilo nido. Con la coda dell'occhio vide che Vittor era tornato.

La Castillo aveva già chiuso la chiamata. Con l'indice a uncino Moretti fece cenno a Vittor di avvicinarsi. Gli allungò il telefonino, che riprese a squillare.

"O Ramazzotti o me," gli disse.

"Moretti, vai a..."

"Ci vado, ci vado."

... metti che erano pieni di ordini fin sopra i capelli. Allora la Sabri dal nulla attaccava: "Dimmi perché piangi..."

E Manolo, che magari era fuori dalla grazia di Dio per l'ordine di un calzone farcito: "... di felicità."

"E perché non mangi..."

"... ora non mi va."

E andavano avanti fino alla fine cantandola tutta, oppure a metà non gli venivano più in mente le parole e cambiavano, a caso, sul momento: "... e lascerò ai tuoi occhi tutta una vita da guardare..."

"Ma è la tua vita..."

"... e non trattarla maleeeeee."

"Ti licenzieròòòò," si intrometteva ogni tanto Vittor, che si affacciava dal finestrone per dirgli di spegnere il jukebox, che la gente voleva mangiare in santa pace.

Intognimò, avrebbe dovuto averla al Tarassaco una come la Sabrina.

L'idea mi sa che gli è rimasta dai tempi in cui faceva il pizzaiolo da suo zio. Era ancora un ragazzo, e da poco avevano aperto la pizzeria al piano di sopra del bar di famiglia; erano i primi anni novanta, lui non era ancora maggiorenne e per attirare qualche cliente in più avevano inserito nel menù le pizze alle erbe officinali, che quassù non fai un passo senza pestarne una, crescono ovunque, e se proprio non le trovi perché sei fuori stagione puoi sempre andare giù a Casola, al giardino officinale, che Sauro Biffi ci ha fatto le serre.

Facevano la Funghi e nepetella, la Levistico e cipolla, la Peperoni e dragoncello. C'avevano proprio una voce di menù apposta. Il tarassaco lo avevano abbinato alla rigadena, la nostra pancetta arrotolata.

Detto così, "tarassaco", senti come suona bene... "Tarassaco": sembra un'erba che ha studiato all'università, una loveria, una prelibatezza che quelli nati in città ci vanno in estasi. Ma in realtà è spaniera infestante, sono le foglie dei soffioni. Non so lassù in Friuli come li chiamate, qua dicono "piscialetto". Ma "piscialetto" (lo senti, no?) non suona bene nel menù.

Intognimò, quando nel 2015 si è congedato dalla penitenziaria (o meglio, quando hanno trovato il modo di cacciarlo via trasferendolo d'ufficio in Calabria, lontanissimo da voi), insomma, quando si è ritrovato senza lavoro gli è sembrato giusto tornare qua per ridare la molla alla sua vita. La pizzeria era chiusa da anni, i nuovi gestori avevano rilevato solo il bar, così lui da testone che è ha preso in affitto quel piano e nella ristrutturazione ci ha messo su tutto il TFR *o come si chiama, che c'eran da sistemare le scale, la sala e pure il bagnetto, che era a norma ai tempi dei Savoia ma adesso per un buco del genere ti negano la licenza solo a guardarlo.*

Ha ridipinto le pareti e ha cambiato il forno, che l'hanno smontato pezzo per pezzo calandolo dal terrazzo con la gru del camion della cooperativa montana.

I tavoli mica li ha disposti come si mettono di solito nelle pizzerie, cioè da quattro posti e se arrivano gruppi più numerosi li unisci. Lui si vede che c'aveva ancora dentro la mensa del carcere, perché ha messo solo tavoloni appoggiati alle pareti, tipo al Sagrone della Castagna, che mangi a fianco di gente che non conosci.

Ha preso una cameriera, la figlia del veterinario di Frassineta, sveglia e senza tanti fronzoli, e in cucina gli dava una mano Leoncino Braga, quello che aveva il cane Kelly, un pastore tedesco che alle elezioni amministrative dell'87 prese otto voti e per poco non finiva in consiglio comunale.

Non faceva cucina, solo pizze. Teneva in menù un paio di bruschette e di primi, la sfoglia la prendeva dalla Katiuscia, che ci faceva la cortesia di un prezzo di favore, perché solo a ristrutturare tutta la baracca quei due euro che aveva da parte li aveva già finiti. Era lì lì per vendere Ca' Bartoli, il casolare dove era nato il suo bisnonno, ma almeno è rinsavito all'ultimo.

La sua idea era fare solo una pizzeria, non come iniziava ad andare di moda, che tutti erano sia ristoranti che pizzerie, con menù che parevano enciclopedie.

Negus il fabbro ci ha battuto una bella insegna in ferro: "tarassaco", tutto minuscolo.

E così Moretti ha aperto, quassù.

Il nome gli piaceva perché diceva che sembrava quello di un eroe greco, di quei guerrieri che sfidano gli dèi.

Era proprio quello il problema.

Lui aveva il cuore spezzato perché per salvarsi l'anima aveva perso sia voi due che il mestiere della sua vita.

Fai fatica a ricominciare a vivere, quando hai un bagaglio così grande di traverso nelle budella.

Bisognerebbe prima rimettere in ordine lì dentro e solo dopo dedicarsi al resto, con o senza tarassaco.

Ma credi che uno riesca a spiegarglielo a quel testone maledetto?

3

Per Moretti e il resto dello sgangherato staff del Gradisca era un classico venerdì: la solita corsa contro il tempo con l'acqua alla gola. Le ordinazioni si moltiplicavano a ritmi da conigli in amore. Si sudava e si bistrattava Anubi. Solo nei programmi televisivi tanto in voga chi cucina se ne sta davanti ai fornelli beato e sorridente. Quando mette le gambe sotto una tavola apparecchiata l'essere umano diventa una brutta bestia. Entra che è Dr. Jekyll e appena si siede diventa Mr Hyde.

In anticipo di venti minuti arrivò uno dei tre tavoloni prenotati per le otto e mezzo: una mandria imbizzarrita di adolescenti che probabilmente volevano vendicarsi dell'imminente riapertura delle scuole incasinando tutte le tempistiche. L'ordine era un'accozzaglia di roba che la Sabri e Zafàr piombarono diretti in una trincea della Prima guerra mondiale. Bombardamento di sei hamburger tutti diversi tra loro, con salse scompagnate perché quelle nel menù non andavano bene, raffica di polli al curry, un piatto di strozzapreti ma senza condimento, in bianco, una mina vagante da far tremare i pilastri della Terra, e assalto alla baionetta di affettati misti con piadina. C'erano pure sei pizze, che almeno erano identiche e non si diventava scemi a condirle, ma a Moretti ci venne un vuoto allo stomaco simile a una vertigine, l'effetto che gli faceva ogni volta l'accoppiata patatine fritte e wurstel – scritto *viussen* nella comanda da Vittor –, ormai sdoganata da anni perché amatissima dalle nuove generazioni, che ci venisse un canchero pure a loro. Per Moretti l'unica cosa da condire con le patatine fritte era il sacchetto biodegradabile dell'organico.

Ci fu anche un proliferare di ordini a domicilio, che scatenarono il Valentino Rossi che sgasava dentro a Ragù, l'omarino che si occupava delle consegne del Gradisca con un tre ruote Apecar color fata turchina a cui un adolescente ribelle dotato di vena artistica aveva scritto GLOVÙ su una fiancata.

Quando tutto sembrava sul punto di implodere, lasciando al posto del Gradisca un cratere fumante, le cose si calmarono. È la terra promessa dei dannati della ristorazione, il momento in cui a suon di lacrime e bestemmie si recupera il ritardo, si scioglie l'intasamento dei foglietti delle comande, si risolve il cubo di Rubik degli ordini stropicciati e i piatti iniziano a uscire fluidi dalla cucina, senza intoppi, come un ruscello di montagna. Niente più padelle, pale o sportelli che sbattono: soltanto una miracolosa e placida operosità.

Dal finestrone spalancato sul giardino arrivava il chiacchiericcio dei tavoli e il tintinnare delle posate. Qualcuno aveva anche mandato in cucina i complimenti.

A Moretti gli sembrò quasi un momento speciale. "Dimmi perché piangi..." intonò senza neanche pensarci. Ma se ne pentì all'istante.

La Sabri fece di no con la testa senza neanche voltarsi. La treccia in cui teneva i capelli dondolò per un attimo mentre impiattava delle tagliatelle.

Moretti sentì l'imbarazzo svuotarlo fino al midollo. Ecco perché era meglio farsi gli affari propri. Le persone era un casino saperle prendere, non come con le pizze, che bastavano una pala e una spolverata di farina ed era fatta. C'era di buono che anche quella serata era andata. O almeno così credeva.

E invece, mentre stava sfornando due schiacciate con squacquerone e rucola, si levò un grido straziante.

Un attimo dopo si affacciò Vittor, pallidissimo. Moretti non lo vedeva così dai tempi del carcere.

"Manolo, come cazzo l'hai condita la Porcini?" chiese.

Moretti uscì dalla cucina seguito dalla Gina, che con il burazzo rosso per asciugare posato di traverso su una spalla sembrava un senatore dell'antica Roma. Le scroccò al volo una MS blu prima ancora di mettere piede fuori.

La Sabri, che era uscita per prima, si stava già allontanando in fretta.

Zafàr guardava dal finestrone in punta di piedi, tipo piccola vedetta pakistana.

Vittor se ne stava appoggiato al davanzalino, a comunicare l'indirizzo del Gradisca all'operatore. Aveva la faccia invurnita perché gli stavano chiedendo qualcosa e lui non aveva idea di cosa fare.

Il giardino era pieno.

Sul divanetto nell'angolo, Bangkok parlava fitto fitto all'orecchio di Terri occhio di lince. Terri era in braghe di tela a vita alta, regolamentari bretelle rosse e camicia bianca di lino con canotta sotto per non agghiacciarsi, che la mamma si raccomandava tanto. Sulla sua faccia rotonda da pizza Solo mozzarella con un po' di salciccia sparsa qua e là, l'occhio destro fissava il suo idolo e l'altro i tavolini del Gradisca. Riusciva a guardare in due direzioni contemporaneamente come i camaleonti.

L'attenzione di tutti i presenti convergeva verso lo stesso punto: l'angolo vicino alla ringhiera che si affacciava sul lungomare ora illuminato dai lampioni. L'urlo doveva essere arrivato anche là.

Era un tavolo che non aveva un numero come gli altri, bensì un nome, il Vintage, perché era un vecchio bagaglio in ferro battuto appartenuto alla vita precedente di Vittor, quando era prestanome – inconsapevole secondo il collegio di difesa, con bieca premeditazione secondo la Cassazione – di una cosca del paese natale della buonanima di sua madre.

Quel tavolo, tranne in casi eccezionali, veniva usato solo per la clientela affezionata, perché era più largo di quelli normali del Gradisca. Appena dietro c'era la piccola area giochi in cui i genitori potevano lasciare i bambini allo stato brado per mangiare in santa pace, e il dondolo anni trenta che era gran vanto di Vittor, forse l'unico altro patrimonio sfuggito al pignoramento dopo la sentenza definitiva, che però con suo grande rammarico non usava mai nessuno perché aveva un'aria da strumento di tortura medievale.

Moretti avanzò nella direzione in cui puntavano tutti gli sguardi e per un attimo si rivide con il piglio e il passo sicuro del sovrintendente capo che attraversa il braccio centrale della Dozza. Con la coda dell'occhio notò che Padérna era ancora lì, seduto su uno sgabello della baracchina delle bevande. Sorseggiava l'ennesima sambuchina con mosca. Momo aveva una faccia anche peggio di quella di Vittor.

Al tavolo Vintage la Iolanda Castillo si stava coprendo il volto con le mani. Franchino aveva la stessa aria invurnita di Vittor. In mezzo a loro, seduto nella sua carrozzina elettrica ultimo modello, con un elegante foulard Hermès annodato al collo, di quelli che a occhio e croce a Moretti sarebbero bastati per pagare tre rette arretrate o togliere il fermo amministrativo al camper, il Dottor Quadalti giaceva a faccia in giù sui tre spicchi di pizza che restavano.

... per i vecchi non era poi 'sto granché vedere un morto. I vecchi vecchi intendo, quelli nostri, non quelli vostri che in realtà siamo noi.

La gente moriva in casa, non in ospedale come adesso, o lì attorno, nei campi, in cantina, travolti da chissà cosa: una botte, un bue. Il bisnonno di tuo padre da una balla di fieno, nel fienile di Ca' Bartoli, dove c'era la tua altalena quando eri piccolo e venivate a passare su l'estate. Bum, in testa: secco. Ogni famiglia aveva il dispiacere di un bambino morto appena nato o che se n'era andato presto. Ogni famiglia. Bastava una polmonite, un taglio che si infettava. Il camposanto di Purocielo è pieno, stanno lì a guardarti dalle vecchie foto tonde: la cuffiettina bianca, il faccino sgranato. Fanno una tenerezza... Gli mettevano il vestito della festa prendendolo in prestito chissà dove, magari dal padrone della terra che lavoravano. Alcuni hanno N *e* M *davanti alla data. Due sole lettere. Nato e Morto.*

Succedeva. Si moriva sempre come adesso, ma un morto non era poi 'sta gran cosa, ecco.

Intognimò, continua a morirci gente attorno, ma la morte non si vede più.

Lui era già grande la prima volta che ne ha visto uno: era in servizio da pochi mesi al Mammagialla, giù a Viterbo. Un ragazzo, un tossico. Forse avrebbe dovuto tenerlo d'oc-

chio di più, o meglio, chissà, ma in galera sono quasi tutti tossici e quando uno è in servizio ha tutta una burocrazia di roba da fare o non fare, non sai mai se puoi o non puoi, e se dai troppo quelli si prendono tutto. E poi ciascuno c'ha i suoi giramenti, e a lui gli stavano insegnando che se voleva arrivare vivo a fine turno era meglio se una bella fetta di pietà la lasciava nell'armadietto dello spogliatoio quando si cambiava prima di iniziare.

Neanche il nome si ricorda più. Un ragazzo. Un tossico. Quanti ce ne saranno? Una massa, migliaia.

Si era impiccato con i lacci delle New Balance al tubo del radiatore. Che poi è strano. Non si ricorda più il nome ma si ricorda le New Balance e i lacci. Non sa se era biondo o moro, non sa il colore degli occhi, ma si ricorda i lacci delle scarpe. Una delle cime era consumata e il ragazzo ci aveva avvolto dello scotch per non farla sfilettare... Chissà quando, di certo quando ancora non pensava di uccidersi, altrimenti mica ci avrebbe perso tempo. O no? Lui non l'ha mai capito. La testa della gente è un mistero.

Il laccio era così corto che il suo capo di allora – Antenucci, un brav'uomo, di quelli lunghi e magri ma con la pancetta da bevitore di birra – disse che non c'era verso che il nodo se lo fosse fatto da solo, in quella posizione lì.

Ma chi si mette a perdere tempo su un ventenne che ha già passato un terzo della propria vita in galera e che da metà si sfonda di eroina? Quella mica ci fa caso alle sbarre, ci passa attraverso senza problemi. Aveva le croste dei buchi ovunque, alcune infette. Si era ucciso o lo avevano ucciso? Non cambiava nulla: quella era la fine che avrebbe fatto comunque, in un modo o nell'altro. Era mezzo seduto e mezzo inginocchiato, un braccio lungo il fianco, i palmi all'insù, una marionetta che ci hanno tagliato i fili. Gli occhi asciutti.

Il nome del ragazzo boh, chissà, ma quel dettaglio sì: la morte ha gli occhi asciutti, pietre opache che non rifletto-

no la luce, come quelli delle bambole. Forse è proprio per questo che le bambole ci fanno paura: hanno lo sguardo dei morti, come un promemoria di ciò che ci attende.

Quel ragazzo fu il primo, altri ce ne furono nel mezzo, con o senza nome. Poi a lui è capitato l'ultimo morto. Era il 2015. Sembra passato un secolo. Un altro ragazzo. Questo nome lo ricorda bene. Finì su tutti i giornali. Elio Renucci. Il massacro di Elio Renucci. Era stato ucciso. In carcere. In cella d'isolamento. Dopo sei mesi tu e tua madre ve ne siete andati e la vita di tuo padre ha svoltato per un cantone che non avrebbe mai immaginato…

4

Il 118 arrivò con un frullio di lampeggianti ma a sirene spente. I due operatori, una signora con l'aria arcigna di quelle che vogliono lo speck a cubetti molto cotto e un ragazzo dall'aria mite di chi la pizza la taglia a spicchi senza disegnarci sopra a zig zag come se dovesse creare un'opera d'avanguardia, salirono nel giardino del Gradisca dalla rampa per i disabili, tirandosi dietro la barella. Nessuno, poco prima, si sarebbe mai immaginato che Quadalti l'avrebbe ridiscesa su un altro mezzo.

Constatarono che era messo male, molto male. Non che ci volesse una laurea, bastava un'occhiata. Il ragazzo chiamò l'unità mobile di rianimazione, quella con il defibrillatore, mentre la signora fece accomodare la Castillo sul vecchio dondolo. Respirava con fatica ed era di un bianco spettrale che a Moretti parve del colore della luna.

Vittor si era spostato dietro la cassa della baracchina e non si capiva se stesse pregando o bestemmiando. Forse entrambe le cose contemporaneamente.

I clienti si erano alzati tutti, tranne un tavolo di tre coppie che senza fare una piega finirono le pizze che avevano sul piatto, come se niente fosse.

Arrivò anche una volante della stradale. Loro avevano le sirene a tutto busso, per un ingresso con i fiocchi.

Momo cercò di filarsela, ma Moretti lo arpionò per il colletto e lo indirizzò verso il vicoletto sul retro della cucina, dove la Gina si sarebbe presa cura di lui.

Zafàr controllava di tanto in tanto dal finestrone, approfittando per portarsi avanti nel chiudere la cucina, riponendo i condimenti nel banco frigo.

Padérna, di sghimbescio su uno sgabello, con un gomito sul bancone della baracchina e la sambuchina in mano, si guardava la scena con un'aria impassibile da giudice di gara olimpica di tuffi.

Vittor non riusciva a stare fermo e iniziò a ronzare intorno a quelli del 118. Sembravano dell'idea di caricare il Dottore e portarlo al Bufalini a Cesena o al Santa Maria delle Croci a Ravenna, ma il medico dell'unità mobile aveva altri progetti.

Era un tabacone largo così, che si portava dietro due quintali buoni di pancia in un paio di Crocs sformate, con il sudore che gli inzuppava il colletto della camicia e dello smanicato catarifrangente. Sembrava un astronauta appena rientrato da una missione spaziale.

Aveva notato i tre spicchi di pizza rimasti nel piatto.

Solitamente non si perde molto tempo sui novantaduenni a cui viene un colpo, ma vuoi la cornice particolare in cui era avvenuto il malore, vuoi il contesto, vuoi quei funghi che avevano tutta l'aria di essere freschi, si avvicinò a confabulare con gli agenti della stradale che stavano parlando con Franchino.

Uno degli agenti – un tipo da Salame piccante e olive, Moretti ci avrebbe buttato la mano sulla graticola alla Muzio Scevola – andò a parlare con Vittor, che aveva cullato fino a quel momento la speranza di riprendere il servizio da dove si era interrotto. Ma a quanto pareva non sarebbe successo. Questa volta era chiarissimo che stava bestemmiando.

Terri se n'era andato, perché se sua mamma veniva a sapere che si era attardato per un guaio del genere poi si preoccupava e non lo lasciava uscire per una settimana intera. Bangkok invece era ancora sul divanetto, seduto quasi sulla punta, interessatissimo. Slumava la Castillo, che era in un angolo a parlare con gli agenti. Sembrava imbambolata. Loro le parlavano e lei muoveva la testa da una parte all'altra come se non capisse niente di quello che le stavano chiedendo.

Franchino se ne stava in disparte, Padérna fece notare a Moretti come la sua faccia somigliasse a quella delle mucche al pascolo a Purocielo.

A Vittor uscivano i fumetti dalle orecchie. "Hanno chiamato il magistrato," disse. "Quel cazzo di medico." E con le mani ne tracciò nell'aria la silhouette.

Moretti si strinse nelle spalle, Padérna pure. Visto che nell'angolo del divanetto si sentiva solo, arrivò anche Bangkok.

"Uè, montanaro." Era il classico saluto che Bangkok riservava a Padérna tutte le volte che si incrociavano.

"Oi, puttaniere."

"Ma quella?" chiese indicando con il mento la Castillo.

"Non ti ci mettere anche te, non è il momento," disse Vittor.

Già che c'era Moretti scroccò una Krong Thip.

"Era la prima volta che venivano quest'anno, vigliacca madosca..." Vittor non si dava pace. "Poteva tenerlo a crepare a casa."

"Non sarà mica la badante di Quadalti?" fece Bangkok.

"Bangkok, càvati dai maroni. Se quelli ti fanno il casellario poi chiamano l'Interpol."

Bangkok gli mandò un canchero a gesti.

"Hai capito il Dottore..." disse, dedicando intanto altre due occhiate alla Castillo prima di andarsene.

"Sai adesso le pugnette che ci faranno..." profetizzò Vittor quando restarono soltanto loro.

Gli agenti si avvicinarono. Mentre aspettavano il magistrato volevano prendere le generalità dello staff del Gradisca. Non si poteva mai sapere.

"Auguri," disse Moretti.

Quello che seguì fu il classico balletto di quando al Gradisca si presentava uno dei diecimila enti preposti ai controlli dei locali pubblici. Di solito erano la finanza o quegli spaccamaroni dell'ufficio sanitario. Un paio di volte quelli che controllavano che non venissero assunti in nero dei lavoratori senza permesso di soggiorno: un classico della Riviera. Saltuariamente faceva capolino un impiegato dell'Agenzia delle Entrate per sincerarsi che Moretti avesse ancora un lavoro per pagare i cedolini dei debiti.

Il risultato era sempre lo stesso: la mazurka delle sopracciglia.

Zafàr Mùta: *nato a Jhang Sadar, Punjab, nel 1961, provvisto di regolare (e stropicciato) permesso di soggiorno, in Italia da quindici anni. Rispettabile membro della comunità pakistana nonché allenatore a tempo perso della squadra di cricket del centro di accoglienza Semi di Rosa, che ogni pomeriggio si esercita nel prato dei giardini Pantani: qualche segnalazione al comando carabinieri locali dopo che l'ennesima pallina spedita nella pineta e andata irrimediabilmente persa ha rischiato di scatenare tribali regolamenti di conti.* [Doppio saltello delle sopracciglia dell'agente.]

Mohamed "Momo" el Oazzami: *diciassette anni, nato a Cesena* [qui il sopracciglio già sgambettante rimase un attimo bloccato a metà], *affidato dal tribunale dei mino-*

ri alla casa famiglia Luce dei Giorni e attraverso i servizi sociali indirizzato nel programma di reinserimento studio-lavoro presso l'Istituto tecnico commerciale di Cervia e la pizzeria Gradisca di Malpezzi, Ruvidi & Figli, sita in lungomare Pertini 3. Una condanna a un anno per spaccio, rissa aggravata e lesioni personali, scontata per metà presso la casa circondariale per minori Siciliano di Bologna. [Quadruplo saltello delle sopracciglia e doppia piroetta: gli occhi pure.]

Vittor Malpezzi: *titolare del suddetto esercizio sito in lungomare Pertini 3, con regolare licenza per cucina, pizzeria e superalcolici, a sua volta proprietario con moglie e due figli su tre – la maggiore è medico anestesista a Faenza – della pizzeria Farinè, in centro a Ravenna, dell'agriturismo Maremonti, in località San Andrea, tra i Comuni di Casola Valsenio e Purocielo, nell'Alto Appennino e di un laboratorio di catering a Lugo di Romagna, gestito dalla coniuge Simona Ruvidi. Attivo collaboratore dei servizi sociali per il recupero di pregiudicati.*

Ritornato da cinque anni nel pieno possesso dei diritti civili previsti dalla Costituzione dopo averne scontati nove per concorso esterno in associazione mafiosa.

Qui le sopracciglia erano tutte uno tsunami, a mano a mano che il terminale delle forze dell'ordine caricava i dati. Si sarebbero invece curvate in una piega triste se fosse stata presente la cuoca Sabrina Del Monte, qualora il pubblico ufficiale addetto al controllo si fosse ricordato del triste incidente dell'ottobre precedente, quando la ventenne Marianna Matteucci, di ritorno da una serata a Marina di Ravenna, per evitare un'auto che aveva invaso la corsia opposta era finita contro un pilone della luce della SS16 Adriatica, perdendo la vita.

Ineccepibili sarebbero apparsi i documenti di Channèl Corsi, che però era assente causa permesso culturale.

Un paio di saltelli di mazurka furono riservati infine a Manolo Moretti, fino al 2017 sovrintendente capo presso la casa circondariale Rocco D'Amato di Bologna, per gli *aficionados* La Dozza. Poi proprietario della pizzeria Tarassaco di Purocielo, chiusa a un anno dall'apertura. Un minore a carico. Una procedura di fallimento sul groppone e segnalazioni varie per insoluti presso l'Agenzia delle Entrate. Un veicolo Bedford targato RA579834 in fermo amministrativo.

Padérna non faceva parte dello staff, ma gli fu chiesto comunque di identificarsi. Consegnò una patente a fisarmonica sbriciolata che pareva una pergamena dell'Antico Testamento appena dissotterrata da una grotta del Mar Morto. L'agente la tenne con due dita, con perizia da archeologo.

Poi sorse un piccolo intoppo.

"E lei?"

L'agente che aveva raccolto i documenti indicò in direzione della cucina, dalla parte del divanetto. Si vedeva una nuvoletta di fumo simile a un fantasma, chiaro segno della presenza della Gina.

"Fatemi la cortesia, Gina!" la richiamò Vittor.

"Mò mò mò, io carta non ne ho," disse la Gina riemergendo dall'ombra.

"Intanto potete dirmi il nome, il documento lo portate domani."

"Mò mò mò, non ce l'ho proprio," fece lei.

L'agente cercò di farle capire che almeno quella d'identità ci voleva, ma venne sepolto da una raffica di "mò mò mò".

Il riconoscimento lo fece Vittor, che tra le sue scartoffie conservava la fotocopia di una tessera del codice fiscale della Gina così vecchia che pareva una tessera annonaria del primo dopoguerra.

Poi arrivò il magistrato.

"Ah, ma questi son freschi?" chiese a tutti e a nessuno.

Erano più o meno schierati davanti alla baracchina delle bevande. Non c'erano più gruppetti a curiosare sul marciapiede, e neanche sull'aiuola del rotondone, solo la sagoma indistinta di qualche ragazzino che chiacchierava sul muretto del Bagno Agatina.

"Son freschi," disse Vittor.

"Apperò," fece il magistrato, non si capiva se ammirato o preoccupato. Era uno di quei nuovi modelli di sostituto procuratore con lo zainetto alla moda e il tablet. E in maniche di camicia, che gli conferivano l'inconfondibile prestigio di quelli da Prosciutto, rucola e grana. "E da dove vengono?"

Guardarono tutti Padérna. Tutti tranne Moretti.

Padérna alzò la mano come se fossero a scuola. Poi la indirizzò verso un punto nel buio, a occidente, oltre i tetti della Pensione Alma e dei condomini. E la mosse qualche volta per fare segno di andare ancora più in là.

"Ha il patentino per la raccolta dei funghi?" chiese il magistrato.

A Moretti scappò da ridere.

"No," rispose Padérna.

"Cosa c'è da ridere?" chiese il magistrato.

"Ma infatti," disse Vittor.

Moretti fece cenno che non c'era niente da ridere.

"Vabbè, domani porti questo benedetto patentino a far vedere ai vostri carabinieri..." e replicò il segno con la mano verso il buio, "... lassù."

Moretti non riuscì a trattenersi, anche se cercò di limitare i danni coprendo la risata con un colpo di tosse.

"Dottore, ma domani... Cosa dice... Possiamo riaprire oppure..." chiese Vittor.

"Cosa dico? Vedremo," disse il magistrato. "È stata l'unica pizza Porcini servita questa sera?"

C'erano due modi di stare in carcere: uno era non fare niente se non aspettare di uscire per poi tornarci prima o poi (più prima che poi), e l'altro era cercare di imparare qualcosa sul proprio posto nel mondo e sugli agguati che tale mondo poteva tenderti. E Vittor non aveva passato nove anni chiuso dentro invano: non a caso aveva già raccolto le comande della sera. "Ne abbiamo fatte quindici," disse, e porse i foglietti al magistrato, che li guardò appena.

"Qualche altro malore?"

Vittor fece di no con la testa, e indicò anche uno degli agenti che aveva parlato con quei clienti che non avevano tagliato la corda dopo il fattaccio. Anche quello confermò: non risultava nessun altro malore.

5

"Certo che magari era meglio tenerlo a casa, a quell'età..." si lasciò scappare Vittor quando la Castillo si avvicinò, con la spallina dell'abito estivo che le cadeva di lato. Il magistrato confabulava con gli agenti e con un tizio scocciato che aveva tutta l'aria di essere un vicequestore.

"Non dovevamo neanche uscire..." singhiozzava la Castillo, "ma aveva mal di testa, si era fissato che un po' d'aria gli faceva bene e mi ha fatto prenotare. Era un mese che non metteva il naso fuori, l'ultima volta eravamo andati al funerale del suo migliore amico. E guarda un po' com'è finita..."

"Su, su," la incoraggiò Vittor.

Lei si soffiò il naso. "E adesso cosa succede?" chiese.

Sembrava cercare conforto. O consiglio. O forse non era ancora pronta a tornare a casa. La villa e la gigantesca pineta dovevano sembrarle ancora più grandi e vuote.

"Niente," disse Moretti. "Avrà un po' di burocrazia da sbrigare."

La Castillo si strinse in un abbraccio, come se le fosse venuto freddo.

"... lei è in regola, no?" chiese Vittor.

Lei ebbe uno scatto: "Ma certo, ovviamente. Mario era pignolo su ogni cosa."

Era la prima volta che Moretti sentiva pronunciare il nome del Dottor Quadalti. Per tutti era il Dottor Quadalti o Quel Riccone di Quadalti, o il Dottore e basta. Una volta aveva sentito Servadei Piccolo riferirsi a lui come al Borghese Mai Sazio. Si sarebbe immaginato un nome tipo Achille o Pierferdinando.

"Le diranno tutto il magistrato o gli agenti," gli scappò poi.

"Lui era poliziotto, più o meno," si impicciò Padérna.

Moretti lo fulminò con un'occhiata.

"Mi sembrava di aver sentito dire qualcosa," disse la Castillo. Moretti mandò un accidente a Vittor, che ogni tanto quando entrava nel discorso con i clienti parlava con orgoglio dei nove anni passati in carcere. Aveva una serie di aneddoti divertenti e ometteva sempre quelli spiacevoli. Tirando spesso in ballo il nome di Moretti invano.
"Quindi era poliziotto," proseguì la Castillo.

"Più o meno," fece Moretti.

"Meno," precisò Padérna: "Sovrintendente della penitenziaria."

"Quindi una specie," disse la Castillo.

"No," disse Moretti.

Non era *una specie.* I poliziotti prevenivano il crimine o arrestavano chi lo commetteva. Lui invece interveniva quando tutto era finito.

Il magistrato chiamò la Castillo.

Moretti e Padérna restarono sui loro sgabelli e si servirono un'altra sambuchina.

Vittor camminava su e giù.

Ogni tanto dal vicoletto spuntava la testa riccia di Momo, prima che la Gina lo ritirasse indietro. Moretti sapeva che era la Gina perché appena prima di sparire la testa riccia di Momo veniva circondata dalla caratteristica nuvoletta azzurrognola delle MS.

Oltre il rotondone, sotto lo spicchio di luna, le sagome degli ombrelloni chiusi del Bagno Agatina sembravano tanti soldatini sull'attenti. O strambe lapidi allungate: che ci venisse un canchero.

Prima di andarsene il magistrato si fermò da Vittor e si pizzicò il naso. Il vicequestore aveva già tagliato la corda.

"Facciamo che domani tenete chiuso per lutto. Intanto chiamo qualcuno che analizzi quegli spicchi di pizza. Così, giusto per essere sicuri."

Vittor alzò le mani in segno di mezza resa. "Però, dopodomani... Dopo, diciamo, questo lutto..."

"Sì, sì, poi ci pensiamo, mi sembra che qua sia tutto in ordine ma magari sentiamo quelli dell'AUSL," concluse il magistrato scrivendo qualcosa sul tablet.

Vittor fece una smorfia come se in quell'esatto momento gli si fosse aperta un'ulcera. "Vabbè," disse.

Il magistrato si guardò intorno. "Chi c'era con..." Per delicatezza non disse "il morto".

Vittor indicò con il mento verso l'angolo dei giochi, dove c'erano la Castillo, un agente che cercava di tirarle su il morale e Franchino, sempre con quella faccia da mucca al pascolo.

"Tu, là dietro, tutto a posto?" chiese il magistrato. Aveva visto il grappolo di riccioli magrebini di Momo spuntare da dietro l'angolo e gli fece cenno di avvicinarsi, piegando e ripiegando un indice.

Momo si trascinò fin da loro senza alzare lo sguardo da terra.

"Sta poco bene?" chiese il magistrato.

"È molto timido," commentò Vittor.

A Moretti scappò l'ennesima risata, e a Padérna anche un po' di più. Momo li guardò malissimo.

"Ho avvertito il collega del minorile," disse il magistrato controllando qualcosa sul suo tablet. "Magari nei prossimi giorni chiameranno i servizi sociali per sincerarsi che sia tutto a posto."

Momo fece di sì con la testa, senza distogliere lo sguardo dalla punta delle scarpe. I riccioli gli andarono su e giù. Era così impaurito che sembrava ancora più magro.

"Tranquillo, Papillon," gli disse Padérna mollandogli una gran pacca sulle spalle quando il magistrato si fu allontanato. "Ti copriamo noi."

Vittor chiuse la serata mandando tutti a cagare.

6

"Lollo..."

"Don, son le tre e mezza di notte..."

"La mia ditta non ha orari. Dice Padérna che hai ammazzato uno con una pizza."

"Be', i porcini li ha portati lui."

"Tre Gloria e un Pater. Lui l'ho già assolto dai suoi peccati."

"Non ti mando dove dovrei per rispetto dell'abito che indossi."

"Bravo. Oggi i Lupetti mi hanno fatto impazzire e non ho le forze per scomunicarti."

"Non tengo più il conto dalla nona..."

"Io sì. Sei a quindici, da quando ti sei fatto bloccare il Bedford. Alla ventesima scattano trent'anni di Purgatorio automatico, è come i punti della patente."

"Quanti romagnoli hanno la sfiga di avere un prete come amico d'infanzia?"

"Altre tre Ave Maria."

"Perché?"

"Si dice 'sfortuna'. Vedi di recitarmele, che se fai il furbo lo vengo a sapere..."

"E da chi?"

"Dall'angioletto custode."

“Quello con lo smanicato mimetico e il cappello viola?”

“Anche. Adesso vado, ché all’alba si ricomincia.”

“Sì.”

“Stai cercando di risolvere per quelle rette arretrate?”

“Pensavo che avessi chiamato per me… Pensa che ciù che sono. Potevi dirlo subito.”

“So io come prendermi cura del mio gregge.”

“Mi trovo settanta chilometri più a valle del tuo ovile.”

“I pecoroni smarriti ci interessano a qualsiasi latitudine o altitudine, compresi quelli a livello del mare. Sei hai bisogno di soldi te li do io, non fare il testone.”

“Va’ a cagare, Don.”

“Tre Gloria e due Pater. Non obbligarmi a venire laggiù, che il costume non si abbina bene alla tonaca. E lascia stare Anubi, che anche gli accidenti rivolti a lui li recapitano al mio principale. Sempre sia lodato, Lollo.”

7

Per non lasciare lo staff del Gradisca a grattarsi gli zebedei, Vittor aveva indetto una mattinata di pulizie generali, mentre sui carboni ardenti aspettava notizie dal magistrato o dagli ispettori dell'AUSL, che ovviamente non si erano fatti sentire.

"A te il carcere ti ha fatto troppo bene," si lamentò Moretti, che aveva già il detergente in una mano e la spugnetta nell'altra. Avrebbe preferito farsi togliere tutti i denti del giudizio piuttosto che pulire. Avere a che fare con i clienti era una rogna, ma avere a che fare con forni, fornelli, scansie e sportelli vari per tirarli a lucido ti appassiva l'anima. Di solito se ne occupava quella santa della Gina, ma quel giorno l'universo aveva avuto altri piani.

Insieme a Zafàr svuotarono il banco frigo; dopo venti minuti dal lavello in fondo alla cucina spuntava una pericolante torre di Babele di contenitori vuoti, tutti da lavare.

La Gina e l'odiata lavastoviglie erano già all'opera in sbuffi di vapore.

Erano soltanto le nove e pareva di essere in mezzo alla Valle della Morte.

Nonostante le raccomandazioni di Don Leo, Moretti aveva alzato irriguardose imprecazioni ad Anubi almeno una dozzina di volte.

Vittor si prendeva cura della baracchina delle bevande in giardino. Spolverava tutte le bottiglie a una a una e si era messo in testa di dare una passata anche ai bicchieri. La Channèl faceva la spola da lì al davanzalino del finestrone con degli scatoloni di bicchieri che tintinnavano tipo campanelli. Aveva le guance rosse come pesche nettarine e i capelli neri ricci che le scappavano da tutte le parti. Nessuno le diceva nulla perché quando aveva il tiraculo bisognava lasciarla stare visto che era una che a star zitta non era buona. Mica le scocciavano le pulizie: le scocciava che proprio l'unica sera della stagione che si era presa libera era morto uno al tavolo Vintage. Era andata a fare il tour dei delitti celebri e si era persa il cadavere vero. Moretti non la guardava neanche, perché quand'era così le bastava un'occhiata per darti la scossa.

Che poi Moretti era due ore che stava infilato dentro al banco frigo con detergente e spugna, gli sembrava quasi di essere uno speleologo.

Zafàr invece aveva tirato a lucido i fornelli e stava staccando i filtri della cappa.

Il buon Momo ripuliva ogni tavolino e ogni sedia tranne il tavolo Vintage, visto che il magistrato aveva chiesto la cortesia di lasciarlo per un momento nel suo angolo, a disposizione.

Verso la mezza, con gli occhi che gli lacrimavano da tutto il disinfettante che aveva annusato, Moretti si vide avvicinare dalla Channèl. Aveva le guance ancora più rosse, e non solo per tutto quell'avanti e indrè con i bicchieri. Aveva in mano la sua borsa, un affare preso da una delle bancarelle che stendevano sulla pista ciclabile del lungomare ogni martedì sera, tutto frange e fronzoli e finte pietre preziose. Con grande sorpresa di Moretti ne estrasse un'agendina azzurra, che non doveva aver comprato da molto.

"Cos'hai da guardare?" gli chiese lei. Moretti alzò le mani. "Mi son segnata tre o quattro cose a Ravenna, pensavo di non doverla usare più..."

"E invece..." disse Moretti.

"Ho parlato con Vittor e con l'avanzo di galera." Lei e Momo non andavano d'accordo.

"Tecnicamente sono entrambi degli avanzi di galera, anche Vittor. Comunque... Ti vuoi licenziare?" le domandò Moretti.

"Perché?"

L'aveva detto per cambiare discorso.

La Channèl diede una rapida alzata di spalle. "Sto svolgendo delle indagini parallele," disse.

"A cosa?"

"A cosa che?"

"Parallele a cosa? Non ce ne sono altre. I vecchi muoiono. Raramente nelle pizzerie, ma muoiono come mosche, fidati."

Fu come se Moretti non avesse parlato, perché la Channèl tirò dritta. Aveva aperto l'agendina azzurra. Era scritta fitta fitta. "I casi sono due: o era allergico o l'hanno ucciso. Oppure si è ammazzato." La parola "suicidio" in Romagna non esisteva. Ci si ammazzava.

"Allora sono tre," precisò Moretti.

"Cosa?"

"I casi." E contò sulle dita: "Allergico. Ucciso. Si è ammazzato."

"E io cos'ho detto?"

Moretti lasciò perdere, con la Channèl non si poteva vincere, al massimo pareggiavi. Ma proprio se ti andava bene.

“Lasciamo perdere se era allergia o se si è ammazzato,” disse la Channèl.

Moretti si guardò bene dal chiederle perché avrebbero dovuto lasciar perdere. Non voleva darle corda: filava già bella spedita di suo. C’aveva le guance che lampeggiavano. Si era ripresa subito dalla delusione. Era ammirevole. “Ma sì, lasciamo perdere,” le disse, visto anche che aveva una gran voglia di raggiungere la Gina nel vicoletto per scroccarle una MS blu.

“Bravo. Quindi l’hanno ucciso.”

“Davvero?”

La Channèl annuì gravemente. Moretti notò solo allora che non aveva la solita mise da cameriera, pantalone o leggings neri e maglietta bianca, bensì una camicetta e una gonna scura. Era quasi elegante. Chissà che cinema si era fatta in testa. Ora sfogliava l’agendina, appoggiata al davanzalino del finestrone. Momo passò dietro per andare a fumare, beato lui, che ci venisse un canchero. La Gina era rientrata in cucina e sferragliava intorno alla lavastoviglie.

Intanto sulla spiaggia erano sbocciati tutti gli ombrelloni.

“Si potrebbe dedurre che abbiamo due forti sospettati,” disse la Channèl.

Moretti la fermò alzando una mano, come per chiedere spiegazioni a una maestra che va troppo di fretta. La Channèl gli fece magnanimamente segno con la testa di procedere. “Punto uno: ammazzare è una roba molto complicata, soprattutto a freddo. Punto due: perché lo dici a me?” chiese lui.

La Channèl sbuffò. A quanto pareva le era toccato uno studente stupido. Aveva quella faccia lì, di chi deve metterci tanta pazienza. “Ed Gein. John Wayne Gacy. Il BTK...”

“Il BT... che?”

“*Bind, Torture and Kill.* ‘Lega, tortura e uccidi.’ A Kansas City. Dieci vittime. Si è consegnato trent’anni dopo. Bravo padre e marito, capo scout,” spiegò la Channèl. “Jeffrey Dahmer, The Green River Killer. Ted Bundy. Lo strangolatore di Bost...”

“Ho capito, ho capito. Non hanno l’aria di esser gente di Forlimpopoli... Non sei molto patriottica.”

“In Romagna non ne abbiamo mai avuti,” disse, anche un po’ dispiaciuta.

“Be’, c’era uno di Predappio che qualche milionata di poverac...”

Lei lo fulminò con lo sguardo. “Hai capito cosa intendo.”

“In ogni caso non cambia nulla. Passiamo al punto due: perché io?”

La Channèl lo guardò con aria di rimprovero, uno sguardo da quattro meno sul registro. “Lo so che sei un maschio e pure vecchio, e che a parte le stronzate non parli neanche a toglierti le unghie con le tenaglie, ma non è che una può far finta di non sapere che eri un poliziotto. Questo era il tuo pane quotidiano.”

Il suo pane quotidiano? Il suo pane quotidiano era chiudere e riaprire porte blindate o cancelli e assicurarsi che ogni mattina ci fossero dietro gli stessi che c’erano la sera prima. E a volte tendere l’orecchio e stare all’occhio. E nel frattempo rimetterci pure la famiglia. Anche se non sempre funzionava. Ma Moretti non disse nulla. Erano discorsi che gli riportavano davanti agli occhi Vittoria che cercava di calmare Manuel che le piangeva in braccio, o Elio Renucci nella cella 3 dell’isolamento della Dozza. Già li rivedeva ogni notte, quando si addormentava, ci mancava di cominciare anche di giorno. In fondo la Channèl aveva ragione: era un uomo ed era vecchio. Di quello che aveva dentro non avrebbe parlato neanche al Padreterno o ad Anubi o a chiunque fosse in carica.

"Perché avrebbero ucciso Quadalti?" chiese invece. Tanto valeva stare al gioco, magari riusciva a liberarsi della Channèl prima del previsto.

Lei lo guardò allibita. "Maschio, vecchio e pure scemo," disse. "Diobò, Moretti, Quadalti è ricco sfondo!"

"Era."

"È. I soldi ci sopravvivono."

"Era già mezzo morto di suo," disse Moretti spalancando le braccia, come a sottolineare l'assurdità del ragionamento della Channèl. C'aveva addosso un alone di detergente che pareva un gigantesco Arbre Magique. "È morto e basta, come tutti i vecchi. Perché prendersi il disturbo di ucciderlo?" le chiese.

Channèl lo guardò fisso. "Perché del morire e basta non me ne faccio niente."

"Che discorso è?"

"Che altro ho da fare qui se non sparecchiare tavoli? Che male c'è a sognare un po' a occhi aperti?"

Moretti non trovò niente da risponderle. Lui non sognava a occhi aperti dal 2015.

… cosa faccia non si sa.

Fa le pizze.

Ma nel resto della vita? Boh. Niente. Vive in un camper Bedford nel cortile di una famiglia di pescatori. Mi fa strano anche solo a pensarci. Lui. Un montanaro di Purocielo, un ex sovrintendente della polizia penitenziaria. Vive in un Bedford. Non ha un soffitto, ma un tettuccio. Si sveglia ai gridi dei gabbiani. Non ci credo neanche mentre lo dico. Mi pare che li chiami "topi di mare" o "topi volanti".

Fa le pizze e vive in un Bedford. Ecco cosa fa.

Non ce lo vedo ad andare in spiaggia, già gli dava fastidio quand'era piccolo e ce lo spedivano in colonia estiva. Magari ci va a fare il bagno, ma nemmeno. L'acqua di mare non è buona neanche per lavarsi.

Mica c'ha l'acqua, nel Bedford. Neanche la luce. È bravo a scroccare le sigarette, ma si fa scrupoli a scroccare acqua e luce.

Nel cortile di casa di una famiglia di pescatori.

Non è neanche un uomo: è un personaggio di Hemingway.

Questo è quello che sappiamo.

Lui non dice niente. Se ne sta lì, a guardare il tettuccio, immagino. È di quella razza lì, di quelli che non dicono niente.

Fa le battute, cerca di avere l'ultima parola da patacca qual è, un duro, ma manco morto ti fa capire cosa accidenti gli passa per la testa, che canchero c'ha dentro la pancia. Può averci un macello da piangerci la notte, ma col cavolo che viene a dirtelo.

Credi che abbia mai detto, anche solo per sbaglio, perché tu e tua madre ve ne siete andati? Che si sia lasciato scappare un accidente, un rimpianto? Bisogna ricostruire le cose con i pezzettini che si lascia sfuggire qua e là.

Non è neanche un amico: è una cassaforte, una cella d'isolamento. C'ha una porta blindata al posto della bocca. Tranne che per le scemate. Quelle gli escono senza problemi.

Gli chiedi qualcosa e ti manda a cagare.

Ecco cosa fa.

Ti manda a cagare e maledice Anubi, accidenti a lui.

Nel Bedford con il fermo amministrativo, che ci venisse un canchero. Con i gabbiani che gli strillano attorno. Nel cortile dei pescatori...

8

Moretti si ritrovò con un altro bel dilemma visto che era da maggio che non aveva un giorno libero: come tutti gli stagionali della Riviera, in estate poteva sperimentare le gloriose emozioni della schiavitù. Avere tempo libero non rientrava nei piani.

Tornò a casa. Cioè: tornò nel camper.

C'era un po' meno confusione del giorno prima, perché Padérna prima di partire – alle due di notte – era passato a caricarsi i panni sporchi: glieli lavava la Katiuscia dell'Osteria Fava e poi glieli rimandava giù, però non sempre stirati, perché aveva da fare la sfoglia a getto continuo.

Passando aveva notato che la Nilde Rossa dei Servadei era sul porto canale, il nipote bello come una divinità nordica stava sistemando qualcosa sottocoperta. Quindi Servadei Piccolo e Servadei Grande erano a terra, e se non erano in casa potevano essere solo in un altro posto.

Svuotando le tasche dei pantaloni Moretti trovò due euro. "Baracca," disse. Poteva prendersi un chinotto e pure una Coca-Cola, perché al Circolino Pescatori c'erano ancora i prezzi sovietici.

Il Piccolo era impegnato in un solitario, il Grande non si capiva se guardava nel vuoto o se era morto da una settimana, perché era talmente vecchio che aveva la pelle mummificata. Però aveva lo stuzzicadenti che viaggiava da un angolo all'altro della bocca, quindi doveva essere vivo.

Il Circolino Pescatori era uno di quei posti in cui i turisti o ci finivano per sbaglio o ci finivano per sbaglio. Non c'era mai troppa gente, perché non sempre si trovava da mangiare. Le socie e i soci volontari cucinavano esclusivamente il pescato di giornata.

Quella mattina c'erano gruppetti di operai che lavoravano nei cantieri della Riviera e un paio di tavoli di villeggianti che avevano l'aria di essere arrivati fin lì pedinandoli. Come spesso accadeva, le stelle o i gamberi che contavano li davano i lavoratori, erano loro le vere guide culinarie infallibili. Segui un muratore o un camionista e finirai in un posto dove si mangia come Dio comanda senza dover vendere un rene.

Alle pareti del circolino erano sopravvissuti solo Berlinguer, Togliatti e il comandante Bulow: tutti gli altri coinvolti in qualche modo nella svolta della Bolognina erano spariti, lasciando un'ombra scura sull'intonaco.

C'era un cartellone scritto a pennarello:

GITA SOCJALE

ANGUILLA AL CARTOCCIO DAI COMPAGNI DI LONGASTRINO

Pullman 5 €

Cena 7 € (il vino lo portiamo noi che là non son buoni)

NIENTE CANNE DA PESCA

È FATTO DIVIETO DI GIOCARE A MARAFFA IN PULLMAN

(guida il nipote di Baracani, ché lui c'ha la sciatica)

Il presidente non può venire, ché hanno ricoverato suo cugino di Piangipane.

Qualcuno, di fianco ai nomi di chi si era segnato per la prestigiosa *Gita Socjale*, aveva scritto:

BISOGNA FAR LE CORNA E ANDARE A LOURDES

Più sotto ancora, la stessa mano che aveva scritto il cartellone aveva risposto:

A LOURDES CI PENSIAMO POI, PER LE CORNA
CHIEDI A TUA MOGLIE

"Il killer della borghesia sfruttatrice. Benvenuto, compagno," disse Servadei Piccolo. "Comunque la pizza da te non veniamo più a mangiarla."

"Non sono vostro compagno," rispose Moretti. "Potrete finalmente andare al Fior di Latte come i signori."

Servadei Grande spostò lo stuzzicadenti dall'altro canto della bocca: sembrava che prendesse la mira in mezzo alla fronte di Moretti.

"Va' là, va' là," disse Servadei Piccolo.

Arrivò la compagna volontaria di turno. In Romagna c'avevano lo stampino per produrle in serie: tracagnotte, alte tre spanne più dei tavolini, inossidabili. Se riuscivano a superare i settanta diventavano immortali.

"Ci faccio da mangiare?" chiese. Avevano giusto un difetto di fabbrica: che uscivano tutte con problemi ad azzeccare i pronomi.

Moretti non sapeva decidersi, così tinconò un poco perché aveva fame e va bene i prezzi sovietici ma i suoi due euro erano comunque una miseria anche per gli standard del Circolino Pescatori.

Lo stuzzicadenti di Servadei Grande tornò al punto di partenza.

Servadei Piccolo fece un cenno alla compagna volontaria.

"Ci ho solo il fritto," disse lei.

A Moretti andava benissimo. La compagna volontaria marciò fino al bancone come se stesse per mettere a ferro e fuoco la residenza dello zar, poi tornò con la tovaglietta e la bustina delle posate, che buttò sul tavolo alla bell'e meglio.

"Ci fai il muro a secco o ci vuoi anche il bere?" chiese.

Moretti disse che voleva anche il bere, ma si scordò di specificare cosa, perciò due minuti dopo la compagna volontaria gli sbatté davanti al muso una caraffetta di Albana color oro sporco che pareva veleno di cobra.

"Grazie," disse Moretti: alla compagna volontaria e ai Servadei, che con due occhiate gli avevano offerto il pranzo. Poi indicò con il mento la pagina del *Resto del Carlino* ripiegata sulla faccia del dottor Quadalti. Dovevano averla usata come tovaglietta perché era macchiata di unto.

"Che tipo era?" chiese. L'entusiasmo della Channèl doveva essergli rimasto appiccicato addosso, accidenti a lei.

"Un tipo che ha avuto anche culo," disse Servadei Piccolo. Il Grande non era del tutto d'accordo, infatti lo stuzzicadenti fece su e giù.

"Dottori bisogna diventarlo," fece Moretti.

"Suo babbo era dottore."

"Vabbè. Nascere ricchi non è un reato," gli scappò a Moretti.

Non l'avesse mai detto. Il Grande risucchiò lo stuzzicadenti tipo carica di fucile a pompa e il Piccolo fece per tirarsi in piedi e salire sul tavolo ad arringare alla folla.

Moretti si preparò al colpo, perché quando il Piccolo partiva con le sue tirate poteva citare a memoria dalle opere complete di Lenin in giù, dato che era stato professore di liceo a Cesena fino a cinque anni prima, ma una volta in pensione la moglie gli aveva dato il benservito e lui se n'era tornato a casa per dare una mano al fratello più anziano a mandare avanti l'attività di famiglia, che funzionava dai tempi delle repubbliche marinare.

Avevano cinque figli in due, sette nipoti, e nessuno viveva a Galatea. Una roba che al Grande gli si spezzava il cuore solo a pensarci, Moretti lo vedeva lontano un miglio, era come guardarsi allo specchio, ma si sarebbe fatto venire un canchero alla lingua piuttosto che ammetterlo. Era gente fatta così. Per fortuna due anni prima era arrivata dal nulla quella specie di divinità nordica del loro nipote, figlio della sorella emigrata e di Odino, a occhio e croce.

Moretti non disse niente. Non voleva esagerare visto che gli lasciavano tenere il camper nel cortile dietro casa loro, sul porto canale, dato che con il fermo amministrativo nessun veicolo può sostare su suolo pubblico. In cambio, compatibilmente con gli orari del Gradisca, a volte usciva in mare ad aiutarli. Ma raramente, perché Moretti era impedito come qualsiasi montanaro, e quelli di Purocielo per i Servadei manco erano romagnoli, ma una tribù di Galli Senoni.

Fortunatamente arrivò la compagna volontaria con il fritto, anche quello color oro sporco – pesciolini azzurri, moscardini e zucchine impanate –, la cui sola presenza stemperò l'ardore bolscevico di Servadei Piccolo. "Partire con una villa e cinque campi sportivi di pineta è diverso che partire con una baracca e i vermi nel culo," si limitò a dire.

"Ci facciamo una maraffa?" propose la compagna volontaria, apparsa di gran carriera a sgomberare la tavola non appena Moretti aveva seccato la caraffetta.

Lo stuzzicadenti del Vecchio si impennò seguendo quella che sembrava la piega di un sorriso. O un ictus, vai a sapere.

"Questo montanaro a maraffa è scarso come la merda," disse Servadei Piccolo. "Chissà chi gli ha insegnato lassù nella giungla."

Moretti stava per dirgli che gli aveva insegnato Don Leo Tabanelli, unico sacerdote bracconiere della Romagna occidentale, ma non disse niente, perché al Circolino Pescatori per i preti c'era l'embargo. E in effetti a dire il vero a maraffa era sempre stato scarso. Preferiva restarsene a guardare e ascoltare gli accidenti che si tiravano i giocatori: sembrava una messa solenne, però al contrario. Un po' se ne vergognava, perché un qualunque romagnolo che si rispetti impara le chiamate della maraffa – busso, striscio, volo – ancor prima del suo stesso nome.

Ovviamente la maraffa fu giocata: Servadei Grande e Moretti contro Servadei Piccolo e compagna volontaria. Fu un massacro: a Moretti gli sembrava di sentire le punture dello stuzzicadenti del Grande dall'altro lato del tavolino a ogni cappella che faceva.

Mentre mischiava per l'ultima mano, quasi un cappotto, il Piccolo gli chiese se quella sera era libero, dato che aveva sentito dire che il Gradisca sarebbe rimasto chiuso.

Moretti fece di sì con la testa.

Ci fu un consulto silenzioso tra i due fratelli Servadei e lo stuzzicadenti del Grande fece su e giù.

"Allora vieni con noi, abbiamo bisogno."

Moretti rifece di sì con la testa. Poi gli servirono una cricca di bastoni che faceva tre punti secchi, ma manco con quella lui e il Grande riuscirono a vincere la mano, che ci venisse un cancherazzo a tutti quanti.

9

Tornarono prima dell'alba, Moretti si stava abbioccando appoggiato con i gomiti alla murata di prua, cullato dal ronfare del motore diesel. Aveva ancora gli stivaloni di gomma e la cerata gialla. Per quel che ne capiva lui, era stata una buona pesca. Il nipote Thor stava già preparando i contenitori da scaricare.

Galatea a Mare era una strisciolina di edifici bianchi e quadrati su cui svettavano i tre hotel più grandi dietro ai puntini colorati degli ombrelloni, quelli blu del Bagno Lino, quelli arancioni dell'Agatina dell'omonimo bagno – l'unico che per cause di forza maggiore Moretti frequentava –, quelli color crema della Colonia Salesiani e quelli stranamente spenti e smunti del Barrakuda Beach, che invece avrebbero dovuto scintillare come l'Eldorado, dato che erano gli unici a non avere una clientela geriatrica e praticamente ogni sera davano una festa a tema. Tiravano fino a notte fonda per spremere la stagione fino all'ultima goccia.

Sullo sfondo, a dieci chilometri di distanza, la ruota panoramica di Mirabilandia, come una luna che non tramonta mai.

La Nilde Rossa si infilò nel porto canale. Qualche pensionata delle vecchie casette colorate stava giusto aprendo le finestre per dare aria buona alle camere.

Sul molo, davanti ai banchi refrigerati assegnati a ogni peschereccio, c'era già qualcuno che aspettava. Proprietari di trattorie, cuochi di chissà quale ristorante pregiato di Milano Marittima, e Tugnì della pescheria di piazza Repubblica. Moretti a colpo d'occhio capì che loro erano stati i primi a rientrare, che da quel poco che sapeva non faceva mai male. Diede una mano al nipote Thor a scaricare le casse refrigerate di polistirolo e poi, dato che non aveva altro da fare perché non aveva idea di come si sistemavano le reti, decise di andare a sdraiarsi per qualche ora: la chiusura per lutto di cortesia era stata scontata e il Gradisca avrebbe aperto per pranzo come tutti gli altri giorni.

Mentre sbarcava, il Piccolo lo prese da un canto e a tradimento gli infilò una banconota da cinquanta euro in mano, prima che lui riuscisse a tirarla via. Quando provò a ridargliela indietro, fu fulminato dallo stuzzicadenti del Grande, che stava uscendo dal cabinotto di guida o come accidenti si chiamava.

Moretti sbuffò, poi cercò un modo per ringraziarli ma non lo trovò, sbuffò ancora, rilasciò un mezzo reclamo ad Anubi e scese dalla passerella. I topi di mare stavano arrivando in picchiata, strillando come pazzi. Moretti si sdraiò sulla branda del camper di fianco al tavolinetto, visto che nel doppio letto sopra la cabina di guida faceva già un caldo da forno, e dormì fino alle dieci, sognando tonfi regolari, attutiti, come quando battevano sui muri delle celle d'isolamento. Si svegliò di colpo, mizzo di sudore.

Qualcuno stava bussando alla porta del camper.

"Ta-daaan!" fece la Channèl allungandogli un foglietto appena aprì la porta. Poi arricciò il naso. "O lì dentro hai un baccalà andato a male, o presumo che non ti lavi da un po'," gli disse.

"Ho un baccalà andato a male," rispose Moretti. "Cos'è?" Sventolò il foglietto.

Era una tovaglietta di carta del Gradisca, fitta di scritte. La Channèl aveva una grafia tondeggiante, con le stecche delle T e delle P a uncino. Ovviamente era scritto tutto in maiuscolo, perché alle nuove generazioni il minuscolo non glielo avevano installato nel *sòftuer*, o come accidenti si diceva.

"Ti ho ricopiato quello che è successo la sera del crimine, così ripassi."

"Io c'ero, mica come te," disse acido Moretti. "Ta-daaan."

La Channèl era così tante spanne sopra di lui che manco ci badò. Aveva una determinazione da caterpillar. "Puoi tenerlo. L'originale è tutto qui," rispose, e gli sventolò sotto il naso la sua agendina azzurra.

Moretti voleva mandarla al solito posto in cui si manda la gente che rompe gli zebedei, ma si trattenne. Già faceva un caldo che si annaspava…

Al balconcino c'era Servadei Piccolo, che guardava curioso in canotta e braghe corte. Per un attimo uscì anche il nipote Thor a dirgli qualcosa. Un tabacaz biondo, alto, due spalle da lì a Cesenatico.

"Quello poi da dove sia uscito non si sa," disse la Channèl.

"Se non lo sai te…" rispose Moretti. "Chiedilo al tuo moroso."

La Channèl frullò l'aria con le mani come a scacciare la battuta di Moretti. Funzionò anche con la divinità nordica, perché tornò dentro. "Bene. Vado," disse lei.

"Brava. Ottima idea," rispose Moretti.

La Channèl fece per incamminarsi, ma poi si fermò. "Senti un po'… Se non riesci a sbarazzarti di quel baccalà in decomposizione, prova a farti una doccia," gli suggerì prima di andarsene definitivamente.

Moretti la mandò in quel posto indicandoglielo bene con le mani, che non si sbagliasse, poi restò lì ad annusare l'aria. Aveva diradato le docce da quando anche l'acqua corrente era diventata un lusso, e scroccare anche quella ai Servadei gli pareva troppo. Preferiva chiedere ogni tanto la cortesia all'Agatina.

Annusò a occhi chiusi. La Channèl aveva ragione, tanto per cambiare. Non si poteva rimandare oltre, che ci venisse un canchero. A sé stesso e alla miseria.

Visto che era gente che le cose fatte per il verso giusto non gli piacevano proprio, il soprannome che avevano affibbiato all'Agatina dell'omonimo bagno era il diminutivo, accessoriato dell'immancabile articolo, che sennò si faceva fatica ad attaccarlo alle altre parole. Peccato che l'Agatina fosse una tabacazza di un metro e novanta e passa, con due spalle come quelle di Thor Servadei, vestita sempre in camicia gialla, calzoncini corti color cachi e un grembiule a fiorellini che addosso a chiunque altro sarebbe sembrato una vestaglia ma che su di lei pareva un francobollo.

Moretti si presentò al Bagno Agatina con addosso i vestiti che aveva usato sulla Nilde Rossa e il cambio pulito in una sportina di plastica, più il telo per asciugarsi. Un paio di gabbiani lo avevano seguito saltellando dal porto canale, scambiandolo probabilmente per un pezzo di baccalà.

Moretti aveva alcuni punti fermi nella vita, oltre a essere in bolletta e ad andare a scrocco: non si mostrava mai in pubblico con le braghe corte o le ciabatte, classiche o a infradito che fossero. Portava sempre scarpe e calze, anche a quaranta gradi all'ombra. Ci sarebbe stata l'alternativa alla tedesca, calzini e sandali, ma quello per lui era l'ananas sulla pizza applicato all'abbigliamento.

Se proprio era di buonumore, metteva mocassini sui piedi nudi, ma per poco tempo, perché poi i piedi gli puzzavano come una cassetta di scarti di pescato lasciata al sole per due giorni. Come in quel momento.

L'Agatina lo vide subito appena passò dal baretto, dato che alla sua altitudine c'aveva la visuale privilegiata. "Osta, te, col mocassino. Sei diventato socio dello Yacht Club?"

"No, adesso son ricco e pensavo di comprarlo direttamente," disse. In realtà la sua prima spesa con i cinquanta euro dei Servadei era stata un pacchetto di sigarette.

"Tu allo Yacht Club manco un bicchiere d'acqua ti puoi permettere..."

Moretti allargò le braccia.

"L'hai preso il caffè?" L'Agatina sapeva che Moretti non lo beveva, ma era il suo modo di chiedergli se voleva qualcosa senza metterlo in imbarazzo.

Moretti scroccò con garbo un succo di frutta alla pesca, perché quello alla pera l'Agatina non lo ordinava più visto che non lo chiedeva nessuno, poi imprecò un paio di volte contro Anubi perché da quando c'erano le cannuccette di carta infilzare il bollino d'alluminio era un'impresa.

L'Agatina gli risparmiò la battuta sulla pizza che aveva ucciso un cliente. "È già un miracolo che sia durato un mese più dell'altro," disse soltanto.

Moretti diede un ultimo tirone dalla cannuccia, che finì nel caratteristico gorgoglio. "Chi?"

L'Agatina gli fece cenno di aspettare: doveva consegnare le chiavi degli spogliatoi a due famigliole appena arrivate e poi fare un paio di cappuccini. Il bagno si stava animando, a parte i pensionati che erano arrivati all'alba e già stavano giocando a carte o leggendo i giornali che l'Agatina teneva nelle stecche come aveva visto fare negli hotel in Austria dove aveva lavorato da ragazza.

"L'avvocato Brenzi," finì il discorso l'Agatina. "È morto un mese fa."

Moretti non lo conosceva.

"Un amico di Quadalti?"

"Si son mandati accidenti per una vita," fece l'Agatina. In Romagna litigare spesso e augurarsi il peggio era sintomo di grande amicizia. Lì avevano un modo tutto loro di volersi bene, che a volte consisteva nell'augurarsi di crepare ogni volta che si salutavano. Più grandi erano i cancheri e le disgrazie, più grande era il sentimento. "Aveva un tumore da tempo. Colon o stomaco, non so."

"Allora era una grande amicizia," fece Moretti.

"Erano fratelli di latte," disse l'Agatina.

Moretti annuì. Sapeva cosa intendeva. "Anche io e Padérna..." disse, e fece un cenno con due dita che si avvicinavano. Era stato allattato dalla madre di Padérna, perché la sua non ne aveva.

"Ecco. Digli di venirsi a bere una sambuchina, che è un po' che non lo vedo," disse l'Agatina.

Moretti fece di sì con la testa.

L'Agatina fece poi un gran sospiro, alzando le spalle.

"Intognimò, Brenzi veniva qua, ma poi sai come fanno, quando si avvicina la fine c'hanno la botta di vita e iniziano ad andare dove ci sono i giovani, che magari gli fa tipo elisir dell'immortalità. S'era riciclato come finto giovane al Barrakuda e qua non c'ha messo più piede." Moretti aveva presente. Conosceva un mucchio di pensionati che andavano ancora in discoteca vestiti come ventenni. "Non gli erano bastate tutte le feste che facevano a Villa Quadalti ai tempi d'oro. Uno crede di essere giovane per sempre, finché non è troppo tardi."

Moretti alzò le spalle. Lui di quelle feste non ne sapeva nulla. A dire il vero prima di arrivarci sapeva poco e niente anche di Galatea a Mare, e manco voleva saperlo visto che aveva già i problemi suoi.

Arrivò una combriccola a cercare qualche sdraio, così Moretti prese la chiave della doccia privata che usavano i bagnini e andò a lavarsi con comodo. L'Agatina gli faceva la cortesia di lasciargli usare il suo bagno, così si risparmiava di dover scroccare pure l'acqua ai Servadei. Gli sarebbero andate bene anche le quattro docce all'aperto con cui i clienti del bagno si toglievano la sabbia e il sale di dosso, ma non erano riscaldate e l'Agatina ci teneva che avesse un po' di riservatezza, che non faceva mai male, perché la gente non si faceva i fatti suoi neanche con una pistola puntata alla tempia.

Pulito e profumato, Moretti si sedette sul muretto davanti al Bagno Agatina e ripescò la tovaglietta manoscritta della Channèl. Nel giardinetto dei ragazzini si litigavano le racchette da ping pong.

Gli venne da sorridere per l'entusiasmo della Channèl, ma si intristì anche un po'. La passione altrui gli faceva quell'effetto. Dov'era finita la sua? Lo sapeva benissimo. Ci pagava i debiti e le rette in sospeso su in Friuli... O almeno avrebbe dovuto pagarli. Era pronto a buttarsi su tutto pur di non pensarci.

Si accese una sigaretta, sbuffò fuori il fumo e lesse.

20.30 circa: Arrivano. Vittor prende la pedana per la carrozzina. Scocciato. "Un mese fa al funerale di un suo amico il Dottore camminava. La vecchiaia è una brutta bestia, Channèl: resta giovane, dammi retta." Testuale.
20.45 circa: L'AdG prende solo l'ordinazione del bere, il Dottore non si è ancora deciso, sembra che non riesca a leggere bene il menù. Birra Franchino. Coca-Cola la Castillo. Acqua per il Dottore...*

"Li avrà presi dove li prende sempre, in un bosco a cadecàz," fece Moretti.

"Vi ci mando io a cadecàz!"

"Hanno fatto l'autopsia?" chiese Moretti, anche se sapeva che era impossibile. Dagli anatomopatologi c'era più fila che a Mirabilandia.

"Cosa vuoi che ne sappia io? Magari c'avranno una procedura d'urgenza, ma mica vengono a dirlo a me."

"E allora?"

"E allora intanto si portano avanti e mandano gli amici dei NAS, che vogliono controllare bene cosa accidenti abbiamo in cucina, perché dicono che autopsia o no sembra proprio un avvelenamento."

Chissà adesso la Channèl, fu l'unica cosa che riuscì a pensare Moretti.

Il Gradisca era sotto sequestro per i rilievi dell'azienda sanitaria unitamente ai NAS.

Le indagini erano state affidate dal magistrato inquirente ai carabinieri del Nucleo operativo di Ravenna, che convocarono subitamente il titolare Vittor Malpezzi e poi a cascata il resto dello staff.

Quindi toccò a Moretti, che venne invitato a presentarsi presso il comando stazione di Galatea a Mare.

Arrivando alla caserma, che era in una traversa in fondo a via Abissinia, prima del canale industriale verso Lido di Savio, scoprì che gli avevano fatto una sorpresa, perché nel parcheggio c'era il 4x4 di Padérna. Non poteva sbagliarsi: dallo specchietto retrovisore pendeva un ciuffo di coda di tasso.

Lo trovò ad attendere beato in una saletta, con una sportina in grembo. Era per certe cose una creatura innocente, d'altri tempi, e Moretti provò una tenerezza infinita

Moretti notò l'asterisco dopo la sigla *AdG*. Andò a controllare mentre già stava scuotendo la testa:

**AdG: Avanzo di Galera.*

Continuò la lettura:

20.55 circa: L'AdG serve da bere e prova a prendere l'ordinazione. Il Dottore ha un po' di tosse. L'AdG gli lascia un po' più di tempo e corre a servire altri tavoli. "Perché io c'ho una collega che invece di restare a lavorare se ne va a fare la gita culturale a Ravenna con il suo principe azzurro... Se restava era meglio. Sai cosa ci dovresti fare con quell'agendina?" Testuale.
21.00 circa: L'AdG riesce a prendere la comanda. Per il Dottore ordina la Castillo. "Non riuscivo a capirlo, un po' tossiva e un po' si mangiava le parole, pensavo fosse colpa mia, come se ero diventato stupido." ("Fossi diventato stupido. Ma tranquillo, non è un problema recente," correzione della detective, presa non benissimo dall'AdG.) Testuale.
21.10: Vittor viene richiamato dalla Castillo. L'attacco di tosse non è passato, chiede un'altra bottiglia d'acqua. "Se mi riduco così, ti autorizzo a darmi una botta in testa, Channèl. Ma forte, eh. Resta giovane!" Testuale.
21.30 (forse): Le pizze non sono ancora arrivate. Franchino va alla baracchina da Vittor a prendersi un'altra birra e si lamenta del ritardo. "Altro che o me o l'ananas! Quello lo sbatto fuori e mi prendo uno giovane, che ci venga un canchero. Sta diventando lento come la messa cantata." Testuale.
21.45 (più o meno): Arrivano le pizze. Il Dottore non sta bene. L'AdG: "Sembrava un puffo rinsecchito." Testuale.
22.00: In tutto il resto sei un disastro ambulante, ma la pizza la sai fare, Moretti. Il Dottore riesce a mangiarsene mezza, in parte imboccato dalla Castillo.

22.15: Il Dottore cade a faccia in giù sulla Porcini. La Castillo urla. Il 118 l'ha chiamato la Sabri. Ha fatto il numero con il telefono della pizzeria e poi l'ha allungato a Vittor prima di correre via. "Piangeva. Avrei voluto abbracciarla, accidenti a me, ma non son buono in queste cose. Non ci hanno cresciuto così. E comunque sarebbe stato come abbracciare un fantasma," ha detto Vittor. Testuale.
Il resto l'hai visto anche te. Spero.

10

Vittor era un po' abbacchiato e un po' gli giravano gli zebedei, perché quei vigliacchi di italiani, a parte avvicinarsi alla ringhiera per curiosare, col piffero che salivano i tre gradini che portavano al giardino del Gradisca. Del resto la sfiga non era un'opinione e bisognava lasciarla decantare un poco per non rischiare che restasse attaccata. Grazie al cielo c'erano i forestieri, che erano gente di mondo, da secoli emancipata rispetto alle superstizioni e ai retaggi medievali. E che soprattutto non sapevano leggere i giornali.

"Dio benedica i turisti stranieri," disse Vittor.

Moretti era lì lì per mandarlo a cagare, perché appena arrivato lo aveva sorpreso a gettarsi un pugno di sale dietro la schiena, ma tenne la bocca chiusa.

La Channèl c'aveva una faccia che era tutto un programma. I capelli ricci e neri come carbone un po' scompigliati, elettrizzati da tutte le fantastiche intuizioni che doveva averci dentro. Lo annusò un paio di volte capitandogli vicino, e approvò alzando il pollice. "*Like*," gli disse.

Momo era incupito e si guardava sempre le spalle, come se i servizi sociali e il tribunale dei minori gli avessero sguinzagliato dietro degli agenti sotto copertura che lo pedinavano passo a passo.

Servirono giusto qualche tavolo. A Moretti andava anche bene, perché dal nulla gli era scesa addosso vigliacca la stanchezza della notte in mare, e per fortuna che Zafàr con un provvidenziale colpetto di gomito lo aveva svegliato quando si era quasi addormentato in piedi mentre girava un'infornata di pizze.

Ogni tanto l'occhio cadeva sul tavolo Vintage, che Vittor aveva deciso di non apparecchiare perché nessuna autorità competente aveva chiamato per dare disposizioni differenti, e che quindi se ne stava lì nell'angolo con le sue quattro sedie rovesciate sopra, come un monito severo.

A un certo punto si presentò un bellimbusto di dubbia provenienza, che era arrivato per pranzo insieme ad altri due bellimbusti simili a lui. Sembravano americani, ma forse no, perché avevano la zazzera norvegese, o comunque scandinava, insomma, di uno di quei posti dove a sessant'anni ne dimostri venticinque, magari per il freddo polare che ti conserva meglio.

Avevano ordinato tre pizze di cui Moretti era rimasto piacevolmente stupito, dato che di solito prendevano le schifezze che vedevano fare sui social da qualche infornatore invasato. Tre belle Officinali che riportavano un poco di ordine e pace nel creato: pomodoro, mozzarella, un quarto maggiorana, un quarto erba cipollina e rucola, un quarto santoreggia e un quarto origano.

Peccato che il bellimbusto si presentò con il suo piatto al finestrone, dove Vittor guardava sospirando i tavoli mezzi vuoti. E chiese se poteva fare un'aggiunta.

"*Yes*," disse Vittor rianimandosi.

Moretti aveva già i pugni stretti: a certe domande gli scattavano automatici.

Il bellimbusto teneva il cellulare nell'altra mano. Doveva aver usato il traduttore.

"Può acciuga qui?" chiese.

Fortuna che Moretti non aveva la pala sottomano, sennò sarebbe stata una strage. In testa gliel'avrebbe data. Di taglio.

Ma quando c'erano di mezzo i suoi adorati clienti esotici Vittor non vedeva l'ora di accontentarli. Così faceva anche dispetto a Moretti. Di quel passo tempo due anni e gli sarebbe toccato usare prosciutto di foca e olio extravergine di narvalo, che ci venisse un canchero a tutti quanti. Vittor gli allungò il piatto dentro. Diede anche un'allegra pigiata al campanellino in stile reception d'albergo che usavano per chiamare Momo e la Channèl quando uscivano i piatti. "Ragazzo," disse, "acciughe sulla Officinale, *plìs*."

"Va' a cagare," disse Moretti a denti stretti.

"Svelto, giovanotto," ribatté Vittor.

Moretti sbuffò e aggiunse le acciughe cercando di pescare più olio possibile dal barattolo. Poi si girò verso il forno a maledire Anubi.

"Questa non è più cucina, questa è istigazione a delinquere. Che poi si lamentano se tocca fare il gelato alla senape o i cappelletti fritti."

"Perché tu no felice?" gli chiese Zafàr.

Moretti non sarebbe riuscito a condensare gli ultimi anni in una sola frase, ma prima che potesse inventarsi una patacca per cambiare discorso Zafàr riformulò meglio la domanda: "Io capisco, non si canta più 'Ti sento brivido lungo schiena'. Anno brutto brutto. Ma perché no felice anche condimenti pizza? Tu troppe cose no felice. Anche povero ananas ti arrabbia."

"Che Paradiso avete voi in Pakistan?" gli chiese Moretti.

Zafàr non aveva capito.

"Paradiso. Lassù. Dopo essere morti."

Zafàr indicò il cielo e socchiuse gli occhi. Allah. Era il paradiso dei mussulmani. Miele come se piovesse e vergini a perdita d'occhio.

"Non so se nel vostro ci andate dritti filati, ma nel nostro prima di entrare c'è il metal detector," disse Moretti iniziando a stendere il pomodoro. "Prima di farti accomodare, controllano le credenziali. Se tutto è in regola, passi e inizia la festa, sennò ti spediscono giù, a fare l'attesa. O ancora più giù, a bruciare." Zafàr fece di sì con la testa. "Ecco, quando toccherà a me, non voglio rischiare di farmi sbattere fuori perché ho condito delle pizze con l'ananas," proseguì Moretti, e per ribadire il concetto sbriciolò la mozzarella sul pomodoro come tirando il collo a una gallina.

"Ananas solo cibo," disse Zafàr. Stava sciogliendo gli auricolari che si erano ingrovigliati. O per chiamare la moglie o per guardarsi una delle sue soap opera in urdu.

"Anche il salame è solo cibo," disse Moretti. "Perché non lo mangi?"

"No no no," ribatté Zafàr. "Salame male."

"Salame è solo cibo," disse Moretti.

Zafàr considerò la cosa. "Gente nel mondo mangia ananas pizza," disse Zafàr.

"Ma a me se in Guatemala si sfondano di pizza con l'ananas mi va benissimo. Mi tira il culo se la vengono a mangiare qua."

Zafàr fece cenno di non aver capito.

"Da quanti anni stai qui?" chiese Moretti. "Undici? Dodici?"

"Quindici," rispose per lui la Gina dalla sua solita nuvoletta di vapore di lavastoviglie spalancata. Zafàr fece di sì con la testa.

"Quindici. Quante piantagioni di ananas hai visto in Italia, in tutti questi anni?" disse Moretti.

Zafàr rispose "nessuna" muovendo la testa da una parte all'altra. Zero, niente.

Moretti si sentì così fiero di come l'aveva spiegata che finì di sistemare funghi e carciofini sulle Capricciose come un virtuoso che suona il pianoforte.

Zafàr alzò le spalle e iniziò a infilarsi gli auricolari.

"Ma neanche cacao piantagione ho visto, però gelato lo fate," disse.

"Zafàr."

"Sì?"

"Come si dice 'cacca' in urdu?"

"*Titty.*"

"Ma va a *tittyare*, Zafàr."

Alle quattro, mentre fissava il tettuccio del camper tra un servizio e l'altro, gli squillò il telefonino.

"Vigliacca madosca."

"Uè, Vittor."

"Non possiamo aprire."

Moretti non capiva.

"M'hanno chiamato."

Moretti era fuso. Un po' per la notte in mare aperto, un po' per l'aria del camper che gli pareva di respirare acqua bollente.

"Ma chi? Cosa?"

"Il giudice!"

"Il giudice?" Poi gli venne in mente: "Il magistrato?"

"Eh, quello che è..."

Moretti si tirò su sulla branda. Era in mutande e aveva una patina di sudore che pareva unto.

"Cosa cazzo c'hai messo su quella pizza?"

"Ma cosa? I porcini?"

"Eh. Chissà dove cazzo li ha presi quel coso lì!"

per lui, una di quelle robe che bisognava subito nascondere sotto qualche cazzata, perché se qualcuno se ne accorgeva ti prendeva in giro per una vita intera.

Ogni volta che era invitato da qualche parte, Padérna non si presentava mai a mani vuote. Aveva portato delle melagrane, rosse come il sole al tramonto. Se ne sentiva il profumo.

Moretti gli si sedette accanto con uno sbuffo.

"Questa è vecchia come il cucco," disse.

"Cosa?"

"Convocare due attenzionati insieme e registrarli di nascosto."

"Sì?"

Moretti annuì. Se i due si scambiavano confidenze o cercavano di mettersi d'accordo con le versioni prima dell'interrogatorio, avevano tutto registrato parola per parola.

Moretti ne approfittò per fare un po' di cinema.

"Ti sei fatto almeno il bidè?" disse scandendo bene le parole.

"Sì. Io c'ho l'acqua a casa. Te?" chiese Padérna.

"Io uso la corteccia dei pini," rispose Moretti.

"È come grattare la forma," disse Padérna.

E continuarono a sparare patacche finché non li fecero entrare.

Li aspettava un colonnello dei carabinieri. I gradi sulla manica avevano un ghirigoro diverso ma erano simili a quelli che a suo tempo indossavano i superiori del sovrintendente capo Moretti. Aveva un paio di baffetti neri e sottili, perfettamente a livella, che pareva glieli avesse tirati un geometra con la bolla.

In un angolo, su un tavolinetto da fiera dell'usato, un brigadiere pronto a formalizzare se ne stava con le dita sospese sulla tastiera del computer, come in attesa di iniziare un concerto.

Il colonnello doveva aver fatto i compiti, perché scoccò a Moretti due occhiate particolari che a Padérna non riservò. La parentela tra carabinieri e penitenziaria era di secondo grado, non di primo come con la polizia. La prima occhiata voleva dire: che cosa ci fa un sovrintendente della penitenziaria in una pizzeria? E la seconda: che cosa ci fa un sovrintendente della penitenziaria in un camper con fermo amministrativo? Moretti sperò che non gliele rivolgesse davvero, quelle due domande, perché si sarebbe avvalso della facoltà di non rispondere e avrebbe chiamato un avvocato.

Il colonnello aveva le copie dei loro documenti sotto il naso. "Purocielo... Non ci sono mai stato," disse.

"Nessuno è perfetto," si lasciò scappare Moretti.

Padérna era impassibile. Si era tolto il cappello di pile viola, lo teneva sulle cosce come se fosse un cucciolo.

"Solo qualche domanda pro forma, per chiarire," fece il colonnello. "Nessuno pensa che al Gradisca vi siate messi ad ammazzare la gente di proposito."

Se vedesse cosa combinano con il menù, le verrebbe il dubbio, avrebbe voluto dire Moretti, ma se ne stette muto.

"In ogni modo," disse il colonnello con un mezzo sorriso, "il caso è già stato risolto dalla vostra giovane collega, che abbiamo sentito prima." La Channèl. Doveva essere al settimo cielo. Magari sperava che l'assumessero nei carabinieri. "Vi faremo solo qualche domanda, per farci un'idea del contesto. Innanzitutto mi presento: Amedeo, Sabino Amedeo. Da Venafro. Ci è mai stato?" chiese il colonnello a Padérna, che gli aveva appena appoggiato la sportina di melagrane sulla scrivania.

Lui fece di no con la testa.

Il colonnello Sabino con il labbro inferiore andò a inumidire i baffetti, che ritornarono a splendere dell'antica gloria dell'indomito popolo sannita. "Sta in Molise," spiegò. "Sento che le piacerebbe. Ma veniamo a noi."

Ci mancava solo che il brigadiere scrocchiasse le dita. Partì come se fosse la *Nona* di Beethoven.

Domanda del colonnello a Moretti: *C'era qualcosa di diverso in quella pizza? O poteva esserci?*

Risposta di Moretti: *La salsa di pomodoro era la stessa per tutte le pizze fatte quella sera. L'avevano finita il giorno precedente ed era stata preparata prima del servizio. Il barattolo marca Menù era stato portato in cucina dalla cambusa da Zafàr. Era chiuso, e l'aveva aperto lui stesso inveendo contro Anubi perché l'apriscatole s'inceppava e Malpezzi Vittor si dimenticava sempre di comprarne uno nuovo, che ci venisse un canchero.*

Appunto del colonnello: *Non c'era bisogno di essere volgari. Quanto alla mozzarella e ai porcini?*

Risposta di Moretti: *La mozzarella era la stessa, preparata il giorno prima in quindici chilogrammi, distribuiti in tre cassette di plastica conservate nel banco frigo. I porcini erano stati portati quel pomeriggio, avevano ancora terriccio e foglie appiccicati: li aveva lavati, puliti e tagliati lui stesso con il solito coltellino, e aveva riposto anch'essi nel banco frigo.*

Domanda del colonnello: *Poteva qualcuno aver messo mano agli ingredienti durante la preparazione?*

Risposta di Moretti: *Lui non era andato a fumare prima dell'inizio del servizio, per mancanza di materia prima fumabile e perché aveva approfittato già troppo della gentilezza della Regina Tozzoni detta Gina e di Attilio Gerulli alias Bangkok. Zafàr Mùta era impegnato a preparare la linea dei condimenti, Sabrina Del Monte era arrivata con mezz'ora di ritardo e si era messa subito ai fornelli. La Gina non si era avvicinata ai banchi di lavorazione.*

Domanda del colonnello: *E durante la preparazione della mozzarella il giorno prima? Come veniva preparata?*

Risposta di Moretti: *La preparazione della mozzarella era uno sbriciolamento di maroni che in confronto servire i clienti era una passeggiata.*

Appunto del colonnello: *Poteva Moretti non uscire dal seminato?*

Risposta di Moretti: *Sì, poteva. La mozzarella era sigillata in panetti da un chilo l'uno. Li aveva aperti lui stesso in quantità di quindici, poi tagliati a metà per il verso lungo, e poi infilati con le sue stesse mani nell'apposito macchinario preposto a quel tipo di lavoro, un aggeggio maledetto che per farlo funzionare serviva minimo una laurea in Ingegneria aerospaziale e per lavarlo la pazienza di un martire.* [I bulbi oculari del colonnello si esibirono in una plateale rotazione lungo tutta l'orbita.] *Moretti si scusava. Dal macchinario la suddetta mozzarella usciva a vermicelli, se così si poteva dire, che cadevano direttamente nella vaschetta di plastica preposta a contenerli. La vaschetta veniva subito chiusa e riposta nel banco frigo, come precedentemente detto. La mozzarella usata la sera della morte del Dottor Quadalti era la stessa usata anche per tutte le pizze del giorno prima rispetto alla sua dipartita.*

Domanda del colonnello: *Quanto ai funghi porcini, sapeva Moretti che c'era un severo protocollo sull'uso e la tracciabilità dei prodotti alimentari negli esercizi di ristorazione?*

Risposta di Moretti: *Lo sapeva. Era stata una leggerezza di cui si assumeva ogni responsabilità. I porcini freschi gli erano stati regalati da un caro amico, che con permesso avrebbe potuto indicare alla Corte in quello stesso momento…*

Appunto del colonnello: *Non c'era nessuna Corte. Moretti doveva cercare di rimanere serio.*

Risposta di Moretti: *Faceva ammenda. Comunque l'errore era solo suo, aveva pensato di condividere quei meravigliosi porcini regalatigli per uso personale con l'amata clientela del Gradisca.*

Appunto del colonnello a Padérna: *Cos'aveva da ridere?*
Risposta di Padérna: *Nulla.*
Domanda del colonnello: *A proposito, aveva Valerio Pedoni il regolare patentino per la raccolta dei funghi e micotici in generale?*
Risposta di Padérna: *Chi?*
Domanda del colonnello: *Lei.*
Risposta di Padérna: *Lei chi?*
Appunto di Moretti al colonnello: *Padérna doveva aver inteso "lei" come persona femminile.*
Domanda del colonnello: *Ma no, era inteso come pronome.*
Appunto di Moretti al colonnello: *Probabilmente il povero Padérna si era appena perso nell'unico luogo in cui uno come lui poteva smarrirsi, ovvero la lingua italiana, visto che aveva la licenza elementare, essendo la sua carriera scolastica finita l'anno che ripeteva la prima media, quando undicenne si era presentato a scuola guidando il trattore perché c'era la neve e i professori avevano ritenuto opportuno avvertire i genitori che mandarlo a studiare era tempo perso. La risposta dei genitori era stata: "Ah, va a scuola?" Credevano stesse tutti i giorni in giro per i boschi.*
Domanda del colonnello a Padérna: *Lei, nel senso di Valerio Pedoni, aveva il patentino regolamentare per la raccolta dei funghi?*
Risposta di Padérna: *Ah, io?*
Appunto di Moretti al colonnello: *Padérna non era avvezzo a sentire il proprio nome, poteva la Corte perdonarlo per non averlo inteso subito, dato che dalle loro parti, tranne il giorno del battesimo, il nome proprio non veniva usato più da nessuno?*
Contro-appunto e domanda del colonnello: *Doveva lasciar parlare Padérna, che gli sembrava uno in gamba. Aveva il patentino, sì o no?*

Risposta di Padérna [dopo una risata]: *No.*

Intromissione di Moretti: *Valerio Pedoni aveva imparato a riconoscere i funghi commestibili da quelli velenosi ancor prima di saper distinguere suo babbo da sua mamma.*

Il colonnello Sabino lanciò un'occhiata piena di ammirazione a Padérna: lo smanicato pieno di taschini e l'occhio schietto e innocente alla Crocodile Dundee erano chiari indizi. Annuì: era un uomo che sapeva riconoscere la verità. Impressionato dalla statura epica di Padérna e forse anche in virtù di una personale simpatia, con tono di chi chiede consiglio a un saggio, il colonnello domandò se per caso i porcini, anche solo uno dei porcini, potevano essere venuti a contatto con qualche materiale tossico.

Padérna lo escluse categoricamente. "No," disse. Erano stati sotto la sua esclusiva tutela da quando li aveva svitati da terra: il fungo va svitato, non strappato. Li aveva messi nella loro cesta tra le foglie di castagno e portati direttamente a casa, senza incrociare anima viva tranne due caprioli e forse un gatto selvatico, ma non era sicuro perché quelli erano peggio dei ninja e delle beccacce.

"Ha vicini di casa?" chiese il colonnello.

"No."

Nei suoi documenti – patente a fisarmonica redatta su papiro probabilmente ai tempi dei faraoni tolemaici – Padérna risultava residente in via Rio Nave 8.

Moretti si permise di spiegare al colonnello che via Rio Nave era nei fatti una mulattiera, con ancora dei pezzi di pavimentazione romana, e che il vicino più prossimo, Orfeo della Chiesuola, stava dodici chilometri a valle.

"Quindi nessuno? Sappiamo per esperienza di certe gelosie tra fungaioli o tartufai che finiscono in avvelenamenti vari, soprattutto cani da trifola o simili..."

"No."

Moretti si premurò di articolare la risposta, avendone già parlato con Padérna. A parte i soliti lupi che scendevano per i cinghiali, quella notte di visite strane non ne aveva avute.

"Più o meno," precisò tuttavia Padérna. Il colonnello riacquistò brio. "Un'orsa," spiegò Padérna.

Moretti chiarì che il crinale dell'Appennino era l'autostrada degli animali: ci passava un po' di tutto.

Il colonnello Sabino annuì, sapeva come andava, essendo di pura razza sibillina. Non aveva altro da chiedere. Potevano esserci problemi per la mancanza del patentino, ma avrebbe visto lui come fare: al massimo una piccola multa, niente di più. Capitava spesso anche al cugino suo.

"Ma porta spesso i funghi al suo amico?" chiese a Padérna così, tanto per dire.

Moretti si aspettava la solita risposta a sillaba singola.

"Abbastanza spesso," disse invece Padérna, "perché siamo stati bambini assieme e mi fa piacere, magari anche altra roba se ha bisogno, ma lui è un birro che non chiede niente neanche se sta annegando. Verrei anche più spesso perché lui al paese su non riesce a tornarci o non ci vuole tornare perché gli vengono i brutti ricordi, e io purtroppo qua non resisto una massa: di aria ne hanno poca e con una guazza che non si respira. Invece su a casa nostra, anche quando il sole ciocca, sotto la bosca fan dieci gradi in meno, con un venticello che uno non ne ha idea, che ci venga un canchero."

"Al venticello?" chiese il colonnello.

"No, a lui, qui. A Moretti."

La cena gliela offrì Padérna. Andarono dall'Agatina, che faceva un po' di ristorante per i suoi bagnanti.

Aveva un presente anche per lei, un bottiglione da due litri di nocino nero come petrolio grezzo, e probabilmente infiammabile allo stesso modo.

Quando tornò al Bedford, Moretti trovò sul gradino due foglietti strappati di agendina, ripiegati e tenuti fermi da una manciata di ghiaino. Si coprì gli occhi con le mani: si sentiva responsabile del delirio investigativo della Channèl.

REPORT CONFIDENZIALE

Le forze dell'ordine non credono sia colpa del Gradisca. Sul Corriere Romagna *è uscita un'intervista al colonnello Sabino, ma non virgolettata. Ritengono sia ancora aperta la possibilità che Paperon de' Paperoni* fosse allergico a qualcosa.*

Moretti non andò neanche a controllare l'asterisco.

Ma dubito che Quadalti non abbia scoperto prima l'allergia, in uno qualsiasi dei novantadue anni precedentemente trascorsi su questa terra.
Quindi anche loro hanno qualche sospetto che possano averlo avvelenato. Alla buonora, se lo chiedevano a me glielo avrei detto subito. Ci avrei scommesso sopra la bicicletta dell'AdG e il Brondi della Gina dopo due secondi netti.

Magnanima, avrebbe voluto scriverci sotto Moretti, ma non aveva una penna a portata di mano.

Chi poteva avere un motivo per avvelenare Quadalti?
1) Qualcuno che lo odia proprio tanto.
2) Qualcuno che pensa di guadagnarci qualcosa.

NOTA: appena Vittor ha chiamato per dire che restavamo chiusi ho obbligato Michelino a portarmi al mare, che se aspet-

to che me lo chieda lui faccio la muffa. Quando mi ha accompagnata a casa abbiamo attraversato piazza Repubblica e c'era la Castillo davanti alle Poste. Era molto giù. Sempre bella, eh, ma molto giù. Lei mi ha vista... Cioè, ho rallentato per farmi vedere, non so perché, e ha funzionato. Addirittura mi ha avvicinato e mi ha chiesto come poteva fare per contattarti. Io le ho detto che non ho il tuo numero, e non mi è venuto in mente di darle quello di Vittor, che invece ce l'ha. Ma Michelino aveva fretta, anzi, aveva il muso, perché nel frattempo è passato in bici l'AdG, con il muso pure lui.
1) Perché sono circondata da ragazzi con il muso?
2) Perché sono varie stagioni che lavoriamo insieme e non ho ancora il tuo numero, Moretti?
3) L'AdG neanche ha fatto finta di salutarmi. Almeno un po' di educazione, le basi, in carcere dovreste insegnarcele.

Adesso vado a prepararmi perché con Michelino ne approfittiamo per andare al cinema: c'è un bel thriller e magari imparo qualcosa in più!

Moretti entrò e cercò una biro in mezzo alla confusione. *Patacca*, scrisse in fondo, con un sorriso.

11

Moretti non riusciva a prendere sonno. 'Sta roba che la sua pizza potesse aver avvelenato un vecchio non gli andava giù. Se proprio doveva morire qualcuno, voleva ucciderlo lui con cognizione di causa, che di clienti che se lo meritavano c'aveva una lista nera lunga così.

Le zanzare non gli davano tregua e nel camper c'erano un caldo e un'umidità che per respirare servivano le branchie, anche in mutande gli pareva d'essere a bagnomaria. Si alzò dalla branda reclinabile, indossò le braghe a quadratini e la maglietta bianca, che ne aveva solo così perché facevano pendant con la farina, e uscì.

Erano le tre di notte.

Le casette sul porto canale avevano le finestre spalancate, probabilmente per il gusto masochistico di farci entrare il caldo, dato che di aria non ce n'era. Da qualche parte qualche supereroe russava beato. Le sagome dei pescherecci erano immobili, l'acqua del porto canale densa e immobile come olio.

Di notte l'aria del mare era meno aggressiva, libera dai topi volanti. Il traghettino che collegava le due sponde era incatenato, e Moretti si incamminò verso il ponte in fondo al canale, l'unica alternativa per attraversare e andare dall'altra parte. I lampioni mandavano una luce giallastra che pareva succo d'ananas, che ci venisse un canchero.

Appena prima del ponte c'erano ancorati due trabaccoli, i pescherecci storici di Galatea con le vele triangolari arancioni e rosse. Li avevano restaurati per la gioia dei turisti che ci si sfondavano di selfie e post sui social. Uno c'aveva un granchio cucito sulla vela, l'altro una forchetta o forse una fiocina, Moretti non l'aveva mai capito.

Ogni famiglia marinara aveva il suo simbolo. Li avevano stampati su ceramica e intonacati sui muri delle casette affacciate sul porto canale, una specie di via crucis del mare. C'era anche quello dei Servadei. Era uno degli ultimi a non essersi estinti: un cavalluccio marino piegato a formare una S maiuscola.

Prese a destra via Grazia Deledda, che secondo l'amministrazione comunale aveva passato a Galatea almeno un paio di stagioni, ma non potevano sbandierarlo troppo in giro perché quelli di Cervia erano gelosissimi dei loro premi Nobel villeggianti.

La via divideva lo squero dell'antico centro abitato, il rettangolo porticato di piazza Repubblica, dall'altra Galatea, quella esplosa negli anni cinquanta e sessanta, con i suoi alberghi, le pensioni, i ristoranti e le villette dei ravennati e bolognesi che potevano permettersi la seconda casa. L'ananas sulla pizza applicato al piano regolatore, che ci venisse un canchero.

Tutte quelle cose Moretti la sapeva perché era saltato fuori nel corso accelerato che aveva seguito in quelle ultime estati della sua vita, raccontate dai clienti o da Servadei Piccolo, o dall'Agatina o da Bangkok, e non perché gli interessasse particolarmente.

In fondo a via Grazia Deledda si trovava il rotondone. Non c'era anima viva. Passò soltanto la macchinina di un metronotte, che gli sfanalò.

Il Gradisca aveva un'aria abbandonata, o forse beata. Quando mai aveva chiuso per ben due servizi durante la stagione?

Moretti non aveva le chiavi, ma sapeva dove Vittor teneva quelle d'emergenza, quindi tirò dritto e passò dal retro e non dal giardino. Voleva togliersi lo scrupolo di controllare tutto.

La cucina era un mezzo disastro: per legge non era previsto che gli ispettori dell'AUSL o le autorità inquirenti rimettessero in ordine dopo una perquisizione. Molti sportelli erano rimasti aperti, le vetrinette dei condimenti spostate. C'erano barattoli e contenitori sparpagliati un po' ovunque. Moretti sapeva che non avrebbero trovato nulla: lui e Zafàr avevano ripulito tutto e se davvero ci fosse stato qualcosa di avvelenato, la sera del delitto davanti al Gradisca ci sarebbe stata la fila di carri funebri.

Uscì nel giardino e sentì un cigolio che gli fece venire un accidente che quasi si ribaltava dallo spavento.

C'era Vittor che dormiva sul dondolo.

"Pensa se la Simo scopre che preferisci quel bagaglio a stare a letto con lei," gli disse Moretti.

"Ciò, Moretti! Al lavoro con grande anticipo!"

"Io sì che ci tengo..."

"Patacca," disse Vittor tirandosi su.

"Vatti a casa, va'..." gli rispose Moretti.

"Non ci riesco. Mi sembra che se me ne vado la lascio da sola."

"La pizzeria? Sarà meglio che non lasci da sola la Simo."

"La Simo è una che se la sgavagna." Era vero. La Simona Ruvidi era una che se la cavava. Aveva tirato su tre figli con lui in carcere senza fare una piega e gettando le basi per la Malpezzi, Ruvidi & viadicendo. "Il colonnello è l'unico che si è degnato di rispondere. Ma più che dirmi che ha tutta l'aria di un avvelenamento, altro non poteva," disse Vittor, e guardò per aria pensieroso, come se nel cielo stellato ci fosse scritto chissà cosa.

"Mah..." commentò Moretti.

"'Mah,' dice lui. Te lo dico io cos'è 'mah'. Oggi ne ho approfittato per fare la spesa. Oh, mi hanno fermato tutti inviperiti." Moretti si accigliò. Non sapeva di cosa stesse parlando. "Te vivi sugli arcobaleni. 'Mah'..." disse Vittor. "Mica si sono fermati solo da noi. Già che c'erano, controlli a tappeto da qui a Milano Marittima. Ogni bar, ogni ristorante, anche i chioschi. Al Ruspa Galletto gli hanno fatto la multa perché alcuni condimenti delle piade non erano sigillati a dovere. Al Caffè del Borgo delle pugnette per i contributi. Quando sono tornato a scaricare mi sembrava di avere due quintali di legna sul gobbone. Pensavo fosse la vecchiaia, e invece erano gli accidenti che tutti mi hanno tirato senza dirmeli. E non è neanche la cosa peggiore." Moretti sapeva benissimo cosa gli stava frullando in testa. "Magari salta fuori che era allergico, ma se non salta fuori allora mi viene il dubbio che qualcuno ha usato il Gradisca per le sue porcherie," disse Vittor. "Io ci sono già finito dentro una volta per 'sta roba. Nove anni c'ho regalato. 'Mah'..." Se quella pizza era avvelenata, solo quella del Dottor Quadalti, allora al Gradisca era stata uccisa una persona. Li avevano usati, in un modo o nell'altro. "Che ci venga un canchero," concluse Vittor.

"Anubi," confermò Moretti.

… quelli più sporchi sono quelli più puliti. Questa è una cosa che ha sempre detto e che è difficile da capire se non conosci quel mondo lì. E i più puliti spesso sono i pezzi grossi, là dentro. A volte anche quelli con la divisa.

Quando succede qualcosa di brutto, quando accoltellano qualcuno, quando lo impiccano a un radiatore, bisogna imparare a guardare dietro alla mano insanguinata che ha impugnato il coltello o stretto i lacci. Di solito è un'altra mano ad averla guidata, che sembra pulita ma è la più sporca.

Pensa che a lui la coltellata alla schiena gliel'hanno data i colleghi. Non quelli che si erano intrufolati in isolamento a picchiare il ragazzo. Quelli erano le classiche mele marce come ci sono ovunque. Purtroppo in quel turno erano tutte insieme. Elio Renucci faceva casino perché non doveva stare lì, e loro hanno perso la pazienza, sono entrati, e non hanno smesso finché non era troppo tardi. Poi hanno provato a spostarlo, perché lì dentro solo gli agenti ci potevano andare, ma Moretti l'ha scoperto e ha fatto un rapporto che hanno provato a imboscare quando è uscita la notizia ma che non è sfuggito al magistrato. Tutto il processo si è basato su quello.

Qua a Purocielo veniva poco, e quando veniva non passava mai in paese. Magari andava a camminare nella bosca o si fermava a Ca' Bartoli, dove era nato suo bisnonno. È una vita che gli diciamo di sistemarla, non ci mette più piede da anni. Ci passavate le vacanze d'estate, o i fine settimana quando non era di turno alla Dozza. La tua altalena è ancora lì. Chissà se ti ricordi...

Stava fuori nell'aia e guardava le colline intorno come se non le avesse viste mai. Poi tornava a Bologna.

La coltellata alla schiena è stata dopo: inferta da mani pulitissime. Gli hanno fatto pagare il suo zelo.

Lui dal processo è uscito immacolato, non poteva che essere così. Non che si aspettasse una medaglia, quella notte l'ufficiale in comando era lui, e sapeva anche che qualcuno al lavoro l'avrebbe guardato storto, da lì in poi.

Ma poi gli è arrivata la notifica del trasferimento in Calabria. Prendere o lasciare.

Tua madre aveva gettato la spugna e vi eravate già trasferiti in Friuli, dai tuoi nonni di lassù. Rispetto alla Calabria sareste stati dall'altra parte del mondo...

Si è fatto tardi ormai, e io mi perdo in tante cose che non contano più niente. Alla fine è come scrivere a sé stessi. Dovrei spedire queste paginette al mio indirizzo, non cambierebbe nulla.

C'è un pezzetto di luna che sta andando giù dietro il crinale di Monte della Vecchia, si vede il seghetto in controluce delle cime degli alberi. Lassù è il paradiso delle beccacce, accidenti a loro.

Sarà l'età.

Intognimò, invecchiare è come restare ogni giorno un po' più soli... Da per sé, ecco. Non so mica se è vero.

È che più passa il tempo e più ci ritiriamo nella nostra carcassa, come le tartarughe quando si spaventano, perché di botte ne abbiamo già prese abbastanza e vorremmo finire il viaggio senza prenderne altre.

Dopo che ve ne siete andati e poi è successo quello che è successo, la fregatura di quelle mani pulite che lo bastonava-

no a tradimento è stata il colpo di grazia. Si è creato intorno una corazza spessa così, che gli venisse un accidente.

A me sembra che in realtà è da tanti anni che non vedo più il mio vecchio amico. Al suo posto c'è un Moretti che gli assomiglia, che parla come lui, che fa il patacca uguale, ma che non è la stessa cosa. Si è ritirato nel suo guscio e lascia fuori solo le cose da niente, che però sono il suo ritratto fatto male.

A volte vorrei prenderlo per le spalle e dargli una bella scrollata, come ci facevano quando eravamo giovani e ci beccavano a rubare le ciliegie.

Manuel, tu mi sa che non ci sei mai potuto andare a raccogliere le ciliegie.

È una roba che se la fa un adulto è brutta, ma un bambino almeno una volta deve provarci, con i suoi amici, perché senza non funziona uguale.

I bambini con cui rubi le ciliegie te li ricordi finché campi.

Ecco, vedi con che gente hai a che fare?

Che parte dalle mani sporche che sembrano pulite e arriva alle ciliegie.

Delle volte penso che non siamo buoni a niente… Tutte le altre lo so per certo.

12

Quei cancheri maledetti che alla notizia del malore si erano avvicinati al Gradisca solo per curiosare, senza consumare, appena la pizzeria riaprì presero d'assalto i tavoli del giardino, perché adesso che i giornali iniziavano a parlare di morte sospetta, forse omicidio, a quanto pareva era diventato un luogo vip. C'era un caicapesta che pareva di essere a Milano Marittima.

C'era "hype", come lo aveva definito la Channèl, che splendeva dall'eccitazione. Moretti si era guardato bene dall'incrociarla, ma aveva visto che l'agendina azzurra era stata abbinata a un'altra verde fluo. Aveva anche due o tre gialli di successo impilati sul tavolino della baracchina delle bevande, tipo libri di testo da consultare. Chissà adesso i foglietti che avrebbe disseminato e i sogni in cui si sarebbe lanciata.

Più che un servizio di pranzo fu un massacro. Troppa cucina e troppe poche pizze, e per quanto impegno ci mettesse, Moretti ai fornelli non era bravo come davanti al forno a legna: non aveva la stessa confidenza.

I clienti sembravano spassarsela. Ai loro occhi adesso il tavolo Vintage con le sedie rovesciate sopra aveva preso tutta un'altra aria: chissà dove si credevano di essere, magari dentro a un plastico di *Porta a Porta*, vai a sapere.

Qualcuno gli aveva anche fatto delle foto di nascosto, prima che Vittor intervenisse.

"Cosa ti ho scritto? Come volevasi dimostrare!" disse la Channèl a Moretti dal finestrone.

Lui la mandò a cagare.

Sembrava danzare tra i tavolini e non disdegnava quando qualcuno la fermava per chiederle di spiegare il crimine, guardandosi bene dallo specificare che lei quella sera fatidica manco c'era.

Momo brontolava più del solito quando la incrociava, ma la Channèl era così presa che si dimenticava di bisticciarci e non lo degnava neppure di uno sguardo. Così Momo brontolava di più.

"E non finisce qui," disse la Channèl riaffacciandosi cinque minuti dopo per prendere due taglieri misti e l'immancabile cestino di piada a spicchi.

Moretti ce la rimandò, ma lei neanche lo sentì.

Quando finalmente tornò la quiete, Zafàr si andò a sedere su un fusto vuoto di birra a sgranocchiarsi una piada, e la Gina a fumare nel vicoletto. Moretti era sul punto di sgomberare per andarsi a rintanare in branda a passare le ore libere tra pranzo e cena, ma la testa della Channèl spuntò di nuovo dal finestrone. Anche quel giorno aveva camicetta e gonna. Pareva agghindata per andare in tribunale. Diede una scampanellata per richiamare l'attenzione di Moretti e gli fece cenno di avvicinarsi con l'indice a uncino.

Giusto il tempo che lui si trascinasse lì, ed ecco le due agendine apparecchiate sul davanzale.

Vittor stava facendo il conto agli ultimi clienti, alla cassa della baracchina delle bevande.

"Si potrebbe considerare di ridurre a due il numero dei sospettati," disse la Channèl.

Moretti sbuffò. "Il film con Michelino ti ha ispirata?" le chiese.

"No, è tutta farina del mio sacco," rispose la Channèl. "O l'ha avvelenato il custode o l'ha avvelenato la Castillo. Escluderei voi disgraziati della cucina."

"Gentilissima."

"Non c'è di che. Ma sarebbe un errore," aggiunse la Channèl.

"Quindi siamo stati noi disgraziati della cucina?" fece Moretti puntandosi il dito contro.

La Channèl non aveva tempo da perdere in sciocchezze e lo trapassò con un'occhiataccia. Poi sfogliò l'agendina azzurra. "Da ulteriori indagini risulta che a un certo punto l'avanzo di galera ha visto la Castillo andare in bagno," disse.

"Capita..." rispose Moretti.

"Più o meno quando il custode Franchino Tassinari è andato alla baracchina da Vittor a prendersi un'altra birra. Non so se hai fatto i compiti e letto il primo rapporto che ti avevo lasciato... Quando si lamentava che le pizze non erano ancora arrivate."

La sera della morte di Quadalti erano pieni che scoppiavano, senza contare l'asporto: era normale che per le pizze ci volesse un po' di tempo. Ma per i clienti era un concetto troppo complicato. "Forse ne ha approfittato per non farsi vedere dalla Castillo," commentò Moretti tanto per dire.

La Channèl abboccò. Ma era furba, e disse: "Mi meraviglio di lei, commissario... Eppure era del mestiere. Non è quello il punto."

"E quale sarebbe?"

"Per qualche minuto la vittima è rimasta sola e indifesa al tavolino," disse lei soddisfatta, lanciando un'occhiata furba a chissà chi.

Ecco perché si era messa tutta in ghingheri. Moretti non riuscì a trattenersi. "Ti sei vestita come una criminologa in un talk show," le disse, con la speranza di smontarla un po'.

La Channèl si accese con un albero di Natale: guance, occhi, tutta quanta. "Sto bene, vero?"

A Moretti scappò di fare di sì con la testa. In effetti stava bene. E la sua passione scaldava il cuore. "Quindi restringere il campo a due sospettati non regge più," disse poi cambiando discorso.

"In realtà era per fare della scena. Né Vittor né l'avanzo di galera hanno visto qualcuno avvicinarsi al tavolo Vintage mentre l'ammazzato era da solo."

"Non chiamarlo così."

"Mentre Quadalti era da solo."

"Intendevo Momo."

La Channèl gli sbuffò in faccia e fece svolazzare in aria una mano, come a dire che non importava. "Quindi o la Castillo o il custode," disse.

"Tu su chi scommetteresti la bici di Momo e il Brondi della Gina?"

La Channèl sorrise, tutta contenta che Moretti avesse letto i foglietti. "Su di lei," disse.

"La famosa solidarietà femminile."

"La casistica è chiara: il veleno è roba da donne."

"Sì?"

"Certo. La Locusta. Madame Popova. La Giulia Tofana. Hai idea di quanta gente ha avvelenato a Palermo la Tofana? Centinaia."

"Ma quando?" chiese sbigottito Moretti, che avendo passato mezza vita in carcere certe cose avrebbe dovuto saperle.

"Tra sedicesimo e diciassettesimo secolo," rispose lei controllando l'agendina.

Moretti tirò un sospiro di sollievo. "Ah, ecco, mi pareva: tutta roba in prescrizione."

La Channèl non si fece demoralizzare e si lanciò in un seminario approfondito sulla questione avvelenatrici seriali, contestualizzando la situazione storica e sociale e la condizione femminile.

"Tu che scuole hai fatto?" la interruppe Moretti.

"Il linguistico. Ho mollato in quarta."

"Dovevi fare il liceo criminale."

La Channèl trattenne il fiato e quasi abbracciò le sue agendine. "Esiste?"

"No. Però il diploma da privatista si può sempre prendere. Poi ti butti su Criminologia."

Lei guardò in aria, tutta sognante, come a inseguire una farfalla. "Sarebbe stato fantastico."

"*Sarebbe* fantastico..." la corresse Moretti, che stava per dirle qualcos'altro sul riprendere gli studi ma non ci riuscì perché arrivò Vittor a interromperlo, con il telefono in mano e la faccia cupa. Forse perché aveva cambiato suoneria e sfoggiava un Masini che ci voleva il mare con le sue tempeste, cosa che non aiutava l'umore generale. "È per te," disse a Moretti.

Magari aveva sbagliato a condire delle pizze, si disse Moretti. C'erano quelli che poi chiamavano per lamentarsi e insegnarti il mestiere, dato che tra reality e social erano tutti diventati dei Cannavacciuolo. Prese il telefono e si preparò alla battaglia. "Cosa c'è?" ringhiò.

"Manolo?" L'inconfondibile cadenza latinoamericana: era la Castillo. Aveva una voce che pareva chiamare da una catacomba. "Ho bisogno," disse.

"Una Nicaragua?"

"Non ho bisogno del pizzaiolo, ma del poliziotto."

"Sovrintendente della penitenziaria. Ex," precisò Moretti.

"Ho bisogno dell'ex poliziotto."

"Ci sono quelli che non sono ancora ex. Le conviene chiedere a loro. Oppure provi con i carabinieri. Le consiglio il colonnello Sabino."

La sentì sospirare. "Temo che adesso con quelli sto impicciata," rispose.

"Temo di non poterci fare niente. Sono solo un pizzaiolo," disse lui. Aveva dato le spalle a Vittor e alla Channèl. Lei era quasi sul punto di saltare dentro dal finestrone, ma aveva già fatto due più due. Moretti uscì nel vicoletto. Anche la Gina era già andata via.

"Non conosco nessun altro," disse la Castillo dopo aver pensato un po'.

"Nessun altro chi?"

"Che sia un poliziotto senza essere un poliziotto. Anche chiederlo a lei non è facile."

"Non è il mio mestiere."

"Posso pagarla."

"Per fare cosa? Anche se mi paga, continua a non essere il mio mestiere," disse Moretti mentre gli sembrava di vedere il musetto e le guance rosse della Channèl allungarsi dal muro in fondo al vicoletto.

"Possiamo parlarne?" chiese la Castillo.

Questo poteva farlo.

"Viene adesso? Può?"

"Ci provo."

"Citofoni quando arriva. Franchino non so dove sia, è sparito. Ci hanno detto di non allontanarci dal paese."

"E ci credo," stava per dire Moretti, ma non erano fatti suoi. "Capisco," disse invece. Poi riattaccò e andò a prendere la Channèl per farle un discorsetto sulla fine che facevano in carcere gli spioni, ma quando la vide seduta a un tavolino a sfogliare i gialli che si era portata e a segnarsi cose sulla sua agendina decise di lasciar perdere, per il momento. Chissà che non le tornasse davvero la voglia di studiare. Alzò una preghierina ad Anubi e s'incamminò.

Moretti vide la Castillo seduta su una delle panchine dei giardini Pantani, nello spicchio di prato che la squadra di Zafàr usava per allenarsi ma che al momento era inagibile dato che degli operai del Comune stavano montando un palchetto per una serata danzante. Poco più dietro c'era il viavai degli avventori del Ruspa Galletto, il chiosco che secondo i locali serviva le piade migliori di tutta Galatea. Era una posizione tattica: dalla panchina si vedeva il sentiero che usciva dai giardini e dall'altra parte di via Da Polenta c'era l'imponente cancello della proprietà del defunto Dottor Quadalti.

Moretti si sedette di fianco alla Castillo senza dire beo.

Lei ebbe un sussulto. "Pensavo di vederla spuntare di là," gli disse.

"Ho tagliato dai giardini, è la strada più corta per noi appiedati."

"Ah," disse la Castillo. Stringeva in mano un volantino. A quanto pareva stavano allestendo tutto per l'ultimo spettacolo dell'estate. Sarebbe toccato alla Fantasy Dance Cicognani, una scuola di danza *sui generis* che aveva sempre un folto seguito di genitori, zii assortiti, parentame vario e pensionati a cui faceva piacere vedere finalmente dei giovani ballare il liscio. Avevano anche i prestigiosi *s-ciucaren*, che si erano addirittura guadagnati la foto sul volantino: il tipico corpetto dorato, il pollice nel passante delle braghe e la lunga frusta per battere il fieno che schioccavano a ritmo di musica. Gran finale pirotecnico con fuochi d'artificio. Una sciccheria.

"Sembra una cosa dei miei posti," ammise la Castillo accennando agli *s-ciucaren*.

Moretti non aveva idea di quali fossero i suoi posti, a parte genericamente il continente sudamericano. Se fosse stata del Nicaragua sarebbe stato davvero il massimo.

"Venezuela," fece lei.

“La Carrà la conoscete anche là?”

“Ovviamente.” Con la Raffaellona Maria Roberta Pelloni da Bellaria non si sbagliava, anche se a dire il vero la Romagna in America Latina imperversava da sempre. La Pausini probabilmente era primo ministro in metà dei paesi: da quelle parti faceva dei concerti che manco a Woodstock. “Forse è per questo che la Romagna mi è sempre piaciuta. C’ha il sangue come l’abbiamo noi.”

Moretti non disse né sì né no, perché a lui pareva che di quella Romagna di cui parlava la Castillo non fosse rimasto granché, se non nelle patacche che la gente continuava a raccontare. Ma forse il segreto era proprio quello.

“Lei è di qua?” chiese la Castillo.

Moretti rispose “più o meno” con la mano. “Io vengo da su,” disse.

“Da su?”

Moretti le biascicò due cose in croce su Purocielo. Lei non aveva idea di dove fosse e lui cercò di spiegarglielo.

“Non sapevo che le montagne lassù confinassero con la Toscana,” disse la Castillo.

Restarono un po’ lì, a guardare gli operai che montavano il palco, insieme a un gruppetto di ragazzi pakistani con le loro immancabili cuffie che guardavano anche loro, mentre la Castillo stropicciava il volantino. Evidentemente non sapeva come entrare nel discorso.

“Di solito a quest’ora facevamo...” non trovava la parola giusta. Stava guardando il cancello della proprietà. Tra le sbarre si vedeva il vialetto di ghiaia con ciuffi di siepi che ci strabordavano dentro. E le chiome dei pini secolari oltre il muro di cinta. Moretti fece per finire la frase per lei, ma neanche lui trovava la parola giusta. Stava per dire “riscaldamento”, ma era ridicolo: per cosa avrebbe mai dovuto fare riscaldamento un vecchio decrepito come Quadalti? Da quanto aveva visto la sera dell’omicidio, a malapena alzava un braccio. Sembrava uno di quei vecchi passerotti che non riescono più a darsi la spinta per volare via dal ramo: per fortuna che Padérna non aveva dietro il suo fucile Flobert a pallettoni. "Riabilitazione," gli venne all'improvviso.

La Castillo annuì. "Proprio quella. Ogni pomeriggio alle tre. Era pignolo il Dottore. E alle cinque si beveva la sua camomilla," sospirò. Ne parlava come una cosa di un secolo prima.

"O l'ha ucciso lei o l'ha ucciso il custode. O voi due insieme. Se l'ha ucciso qualcun altro, allora meglio che venga il controspionaggio, perché dev'essere stato per forza un agente segreto o un ninja," disse Moretti, visto che la Castillo non si decideva a chiedergli quello che voleva chiedergli.

"Io non sono stata. Franchino mi sembra difficile, e poi avrei visto qualcosa, no?"

"Non se bastava qualche goccia di veleno, per esempio. O una polverina. Lei è anche andata in bagno per qualche minuto..." rispose Moretti.

La Castillo annuì di nuovo.

"Franchino era tranquillo. Era Franchino, insomma."

"Be', si è scolato una seconda birra mentre lei era in bagno e si è lamentato con Vittor che le pizze non arrivavano."

"A dire il vero siete stati un po' troppo lenti," disse la Castillo.

Moretti mandò giù un boccone di accidenti, allegandoci pure un Anubi per direttissima. Il mito della lentezza. Il cliente medio non capiva che il più delle volte non erano lenti quelli che si dannavano l'anima in cucina, bensì erano troppi, e troppo affamati, quelli seduti comodi a tavola. Come se le pizze fossero già pronte e condite in un cassetto, che bastava metterle sulla pala e cacciarle nel forno.

“Immagino che uno che sta per uccidere qualcuno si veda, non crede?” gli chiese la Castillo.

Moretti non credeva. “Non è detto,” disse.

“Ne avrà conosciuti.”

“Non ho mai visto nessuno mentre uccideva qualcun altro. Ma poco prima o poco dopo sì. E alcuni sembravano il mare quando c’è bonaccia. Di solito però arrivavano da me molti anni dopo, e dovevo solo tenerli dentro ed evitare che non si facessero del male. Non sono un esperto.”

“La gente è strana,” disse la Castillo. “Comunque Franchino non è cambiato molto da prima. Però è un po’ che non lo vedo.” Moretti alzò le spalle. “I carabinieri mi hanno detto che il Dottore aveva fatto qualche modifica al testamento, forse ci sarebbe stata una parte anche per me,” aggiunse la Castillo.

“Quindi?” disse Moretti.

“Non aveva parenti, che io sappia. I carabinieri mi hanno guardata un po’ così.”

“Sapeva dell’eredità?”

“Qualcosa mi aveva detto. Non so quanto, non ho neanche chiesto. Non gli credevo, in ogni caso.”

“O l’ha ucciso lei o l’ha ucciso Franchino,” ripeté Moretti.

La Castillo fece un gran respiro. Poi sembrò pensarci su e fece di no con la testa.

“Perché avrei dovuto ucciderlo? Era vecchio. Non mi costava nulla aspettare.”

“La gente è strana,” disse Moretti.

“Già.”

Guardarono in silenzio i giardini Pantani. Gli operai del Comune stavano sistemando i parapetti del palchetto.

“Mi serve un poliziotto,” disse la Castillo.

“Be’, io posso farle solo delle pizze,” disse Moretti. Si impose di non alzare le spalle come al solito.

“So che non sono stata io. Allora come dice lei è stato Franchino. E comunque ho paura a stare là dentro da sola. Per questo non l’ho aspettata in casa e son venuta qui. La pineta sembra una foresta.”

“Se ne vada. Qua intorno qualche albergo c’è.”

“Sono tutti pieni,” rispose lei con un mezzo sorriso.

Erano pieni, è vero, ma non strapieni. “Fa ridere pure lei. Sa benissimo che un posto lo trova...” disse Moretti.

“Non lo so... Forse mi serve una guardia del corpo.”

“Quelle si possono affittare.”

“Da sempre buona parte dei miei soldi va in Venezuela. Da qualche tempo ce li mando quasi tutti. Non so se lo sa, ma là c’è la miseria. Quella vera. Non ne restano molti per me.”

Moretti serrò le labbra e risucchiò un po’ d’aria tra i denti.

“Questo non deve essere suonato benissimo ai carabinieri,” aggiunse la Castillo.

“Già.”

“Le dispiace se ci scambiamo i numeri? Senza impegno. Magari ci ripensa...”

“Di fare la guardia del corpo anche se non sono una guardia del corpo, a una cliente che non ha i soldi per pagarmi?”

“Sì.”

Era il genere di trappola in cui Moretti cadeva sempre con due piedi. Come fare rapporto contro i colleghi o sbattersi per la giustizia anche a costo di rimetterci la famiglia, o puntare tutto il TFR su una pizzeria a Purocielo pur sapendo che sarà un maledetto fallimento. “Immagino che non ci sia niente di male a scambiarsi il numero,” disse. Poi mandò un canchero a sé stesso e ad Anubi. Sbloccò il telefono e lo allungò alla Castillo. Lei digitò, si fece uno squillo. Poi restò a guardare Moretti che salvava il numero sotto il suo cognome.

Moretti intanto stava pensando a un modo per salutare e andarsene. Optò per un semplice “Arrivederci”, ma non riuscì a dirlo perché la Castillo parlò prima. “Crede che l’abbia ucciso io?” gli chiese, torturandosi un lembo della gonna visto che ormai il volantino era già ridotto a uno straccio.

“Io non credo a nulla dal 2015,” rispose Moretti.

13

La fedina penale di Momo non si abbinava bene con il lavoro in una pizzeria dove era misteriosamente morto un cliente. Girava tutto curvo in avanti, e a volte si voltava di scatto a controllarsi alle spalle. Si credeva che c'aveva tipo l'Occhio di Mordor del tribunale dei minori puntato sulla schiena. Era sgraziato nei movimenti e con la testa per aria. Mentre apparecchiava si era ingambarellato chissà dove e aveva sparpagliato le forchette sul vialetto del giardino con un fracasso da treno merci deragliato.

"Vediamo di fare 'sto servizio senza ammazzare nessun altro," gli aveva detto Vittor.

"Ma anche no," aveva risposto la Channèl, che era a un serial killer di distanza dal realizzare il sogno più sfrenato della sua vita. E infatti quella sera si era portata un paio di thriller americani. Moretti si era sempre guardato bene dal dirle che ne aveva avuto qualcuno in carcere, di serial killer, perché non erano esattamente quelli che il pubblico dei fan come la Channèl si aspettava. Avevano più o meno l'aria di impiegati di livello medio-basso, e molti non avevano studiato. Insomma, erano l'esatto opposto dell'idea di genio del male che ci si faceva guardando la tv o leggendo romanzi. Aveva conosciuto Donato Bilancia, che gli era sembrato un ometto molto solo, molto complessato, che la vita aveva preso a schiaffi da quando era piccolo. Non che volesse dire nulla. Un sacco di gente veniva presa a schiaffi dalla culla senza finire per ammazzare venti persone. Però forse in tv contavano solo i serial killer americani. Magari quelli erano diversi. Più intelligenti. Ma visto come mediamente condivano le pizze, Moretti ne dubitava seriamente.

Intanto era già partito con gli ordini d'asporto, che avevano un fuso orario in anticipo rispetto a quello dei tavoli.

Era arrivato pure Ragù, che gli pareva già troppo carico, in versione Gran Premio di San Marino.

C'erano ancora gli ombrelloni aperti sia al Bagno Lino che dall'Agatina. Appena prima dell'orizzonte, pallide come miraggi, le sagome delle piattaforme del metano.

Bangkok e Terri arrivarono a usurpare il divanetto verso le sette e mezza, ogni tanto si sentiva la voce di Bangkok che catechizzava sull'impareggiabile superiorità della donna asiatica.

Come se non bastasse, si palesarono anche le pie donne dell'Azione Cattolica, che dopo i vespri e la riunione in parrocchia si fermavano a spazzolarsi una schiacciata al rosmarino divisa in otto e a seccare una bottiglia di Zabov.

I gemelli Balzacchi con consorti, con le loro facce da Bufala, doppio pomodoro e basilico a pezzetti, si presentarono quando il Gradisca era ormai pieno fino a scoppiare: Vittor aveva tirato fuori anche i tavolini d'emergenza e mancava solo che mettessero gente sui rami degli alberi o sullo scivolo. C'era il tavolo Vintage ancora in assetto da scena del crimine. I Balzacchi avevano tutta l'aria di non farsi problemi a occuparlo, anzi, ma Vittor non volle sentire ragioni.

"Tre volte te l'ho detto!" La Channèl faceva della maletta al povero Momo, che si era dimenticato di preparare le bevute dei tavoli otto e quindici, a cui intanto però erano già arrivati i piatti da mangiare.

Era una baraonda.

In un mondo ideale ogni tavolo avrebbe ordinato o solo dalla cucina o solo dalla pizzeria, e invece ci si ritrovava sempre a fronteggiare più imprevisti che in una mano scadente a maraffa, che ci venisse la solita roba, e così tra le ventisettemila cose che uno doveva far tornare c'era anche quella di far uscire i piatti di ciascun tavolo tutti insieme.

Purtroppo ormai la Sabri non solo aveva smesso di cantare, ma parlava pure a stento, e Moretti si doveva regolare con Zafàr, perché si vergognava a chiedere a lei di chiamare le tempistiche della cucina.

"Sveglia!" disse Vittor affacciandosi dal finestrone. "L'undici ha già finito le pizze ma i tortelli non sono ancora arrivati!"

"Arriva, arriva," disse Zafàr gettando un'occhiata ai fornelli, dove la Sabri stava spadellando a testa bassa. Lui doveva cuocere anche degli hamburger e preparare due taglieri reali, che era il peggio che poteva capitare in quel momento.

C'era anche grande affluenza di bambini, a giudicare dalle grida che arrivavano in cucina, seguite raramente dagli opportuni rimproveri. L'area giochi dietro al tavolo Vintage era un campo di battaglia da cui provenivano strilli da maiale sgozzato. La Sabri ogni volta piegava la testa da un lato o dall'altro, la treccia dondolava appena, come se volesse tapparsi le orecchie stringendosele contro la spalla perché non poteva usare le mani, impegnate tra pentole e padelle. Chissà tutta quella confusione di grida e risate quanti pensieri e ricordi di Marianna le faceva tornare in mente. Moretti i pensieri e i ricordi di Manuel li seppelliva sotto i cancheri ad Anubi. Tra coordinare i tempi, condire e sfornare, aveva il cervello che gli si stava fondendo e stava per scatenare l'Erode che aveva dentro andando di là a riportare quiete brandendo la pala.

Per fortuna intervenne la Gina, che raramente metteva il becco fuori dalla cucina o dal vicoletto.

"Uè, bastird! Bona!" urlò con tutto il fiato che aveva in corpo, facendo seguire la frase da una scatarrata che pareva un tuono.

Il silenziò calò come una cappa sul giardino del Gradisca.

Rientrando, la Gina si lanciò in un'invettiva contro i bambini e i genitori che non erano più quelli di una volta: la cinghia ci voleva. Poi non si sa come il discorso divenne un atto d'accusa alla lavastoviglie che non lavava bene, la quale le rispose con un *trac-trac* meccanico e un risucchio gorgogliante di tubature che pareva una pernacchia. La Gina le diede un calcione.

Si affacciò Momo, stravolto: "Io quella non la sopporto."

Prima che Moretti potesse rispondere qualcosa, gli cadde il cellulare su una Funghi e prosciutto appena condita: doveva aver vibrato fino a uscire dal bordo della mensolina su cui lo aveva posato.

Era la Castillo.

Moretti rispose.

"Aiuto! Manolo! C'è qualcuno!" gridava.

Zafàr intanto chiamava i tortelli dell'undici, finalmente.

Moretti scattò via dalla cucina. Ragù era appena partito per un giro di consegne e forse faceva in tempo a raggiungerlo. Attraversò il giardino correndo. Qualche tavolo si girò a guardarlo. Non si era neanche tolto il grembiule.

"Uè!" gridò Vittor dalla baracchina delle bevande.

Moretti alzò un braccio senza voltarsi, facendo un cenno che significava: "Dopo ti spiego."

Riuscì ad aprire la portiera del tre ruote appena prima che partisse.

"Ciò," disse Ragù sorpreso.

Moretti si cacciò dentro spingendolo un po' più in là con l'anca. "La casa del tizio che è morto qua, Quadalti. Vai!"

"Via Da Polenta 4," fece Ragù, che aveva già messo la prima e lasciato la frizione. Il tre ruote partì con un balzo. Dal minuscolo finestrino triangolare a Moretti parve di vedere la sagoma di Vittor a braccia alzate sui gradini d'ingresso del giardino. Ma a quel punto stavano già affrontando il rotondone a tutto busso, su due ruote.

Ogni curva era una capocciata al montante dello sportello: praticamente lì dentro ci voleva un casco. Due minuti e tre testate dopo si fermarono inchiodando davanti al cancello della villa.

"Vengo con te?" disse Ragù.

"No, no, continua pure il giro. Se non torno tra un'ora chiama l'esercito."

Ragù si spataccò dal ridere.

Moretti schizzò fuori e il tre ruote ripartì rombando.

Il cancello era chiuso.

Moretti chiese scusa alle sue ginocchia, si arrampicò in cima e saltò dall'altra parte. Legamenti e menischi gli schioccarono come tappi di champagne – probabilmente era il loro modo di invocare Anubi e mettere in riga tutti i santi –, mentre la colonna vertebrale gli si accartocciava tipo la fisarmonica dell'orchestra Castellina-Pasi quando attaccava *Tutto pepe.* Una polka che gli percorse ogni singolo ossicino e lo lasciò piegato a metà, come un penitente in preghiera, un po' per il dolore e un po' per la sorpresa. Quando era apprendista al bar dei suoi, a Purocielo, lo aveva sentito dire spesso dai vecchietti: ci si accorge di essere invecchiati in un colpo solo, non un po' alla volta. Quello era appena stato il suo "colpo solo".

Risalì il viale zoppicando. Nella pineta che lo circondava l'oscurità era totale. Il frinire degli insetti notturni si azzittì all'istante appena mosse il primo passo sul ghiaino scricchiolante.

Quando ormai si era parecchio addentrato, gli venne in mente di accendere la torcia del cellulare, ma l'aveva lasciato al Gradisca, piantato su una Funghi e prosciutto. Che ci venisse un canchero. Gli insetti riattaccarono a frinire come forsennati. Moretti sentì un fruscio. Era una vipera. O forse un daino, accidenti anche a loro. Era pieno di daini e caprioli, che se ne fregavano dei muri e delle recinzioni e scorrazzavano su e giù per le pinete della Riviera felici come pascià, dato che non avevano predatori naturali. Va' là che se andavano a Purocielo saltavano di meno, lassù c'erano più lupi che cristiani. Senza contare i Padérna o i Don Leo Tabanelli di turno, che tenevano sotto controllo la popolazione trasformando in ragù gli esemplari in eccesso.

Avanzò con cautela cercando di evitare i minacciosi tentacoli dei rovi di more che si allungavano dal sottobosco. C'era una dépendance in mezzo a una piccola radura, una di quelle casette prefabbricate a un piano solo che sembrano rifugi di montagna. Era la casa di Franchino. C'era anche una tettoia, con una Twingo sotto. Era l'auto di servizio: a volte Moretti l'aveva vista usare anche dalla Castillo. Quando il Dottore usciva usavano un Mercedes Viano con i vetri oscurati e il sollevatore automatico per caricare la carrozzina. Quello forse lo tenevano da un'altra parte.

Moretti tirò dritto.

"Vigliacca madosca," gli scappò a un certo punto dandosi una manata sul collo. Si stava facendo mangiare dalle zanzare. Era pieno, e lui si dimenticava sempre di portare l'Autan quando usciva, anche se con quelle della Riviera ci voleva la contraerea, altro che spray.

Una scalinata bianca gli apparve come un miraggio oltre una siepe, illuminata dalla luna. Non c'era anima viva. L'edificio era una copia simil-palladiana delle ville venete, che dovevano aver ristrutturato durante il fascismo. Pareva più un albergo che un'abitazione. Probabilmente aveva trenta stanze o giù di lì.

Moretti salì la scalinata. Le ginocchia e i legamenti lo rimandarono a cagare con l'ennesimo scricchiolio.

Incassato nel muro c'era un campanello che a occhio e croce non veniva premuto da secoli. Moretti provò lo stesso.

Nulla.

Bussò.

Niente.

"Iolanda," chiamò.

Vide la luce gialla del lampeggiante del cancello automatico che si apriva.

Poi il cancello si richiuse.

Moretti fece il giro della villa riprovando un paio di volte a chiamare la Castillo.

La pineta sul retro era davvero immensa, come aveva detto Servadei Piccolo, forse anche sei campi sportivi, ed era ancora più selvaggia di quella che dava sulla strada.

I rovi e i tappeti di aghi di pino avevano invaso tutto il sottobosco o come si chiamava: i vecchi sentieri si indovinavano a stento e i pali delle staccionate che li delimitavano erano marci, in alcuni punti erano caduti a terra, ricoperti dalle piante infestanti come spire di un boa.

Moretti vagava a casaccio tra i sentierini che riusciva a scorgere. Ormai i suoi occhi si erano abituati al buio.

Cosa era successo alla Castillo?

Il cuore gli batteva forte, aveva un'oppressione alle orecchie come su un aeroplano. Quando si avvicinava al muro che circondava la proprietà, si sentivano i rumori del mondo esterno. Dentro invece pareva di essere nei boschi di Purocielo. Però con venti gradi in più.

Moretti si auto-augurò tutta una serie di cancheri per essersi dimenticato il cellulare. Stava per fare dietrofront quando si imbatté in un vecchio capanno da caccia in stile liberty nel cuore della pineta. Era stato ristrutturato orrendamente negli anni novanta. Anche a Purocielo c'era stata quell'epidemia: infierire sui ruderi cercando di ridargli un tocco dei bei tempi andati, in un tripudio di aratri arrugginiti ad arte e scheletri di vecchie filande a pedali. In quel caso avevano crocifisso a una parete un vecchio giogo da buoi, ormai consumato come l'osso di un dinosauro, e appena sotto c'era anche l'immancabile caveja per fissarlo, con in cima un galletto in ferro battuto che pareva l'arma di un boia.

Un fruscio nella pineta gli fece prendere un colpo. Un capriolo. Gli parve di scorgere lo scintillio dei suoi occhietti alla luce della luna. Forse un daino. Padérna avrebbe saputo riconoscerlo.

Le imposte delle finestre erano chiuse, le porte anche. La vernice del legno screpolata, le assicelle incurvate. C'era una piccola pista da ballo di fianco al capanno, pavimentata con mattonelle in maiolica rotte o sbrecciate: tra le crepe crescevano fiorellini oscuri.

A un piccolo gazebo liberty in fondo alla pista, mezzo ricoperto dalle spire di una pianta che ci si era arrampicata nel corso degli anni, era appoggiato un sacco del pattume. Moretti non distingueva bene la pianta rampicante, ma poteva essere vitalbora. Le cime erano ottime con il brodo, e anche per il ripieno dei tortelli. Si mandò un canchero aggiuntivo per i pensieri stupidi che gli venivano in certi momenti.

Fece per tornare verso la villa, ma poi si girò di scatto.

Aveva pensato fosse un sacco del rusco, di quelli grandi che si usano per raccogliere le foglie o gli sfalci, ma per qualche motivo gli suonava strano.

Il cuore prese a battergli nella gola.

Era un uomo. Era stato un uomo. Riconobbe la posizione.

Gli tornò in mente quel ragazzo al Mammagialla, tanti anni prima: lo avevano trovato appeso a un radiatore più o meno così.

Nel buio sbiadito dei suoi occhi, che si erano ormai abituati, non riusciva a distinguere i dettagli, ma la sua memoria riempì gli spazi vuoti. Ecco le braccia abbandonate lungo i fianchi, le punte dei piedi in fuori, la testa reclinata da una parte.

Molti anni prima c'erano stati i lacci delle New Balance. Qui non riusciva a vederlo, forse una corda o una lunga cintura, ma dall'inclinazione era evidente che qualcosa passato intorno a un paletto del gazebo e poi stretto al collo impediva al corpo di rovesciarsi da una parte.

Moretti si guardò bene dall'andare a controllare da vicino, e tornò il più in fretta possibile alla villa.

14

"Ta-daaan!" fece la Channèl appena Moretti arrivò al Gradisca con una faccia stracca perché non era riuscito a chiudere occhio.

"Ta-daaan che?" brontolò.

Lei gli mise sotto gli occhi il telefonino. La Channèl aveva uno smartphone che faceva provincia: non si capiva come riuscisse a tenerlo in mano, tanto largo che era.

Era un video su uno di quei social che usavano i giovani – *Tittòk*, *Snapciàt* –, Moretti lo capiva perché c'aveva di fianco dei cuoricini e scritte minuscole con il cancelletto, che adesso si chiamava *hasssssssstàg*, con sette S e l'accento sull'ultima A. Ci mise un po' a capire cosa stava guardando.

Un ragazzo con una buffa capigliatura a ciocche che pareva un casco di banane parlava di misterioso omicidio-suicidio: era strano che il gesto fosse stato compiuto pochi giorni dopo la morte del datore di lavoro in una pizzeria della Riviera. O almeno a Moretti sembrava che dicesse questo, dato che ormai aveva smesso di cercare di tradurre correttamente l'italiano che usavano i ventenni. Pure le loro canzoni quando passavano alla radio gli parevano indecifrabili. Senza contare che cantavano con il naso. Non sarebbero mai finite nel repertorio dei duetti con la Sabri. Poi venne mostrata una vecchia immagine.

Una foto presa chissà dove. Era più giovane, ma aveva ancora l'espressione di mucca al pascolo. Era comunque poco bello, proprio come il Franchino che conosceva.

Quindi era lui il sacco del pattume.

Moretti fece un sospiro. Doveva ancora preparare gli impasti, senza contare la maletta che gli avrebbe fatto Vittor.

"Due morti fanno un serial killer," disse la Channèl.

"*Tre* morti fanno un serial killer," la corresse Moretti.

"È uguale," fece lei.

Moretti decise di lasciar perdere: non avrebbe vinto e neanche gli interessava. "Testa di banana ha detto che si è suicidato," disse accennando al telefono.

"Non credo che ci sarà la terza vittima," rispose la Channèl. E tirò fuori le due agendine, quella azzurra e quella verde fluo. Moretti si incamminò verso la cucina, lei gli andò dietro. "L'assassina si è liberata degli intralci."

"L'assassina?" sbuffò Moretti. "La Castillo?"

"Già."

"La Castillo."

"Ta-daaan!"

Vittor non era neanche lì, ma aveva già lasciato le palline di impasto sui padelloni, coperte dagli stracci umidi. Nove padelloni, impilati l'uno sull'altro.

"Ma tu lo sai meglio di me," disse la Channèl.

"Io?"

"Ragù dice che ti ha portato da quelle parti quando sei scappato da qua." Lo guardò con curiosità.

"Qui com'è andata?" chiese Moretti.

"Un macello," rispose lei senza perdere l'entusiasmo.

Povero Vittor. Doveva esserci andato minimo alle sette a fare l'impasto. Non doveva aver dormito molto nemmeno lui. Moretti si auto-dedicò un canchero, ma di quelli belli grossi.

Finì il servizio e chiamò la Castillo, informandola che non sarebbe ripassato dal camper: sarebbe tornato direttamente la sera, tardi. Le disse di stare lì e di non uscire.

"Il bagnetto fa schifo e l'acqua non c'è: se ha bisogno chieda ai Servadei, sanno che lei è lì," aggiunse. Si vergognava come un cane a ospitare qualcuno nel camper. Forse anche per quello preferiva non tornarci.

Vittor lo vide solo di striscio e quelle due volte che si incrociarono fu anche gentile, il che era il peggio che potesse capitare. Sapeva di dovergli dire qualcosa di Villa Quadalti o anche solo fargli delle scuse, ma non gli veniva, accidenti a lui, così se ne rimase lì in cucina a fare il suo lavoro con un muso che gli strisciava fino a terra.

"Zafàr, senti un po', come fate voi in Pakistan quando uno trova il cadavere di un custode e si ritrova tra i maroni una badante spaventata a morte?" chiese poi.

Zafàr lo guardò dubbioso. "Sentito no," disse, togliendosi gli auricolari. Tagliava le melanzane da grigliare mentre guardava una delle sue soap opera in urdu dove c'era sempre un vecchio con i baffi che non voleva che la figlia sposasse un giovane con i capelli lunghi e cotonati, poi a un certo punto si mettevano tutti a ballare felici come non mai e la coppia se ne andava verso il tramonto a cavallo di una Cagiva taroccata inghirlandata di fiori vari. "Cosa?" chiese ancora Zafàr.

"Tagliami il radicchio, per cortesia," disse Moretti.

Zafàr annuì. "Dopo melanzane faccio subito." Moretti tirò fuori un paio di padelloni e li sistemò di fianco al bancone dove tirava le pizze. Zafàr non si era rimesso gli auricolari e lo guardava con un sorriso misterioso. "Tu ha pensieri," disse.

"Ogni giorno ne spunta uno nuovo," ammise Moretti. Cacciò dentro il forno due zocchi di carpino. Gli stava venendo su un nervoso che aveva in rampa di lancio una batteria di Anubi pronta al decollo.

"Tu stanco," disse Zafàr.

"Chi non lo è?"

Zafàr allargò le mani. "Bisogno soldi?" chiese.

"Di quelli ne servirebbero sempre."

Zafàr aveva una schiettezza che scaldava il cuore. Fece per allungare la mano verso lo scaffale sopra la stecca delle ordinazioni, dove c'erano le varie spezie. Dietro ci teneva il portafoglio, un borsello tutto ricamato che pareva quello di un principe.

"No no no no soldi," gli fece il verso Moretti.

Zafàr sorrise.

"Te sei sempre contento," disse Moretti.

"Tu no contento? Tu non ha moglie che litiga?"

"Ce l'ho, ma sta lontana da qui," ammise Moretti. Con Zafàr per qualche motivo non lo imbarazzava parlare, forse era la cadenza. Era come parlare con un santone. Con certe persone il passato pesava meno.

"Anche mia sta lontana lontana. Però litiga, chiama, o chiamo io."

"Tanto tempo fa l'ho lasciata sola con nostro figlio perché dovevo sistemare un disastro al lavoro. Quando l'ho sistemato era troppo tardi. E avevo perso sia il lavoro che loro due."

"Tu Manolo sempre cazzata fai," sorrise Zafàr. "Capo Padérna detto figlio Manuel ormai grande, sì?" Anche se Moretti non ne parlava mai, qualche informazione qua e là usciva sempre.

"Sì," rispose.

"Tu no felice che c'è figlio sempre più grande?"

Moretti condensò la risposta in un'alzata di spalle. Da un pezzo non era più questione di felicità o meno. Si lasciava ruzzolare giù e basta. Adesso insieme a due nuovi morti sulla lista. E ci si era messa pure la Castillo.

Zafàr rigirò le melanzane. "Amica Sabri ha problema che mettere via no no, non si può. Marianna mai più grande. Tu invece no. Tu tempo ancora per fare meglio. Condire bene vita. Risolvere problema. Metterlo via."

Moretti rimase un attimo sospeso a metà mentre si chinava a prendere la salsa di pomodoro dal branco frigo.

"Fosse facile," rispose.

Fece un salto dall'Agatina, che gli prestò anche un telo per asciugarsi. Quando uscì dalla doccia non trovò più le sue braghe e la sua maglietta, ma un paio di pantaloni color cachi e una canotta da bagnino. I suoi vestiti erano ad asciugare sopra la fontanella in cui i clienti si sciacquavano i piedi prima di tornare in albergo.

"Non avevi il cambio," gli spiegò. "Intognimò, mezz'ora e sono pronti."

Moretti sperò che il cenno che aveva appena fatto con la testa potesse passare come ringraziamento.

"Belle gambe," disse lei, e scoppiò in una risata che fece girare le teste ai due tavolini occupati del bar. Erano bianche come fantasmi. "Ma non vedono il sole da secoli."

"Dabò," fece Moretti. Estate 1984, Igea Marina, colonia delle suore. Era l'ultima volta che si era messo in costume.

"Guarda cos'ho," fece l'Agatina pescando da sotto il banco. Un bricco di succo alla pera.

"Osta, che loveria. Oggi mi va di lusso," disse lui appoggiandosi al bancone. Gli venne all'istante un colpo di sonno.

"Quindi l'ha ammazzato Franchino. E poi si è ammazzato," lo riscosse l'Agatina. Lo disse così, mentre asciugava delle tazzine.

Moretti alzò le spalle. "Così dicono."

“Non ce lo facevo... Certo che non è buona pubblicità. O no?”

“Tanto la stagione è quasi finita,” fece Moretti.

“Dal caldo non si direbbe... Che brutta fine. Vent’anni fa sembrava il Grand Hotel: illuminata a giorno, piena di vita, un viavai di macchine e gente. Adesso è diventata un cimitero.” Stava parlando di Villa Quadalti.

Moretti alzò le spalle. Lui aveva visto solo rovi, aghi di pino marci e buio. Poi aveva trovato la Castillo, perché si era affacciata a una finestra a urlare. Si era chiusa dentro e aveva avuto paura a uscire. Avevano chiamato i soccorsi e la polizia. Moretti aveva tagliato la corda prima che arrivassero. Per la gioia delle sue ginocchia la Castillo gli aveva aperto il cancello così non aveva dovuto scalarlo.

“Beato chi si piglierà tutti i soldi,” disse l’Agatina.

“Sempre che ne siano rimasti,” fece Moretti.

“Mò scherzi? Non mi stupirei se ne trovassero dieci volte quelli che aveva ereditato.”

“I Servadei dicono che ha avuto culo. Che era il babbo a essere dottore, non lui.”

“Che ha avuto culo non ci piove. Una vita di feste e tutto... Ma non ne ha sbagliata una. Metà delle aziende qua intorno erano sue: quelle mica le ha ereditate. Credimi, sul lavoro c’aveva lo sbuzzo.”

“Non ce lo facevo,” commentò Moretti.

“Te lo dico io. Altro succo? Sei sicuro che non vuoi un caffè?”

Moretti fece di no con la testa. “Se potessi farmi un palugo di un’oretta...” disse.

L’Agatina sottolineò con un braccio tutti i suoi possedimenti fino al bagnasciuga. “Apriti un ombrellone libero. Le sdraio ci sono già.”

15

Moretti non aveva ancora parlato con Vittor e dopo la confidenza con Zafàr aveva dei sensi di colpa sul groppone che gli sembrava di arrancare come un palombaro. Alla fine era per quello che era meglio non parlare con la gente. Si faceva una fatica che era peggio che condire i calzoni farciti.

Se lo trovò seduto sul divanetto, tutto raggomitolato, che si lamentava con Terri: "Una mi arriva sempre tardi, quell'altro mi pianta in asso. Bisogna che gli do una regolata io. Eccolo, il re della fuga: Houdini!" disse vedendolo avvicinarsi.

"Ho avuto un imprevisto," spiegò Moretti.

"Ormai qua tutti fanno il cazzo che gli pare," rispose Vittor. "Vedrai che quell'altra arriverà tra un'ora, se va bene..."

Anche Terri sembrava perplesso. Con l'occhio sinistro guardava compassionevole Vittor, con l'altro teneva sotto mira Moretti.

Vittor fece un gran sospirone. "Intognimò, in ginocchio te le faccio fare le pizze con l'ananas," gli disse.

"Vedremo."

"Che ti venga un canchero, Moretti."

"Va' a cagare, Vittor."

Ora che lui e Vittor avevano fatto pace, Moretti si accese una sigaretta tipo calumet di fianco al buon Terri.

"Solo soletto anche stasera," commentò.

Terri annuì. "Domani riparte," disse, riferendosi a Bangkok. C'aveva una vocina da putto.

"Mancherà a tutta la comunità," gli scappò a Moretti.

Terri lo fulminò con lo sguardo. Con mezzo sguardo, in realtà: l'occhio destro lo mancò di centosessanta gradi buoni.

"Non l'ho più visto dalla sera del povero Quadalti. La visione di una bella tabacca come la Castillo deve averlo scombussolato. Alla sua età certe primizie possono dar fastidio," disse Moretti. Stava per chiedergli che cosa ci facesse sempre appiccicato a uno come Bangkok, ma non erano fatti suoi.

Neanche lui del resto era il massimo della simpatia umana, si disse, dato che stava parlando con Terri solo per perdere tempo. Perdeva tempo perché ancora non aveva voglia di tornare al camper. Era successo quel casino e più si muoveva più gli sembrava di finirci invischiato dentro. Era come con i debiti della Tarassaco e le notifiche delle rette arretrate da saldare.

"Oh, ma lui la conosceva già..." disse Terri.

Moretti quasi si soffocò con una boccata di fumo. "Chi?" chiese.

"La badante del Dottor Quadalti."

Moretti fece dei conti. "Non è possibile: l'anno scorso è partito dopo Ferragosto... Come sempre," disse.

"Il diciassette." confermò Terri.

"Ma la Castillo ha iniziato da Quadalti solo a settembre."

Non tornava. Però Bangkok era uno che aveva delle patacche, e bisognava farci la tara.

L'occhio sinistro di Terri ebbe un guizzo, il destro non si capiva, puntava da un'altra parte. "La conosceva da prima," disse.

"Dove abita Bangkok?"

Terri gli disse l'indirizzo e Moretti avrebbe voluto approfondire, ma c'era da fare il solito quintale di mozzarella, preparare la linea dei condimenti. Non se la sentiva di mollare un'altra volta Vittor subito dopo aver siglato un armistizio. Così sbuffò e si mise al lavoro, aspettando che si facesse vivo Ragù.

Quando gli passò sotto tiro, Moretti lo prese per il colletto prima che partisse per la prima consegna della serata e gli chiese di non scapparsene subito a fine turno: aveva bisogno di lui. In genere appena finiva l'asporto Ragù si dileguava, e se ordinava qualche ritardatario ci pensava direttamente Vittor, ma solo se ne valeva la pena: c'era sempre il furbo che chiamava per una Margherita alle undici e mezza, ma col cavolo che gliela portavano.

"Non sono il tuo taxi," gli rispose Ragù.

"Va' là che ti piace," fece Moretti. Si stava portando avanti stendendo a metà un po' di palline.

Ragù scoppiò a ridere e alzò il pollice, come i piloti sulla griglia di partenza.

Come da previsioni la Sabri arrivò quasi alle sette. Non un saluto, neanche il tempo di vederla in faccia che era già ingobbita sui fornelli, la lunga treccia immobile come un cappio.

A Vittor uscivano i fumetti dalle orecchie.

La Channèl danzava tra i tavoli. Adesso, dopo l'omicidio-suicidio, il Vintage era definitivamente salito di grado. Pareva un altare votivo.

Momo sbuffava.

Prima di andare Moretti si tolse un altro peso offrendo una delle sue sigarette alla Gina, che rifiutò categoricamente: per lei solo MS blu, le altre le facevano male. Poi Moretti salì sul tre ruote, per la seconda sera di fila.

“Dovrei assumerti come autista,” disse stringendosi nell’abitacolo.

“Potrei coprire il pianale dietro e metterci una poltrona,” gli rispose Ragù. “Dove andiamo?”

“Via Riva Destra.”

“Numero?”

“17.”

“Bangkok.”

“Un satellitare in carne e ossa. Ragugle Maps.”

Ragù si spataccò, alzando il pollice.

Partirono con il solito saltello e presero da prassi il rotondone su due ruote.

“Non ho fretta,” fece notare Moretti.

“È il suo bello,” disse Ragù.

Moretti si agganciò con due dita allo sportello: di testate ne aveva battute già abbastanza la sera prima.

L’indirizzo era quello di un quartierino dall’altra parte del canale industriale, che per qualche tempo negli anni ottanta pare avessero cercato di vendere come ridente residenza per turisti, ma era un po’ troppo vicino al petrolchimico.

Percorsero il lungomare, tutto buio tranne per la solita festa al Barrakuda Beach con la fila di auto parcheggiate ai bordi della strada. In fondo c’erano i lampeggianti di una volante dei vigili urbani che probabilmente aspettava al varco con l’etilometro, così Ragù sterzò in una traversa, sempre su due ruote.

Era accesa anche la luce nel parco dei Salesiani. In agosto la colonia lavoricchiava, non più ai livelli dei tempi d’oro ma comunque sopravviveva affittando la struttura a privati, ovviamente sempre nei limiti dell’ortodossia. Quella settimana era toccato a un gruppo scout. Moretti li vide attraverso la recinzione, intorno a un fuocherello acceso a debita distanza dai tigli del parco, perché sennò Galatea faceva la fine di Pompei.

"Ma è normale tutto questo rumore?" urlò a un certo punto Moretti. Dentro la cabina del tre ruote c'era un rombo da caccia bombardiere al decollo.

Ragù alzò il pollice.

Andavano a sassetta, a ogni curva facevano numeri da Circo Togni. Moretti si chiese come arrivassero le pizze ai clienti: probabilmente con tutti gli ingredienti scombinati. "Vorrei vivere," gridò poi. Adesso si teneva al cruscottino con entrambe le mani mentre l'accelerazione di gravità gli spostava la testa da una parte all'altra, manco fosse su un caccia acrobatico. "Ma non è un cinquantino?" sbraitò ancora. Per legge dovevano fare i settanta, non il doppio.

Ragù gli rise in faccia e gli spiegò che del motore originale era rimasta solo la scritta sul libretto di circolazione.

Attraversarono il ponte mobile sul canale, che grazie al cielo in quel momento era abbassato perché Moretti non aveva dubbio che se lo avessero trovato alzato Ragù lo avrebbe saltato tipo trampolino. Poi sterzarono a sinistra di colpo e Moretti non volò fuori solo perché lo sportello tenne botta e restò chiuso.

"Mica usarli mai i freni, mi raccomando."

Ragù alzò il pollice.

Finalmente, grazie al cielo, arrivarono.

Moretti riuscì a disincastrarsi per scendere. "Per essere una scatoletta di tonno, va," disse.

Ragù alzò i due pollici.

"Non è che mi aspetti venti minuti?" chiese Moretti.

Ragù si strinse nelle spalle e alzò mezzo pollice. Forse voleva dire "solo dieci minuti".

"Intanto spegnilo, magari," gli consigliò Moretti.

Anche in folle il tre ruote color fata turchina griffato Glovù faceva un rumore da martello pneumatico.

"Non ho ordinato niente," disse Bangkok aprendo la porta.

"Hai da fumare?" chiese Moretti.

"È un po' lunga fin qua dal Gradisca per una sigaretta."

Indossava una specie di vestaglietta corta, pareva un grembiulino da sommelier. Alle sue spalle, in mezzo al salottino, c'erano le valigie già pronte.

"È un po' poco per nove mesi," disse Moretti.

"Allora è vero quello che si dice: che nella penitenziaria ci vanno i ripetenti. Esistono le lavatrici anche là. Oltre a tutti i miei vestiti che sono già negli armadi di casa."

Poi lo fece entrare. L'appartamento era tutto lì. Un monolocale: letto, cucinino, un piccolo bagno con doccia senza bidè. Pulito e in ordine, con un vago odore di vecchiaia.

"C'è odore di vecchio," disse Moretti.

"Be', tra poco ci sarà odore di stronzo," fece Bangkok.

Uno poteva girare la Romagna in lungo e in largo, ma trovarci qualcuno senza la battuta pronta era un miracolo, che ci venisse un canchero.

"Fa sempre piacere prendere lezioni da un pensionato che passa tre quarti dell'anno in Thailandia," disse Moretti.

Si sentì stupido e infantile appena subito dopo averlo detto. Era un errore che facevano anche i pivelli in carcere con i detenuti: sentirsi migliori e rispondere offesi.

"Da che pulpito, Mister Scrocco. Ognuno dal passato ci scappa a modo suo... Dico bene?" disse Bangkok. Gli allungò comunque una sigaretta. "Comunque, sei venuto qui per insultarmi o avevi bisogno di qualcosa?" chiese dopo avergliela accesa.

Moretti era uno antipatico e aver bisogno della gente gli dava fastidio, così fece una smorfia. "Come mai sei stato così tanto in patria?" chiese.

"A casa non tirava un'aria buona, così sono rimasto qui un po' di più. Tra l'altro noi cresciuti a piadina e squacquerone abbiamo bisogno di staccare, perché la roba che mangiano là o sono insetti o è veleno, e si fa fatica ad abituarsi." Moretti fu sorpreso di sentirlo chiamare "casa" un posto a novemila chilometri da lì. Bangkok se ne accorse. "Guarda," aggiunse quindi, "visto che non so se l'anno prossimo ti ritrovo qua, perché il passo dopo il camper con il fermo è buttarsi in mare, te lo dico. Lo sa solo Terri, perciò vedi di tenertelo per te. Sei ignorante come la merda, ma hai l'aria di uno che gli si possono dire le cose."

Moretti non sapeva cosa rispondere.

Bangkok si sedette sul bordo del letto e tirò giù l'orlo della vestaglietta, come per impedirgli di guardare sotto.

"Non sono un maniaco," commentò Moretti.

"Lo vedi come sei ignorante?" fece Bangkok. "Guarda che sono sposato." Si era messo a spistolare con il telefonino, poi glielo allungò. Sullo schermo c'era una foto di lui abbracciato a una signora su una spiaggia. In un altro scatto erano su un elefante inghirlandato.

"Un asino sopra un elefante non l'avevo mai visto," disse Moretti.

"È quindici anni che l'asino è sposato," disse Bangkok.

"Perché non lo sa nessuno?"

Bangkok fece una risata. "Perché, quanti sanno che sei sposato pure tu, patacca? Mica voglio rovinarmi la nomea. Sono stato una mezza leggenda ai miei tempi. I giovani devono avere degli esempi. Il re dei puttanieri." Si accese una Krong Thip e ne allungò un'altra a Moretti, che si era seduto con cautela su una delle valigie. "Ma in realtà ero uno sfigato che nessuna voleva e che per ripicca si era messo ad andare con più donne che poteva, usando i soldi che gentilmente gli passava l'INPS. Schiattavano tutti di rabbia al solo pensiero, e questo mi faceva stare meglio. Ma continuavo a essere solo come un cane. Sempre più solo come un cane." Moretti soffiò via il fumo. Aveva già il palato cementificato. Come potessero essere legali quelle sigarette era un vero mistero. "Le prime volte in Thailandia c'è andato il vecchio Gerulli Attilio. Alla quarta volta mi sono innamorato di una che non gli facevo schifo. Sembra poco, ma a volte è tutto quello che serve. L'anno dopo ci siamo sposati."

Gli ripassò il telefonino. Questa volta nella foto c'era una specie di pagoda con delle palme e un Buddha in pietra con lobi giganteschi seduto a gambe incrociate. E Bangkok insieme alla sua signora con un mazzo di fiori in mano. Di fianco, con una ghirlanda rossa e gialla, una camicia sgargiante e le inseparabili bretelle rosse, bello come il sole, con lo sguardo rivolto verso l'obiettivo e contemporaneamente al cielo terso di Thailandia, il buon Terenzio Medri occhio di lince. Con una vecchietta che lo teneva a braccetto e che dalle rughe pareva un misto tra un generale della Grande guerra e una testuggine marina.

"Ovviamente ho dovuto pagare il viaggio anche alla mamma di Terri, ma per fortuna non è mai uscita dall'albergo." Sorrise. "Io e mia moglie stiamo ancora insieme."

"Non l'hai mai portata qua? Non è curiosa?"

"La tua è curiosa di vedere come te ne vai in malora? La porteresti in gita a vedere che fai la doccia dall'Agatina perché ti vergogni a scroccare l'acqua ai Servadei?"

Moretti fece di no con la testa, nascondendosi dietro una bella nube tossica di Krong Thip.

"Ha i figli là. Li ho visti crescere. Non voglio sporcarli con quello che sono stato qui."

"E allora perché tornare tutti gli anni?" gli chiese Moretti.

"Tu staresti via per sempre da quel buco di culo in mezzo ai monti in cui sei nato?" Il buco di culo era Purocielo.

Moretti alzò le spalle, ma solo perché era un ignorantazzo e non gli riusciva di dare soddisfazione alla gente. Sapeva benissimo che da certe cose non ci si staccava facilmente. La Romagna non era una roba semplice da mollare. *Non ti potrò scordar, casetta mia* e tutto il resto. Erano patacche che a forza di raccontarsela erano diventate la verità.

"Pensavo che guardassi la Castillo come guardi tutte le altre donne. Ma non era per quello," disse Moretti.

"Anche. Son passati vent'anni, ma è ancora un bel pezzo di qualunque cosa sia. No. Non era solo per quello. Immagino che tu sia venuto apposta, no?" fece Bangkok.

Moretti annuì.

"A quanto pare quindi nella penitenziaria non ci finiscono solo i ripetenti. Qualcuno che sa anche fare di conto c'è."

Si accesero un'altra Krong Thip.

Bangkok parlò per un'oretta, poi lasciò a Moretti una stecca intera di sigarette: tanto dove andava, con la sua baby pensione, faceva una vita da miliardario.

"Tienimi d'occhio Terri finché non torno," fu l'ultima cosa che gli disse. "Lui c'ha dentro la mia Romagna."

16

Quando Moretti uscì si era ormai fatta mezzanotte, ma il buon Ragù era ancora lì e gli risparmiò tutta la camminata fino al porto canale.

Moretti non disse nulla, c'aveva gli zebedei che gli giravano a mille. Scese dal tre ruote e salutò con un grugnito, sperando che Ragù capisse che era un ringraziamento. Poi si infilò nel cortile ed entrò nel camper senza curarsi di non fare rumore.

La Castillo si tirò su di lato sulla brandina appoggiandosi a un gomito, ma si capiva che era ancora sveglia.

"Sarà anche dall'altra parte del mondo, ma di patacche ne avete anche in Venezuela," le disse Moretti sedendosi sulla punta del panchetto. Il tavolino l'aveva reclinato per lasciare più spazio alla branda.

"Ognuno tiene le sue."

"Potevi dirlo subito."

"Preferivo quando usavi il lei."

Moretti sbuffò. Perché non la mandava a cagare e incominciava a farsi i fatti suoi? Forse perché non ne aveva, di fatti suoi. Oppure perché ce li aveva eccome, però erano peggio.

Non dissero niente per un po'. Era buio, si intravedevano appena. Il cortile dei Servadei aveva un faretto di cortesia sopra la porticina sul retro: l'unica lieve luce proveniva da lì. Ogni tanto arrivava qualche ventata di musica dai giardini Pantani. La Fantasy Dance Cicognani ci stava ancora dando dentro.

"Quadalti l'hai conosciuto qui, molto prima di diventare la sua badante."

"Ero una venezuelana con sogni di gloria appena capitata in Riviera. Una cubista. Non passavo inosservata." A Moretti scappò un ghignetto acido, un sibilo. "E non *volevo* passare inosservata," aggiunse la Castillo.

Si mise dritta con la schiena, tirando un po' giù l'orlo della maglietta, proprio come aveva fatto Bangkok con la vestaglia. A Moretti venne da sorridere.

"Lo trovi ridicolo?"

"No. Ci sta. Una Dea dell'Amore non può permettersi di passare inosservata," disse Moretti.

La Castillo non singhiozzò, non crollò. Non fece nulla, tranne fare un grande respiro.

"Già," disse.

Adesso era tutto chiaro, la Castillo non aveva più segreti.

La sera della morte di Quadalti a Bangkok gli era preso un accidente quando l'aveva vista al Gradisca: per quello non le staccava gli occhi di dosso e si era messo a parlare fitto fitto all'orecchio di Terri.

L'aveva riconosciuta all'istante, anche se era stato suo cliente una sola volta perché lei poi era diventata troppo cara per le sue disponibilità. Anzi, già quella prima volta che aveva usufruito dei suoi servizi si era stupito, perché non era il genere di ragazza che solitamente ti potevi permettere con poche decine di euro.

Gli annunci giravano ancora soprattutto nelle pagine delle pubblicazioni locali, quelle dove c'erano anche gli affitti e lo scambio dell'usato, di solito mischiate nelle colonne dei "cerco anima gemella".

Bangkok aveva letto di quella Dea dell'Amore e – visto che probabilmente nel suo *palmarès* mancava una divinità – aveva deciso di provarla, pur sapendo molto bene che metà delle allettanti proposte erano false e che probabilmente invece di una dea avrebbe trovato ad andare bene una cinquantenne di Pinarella fuori forma e senza due denti.

Quando gli era stata aperta la porta di un piccolo appartamento di Milano Marittima, in una zona anonima lontano dalla spiaggia e dalle ospitate vip, non era riuscito a credere ai propri occhi: la Dea dell'Amore esisteva davvero.

"Con un problema però," disse Moretti, che si corresse subito: "Insomma, l'annuncio aveva taciuto una piccola informazione che per qualcuno poteva essere importante."

"So che sono una donna," disse. "Ma so anche di esserlo a modo mio."

"Io non so a chi sto parlando," disse Moretti, che si rendeva conto di avere il tatto di un trattore a cingoli ma non poteva farci nulla.

La Castillo lo fissò dritto negli occhi.

"Io sono Iolanda Castillo," disse. "Lo sono sempre stata. Non mi importa che nome mi hanno dato. Non era il mio. Il mio è quello che mi sono scelta: ci sto attraversando fiumi di merda e mi sono guadagnata il diritto di portarlo."

Aveva smesso di fare la vita dopo due anni. Si era trasferita in Veneto, abbastanza lontano perché nessuno la conoscesse, e aveva fatto il corso da operatrice sanitaria. Poi era tornata in Riviera perché di tempo ne era passato e qualche amico sincero le era rimasto. E le piaceva la Romagna, le sembrava un fazzoletto di America Latina sdraiato sull'Adriatico, con la stessa allegra confusione della sua terra ma con molti meno rischi di finire male.

"L'anno scorso a Quadalti serviva una nuova badante e ti sei fatta avanti," disse Moretti.

"Sì. Un vecchio amico mi disse che stava cercando. Ci conoscevamo. Ero anche andata ad alcune sue feste. Si ricordava di me. Ci ho provato. Ero qualificata. È andata bene."

"Franchino da quanto lavorava lì?"

"Lui c'era già. Credo da una decina d'anni circa. Se si può definire 'lavorare'."

Moretti batté i piedi per cercare di riattivare la circolazione.

"Puoi aver ucciso tutti e due," disse.

"Non ho ucciso nessuno."

"L'ultima volta che ho creduto alla gente a scatola chiusa ci ho perso il lavoro," disse Moretti. Si fermò appena in tempo, prima di tirare in ballo Manuel e Vittoria.

"E allora perché mi hai portata qui?"

Moretti alzò le spalle. C'era la faccenda del cancello automatico che si era aperto e poi richiuso. Poteva esserci qualcun altro. Saperla sola in quella villa non era il massimo. Aveva già lasciato da sola troppa gente, nel momento sbagliato. Elio Renucci con dei colleghi inaffidabili, pensando che fosse al sicuro. Vittoria con Manuel, mentre combatteva contro i suoi stessi superiori per non far insabbiare tutto. Ed era andata a finire malissimo. Per Renucci e per la fetta più importante della sua vita. Non disse niente.

"Quelle come me non ti vanno a genio?" chiese la Castillo.

"Quello che mi va a genio o no non importa," disse Moretti, "anche perché a me non va a genio nessuno, a cominciare da me stesso."

Gli venne quasi un ghigno a pensare alle patacche che raccontava, ma non ebbe modo di perderci troppo tempo, perché iniziarono i fuochi d'artificio alla fine dello spettacolo dei giardini Pantani. Poi qualche ragazzino cominciò ad approfittarne per lanciare dei petardi lì vicino, come fosse la notte di Carnevale. Ma era un rumore diverso.

Erano passati secoli dall'ultima volta, eppure Moretti sapeva ancora riconoscere dei colpi d'arma da fuoco.

Si lanciò verso la branda a tirare giù la Castillo, mentre i proiettili crivellavano il camper sforacchiandolo come se fosse di latta.

17

“Don.”

“Uè, pecorone. Già sveglio all’alba?”

“Ho una domanda.”

“Hai detto gli Ave e i Gloria?”

“No.”

“Aggiungine cinque. Dimmi.”

“La politica dell’azienda, oltre al gregge e al pecorone smarrito, prevede vitto e alloggio per una pecorella in pericolo?”

“L’azienda prevede tutto.”

“Bene.”

“La risposta corretta era ‘grazie’.”

“Grazie.”

“Quindi?”

“Sai se Padérna aveva intenzione di venire giù?”

“Se gli fai un fischio, Padérna viene giù anche in ginocchio.”

“Non me ne faccio niente se viene in ginocchio. Con il suo carrarmato va benissimo.”

“Te lo mando.”

“Grazie. Subito.”

“Subito, agli ordini. Altre cinque Ave Maria. E tre Gloria al Padre.”

“Sempre sia lodato.”

“Sarà meglio, Moretti.”

... e poi ci sono posti che te ne puoi andare, ma loro non se ne vanno da te.

A volte la catena è corta, che appena ti muovi la senti tirare. Altre volte invece è più lunga, te ne vai in giro come se fossi libero, finché non ti capita qualcosa e solo allora senti lo strattone e ti ricordi che sei legato. La catena è sempre lì.

Quando era una recluta non tornava su quasi mai. Veniva per le feste comandate e delle volte neanche per quelle. La catena era lunghissima.

Però non si perdeva mai una Festa di Sant'Antonio. Quella mai. È quando si portano a benedire gli animali nel cortile davanti alla chiesa.

Da bambini alla Festa di Sant'Antonio si vendevano i biglietti della lotteria. Il primo premio era un maiale. Un maiale intero. Vivo.

Lo portavano in giro la mattina con una motoretta della Wehrmacht, che era rimasta qua a prendere ruggine dal 1944. Il maiale stava sul sidecar. Lo guidava Biagetti, il moroso della tabaccaia. Con una mano teneva il volante, con l'altra faceva la réclame dei biglietti della lotteria con il megafono. E di fianco, nel sidecar, c'era il primo premio: delle volte gli mettevano un cappello di paglia e un fazzoletto intorno al collo come i contadini quando andavano al mercato. Sembravano felici come una Pasqua: quei maiali avevano l'aria che fosse il giorno più bello della loro vita.

Alla fine tutti compravano i biglietti e speravano di non vincere il primo premio, perché poi dove te lo metti un maiale intero?

Un anno lo vinse la vedova Buganè, la maestra delle scuole medie, che abitava in un bel appartamentino in piazza Ceronesi, immacolato e arredato di gingilli che aveva comprato in una vita di classi portate in gita. Gli animaletti con le gambe sottili di Burano, minuscole torri di Pisa di gesso... Dove se lo metteva lì dentro un maiale intero, e vivo per giunta?

Ma non a caso era una che aveva studiato.

Intognimò, cosa fece?

Lo regalò ai Giacometti della Buratta, quelli del poderone dietro al camposanto, dabò, e gli disse: "È vostro, a me basta un prosciutto, i ciccioli e se ci scappa anche una coppa di testa."

La Buganè che mangiava la coppa di testa, che in pratica ci buttano dentro anche gli occhi. Da non credere. Come la regina Elisabetta che si sfonda di wurstel.

Ecco, lui per la Festa di Sant'Antonio è sempre tornato.

Quando è diventato ufficiale, con tutte le beghe da sovrintendente capo, sarebbe voluto tornare tutti i giorni, e ogni buco che trovava era buono per scappare da Bologna e venire qui con voi. Gli si era accorciata la catena, ma ce l'aveva anche prima.

Son cose da niente dette così, ma se sei cresciuto vedendo un maiale con il cappello di paglia che se ne va in giro per Purocielo su un sidecar la mattina della Festa di Sant'Antonio, poi mica te lo togli più di dosso: ovunque ti porti la tua vita, neanche se finisci in capo al mondo...

Solo l'anno che tu e tua madre siete andati via l'ha saltata.

18

Era un'ora che Padérna sbirciava la Castillo dallo specchietto retrovisore. Si era addormentata poco dopo Ravenna, con la testa piegata da una parte, perché dormire sulla branda del camper non era il massimo a prescindere, figurarsi dopo che gli avevano sparato una raffica contro.

All'uscita del casello a Cotignola russava leggermente. Padérna non aveva smesso di lanciarle di tanto in tanto occhiate che non si capiva se fossero di ammirazione o di curiosità.

Anche Moretti era mezzo addormentato, ma a ogni minimo scossone sbatteva contro il finestrino e si svegliava.

Al secondo tornante dopo Casola Valsenio si svegliò pure lei e si guardò intorno spaesata: era salita su quel carrarmato in un posto che c'era solo cielo e al massimo una spiaggia di ombrelloni, e adesso invece c'erano boschi fitti e rivali di pietra a strapiombo.

"Sicuri che siamo ancora in Romagna?" chiese.

Padérna puntò un dito oltre il parabrezza.

La Castillo seguì il dito, ma si fermò al ciuffo di coda che dondolava appeso allo specchietto retrovisore.

"Questo cosa sarebbe?"

"Tasso."

"Poveretto," disse lei.

“Il resto è ancora vivo,” disse Padérna. Gli aveva staccato un ciuffetto come promemoria: che non tornasse a dargli fastidio alle galline.

La Castillo tornò a seguire il dito di Padérna. Quando la strada spianava e la valle si apriva un po’, una cima svettava dietro la fuga delle colline più basse.

“Passo Sambuca,” disse Moretti.

La Castillo non aveva idea di cosa intendesse.

“Dietro c’è Firenze,” spiegò Padérna.

“Ma qui dove siamo?” chiese la Castillo.

“Nella stessa provincia di dove siamo partiti,” disse Moretti. Pochi sapevano che un cuneo della provincia di Ravenna toccava quella di Firenze. Purocielo era nella punta.

Sembrava un altro mondo.

Padérna tornò a fissare la Castillo dallo specchietto, questa volta un po’ più giù.

Lei se ne accorse e scosse la testa.

Padérna fece una faccia ammirata. Non l’avrebbe mai detto: sembravano vere. Poi fissò ancora un po’ più giù.

Questa volta la Castillo lo guardò male, come una sgridata silenziosa a un bambino impiccione.

Padérna fece una smorfia che voleva dire “peccato”.

La Castillo guardò fuori dal finestrino. Il verde smeraldo delle propaggini settentrionali delle Foreste Casentinesi si perdeva a vista d’occhio nella fuga dei pendii. “È bellissimo,” disse.

“È selvatico,” la corresse Padérna.

“È più sicuro,” concluse Moretti.

Con uno smanicato leopardato a macchie grigio e grigio scuro su cui la Nedina aveva cucito una piccola croce d’oro, dalla canonica se ne uscì bello come il sole

Don Leopoldo Tabanelli, arciprete di Purocielo, custode dell'eremo di Monte Mauro, priore del santuario di Trario e parroco più altolocato della provincia di Ravenna, assiso sui suoi ottocentottanta metri sopra il livello del mare: il pastore di anime senza due dita della mano destra perse in un incidente di caccia, l'uomo di fede che era finito sul *Resto del Carlino* perché si era conteso un capriolo con un lupo, rompendo una tregua tra la Chiesa Cattolica e quella specie animale, che durava dai tempi di San Francesco.

In carne, gli occhiali da sole futuristici alla *Matrix* e una matassa di capelli grigi che pareva una paglietta per scrostare le pentole, dovette fare una grande impressione alla Castillo, che forse memore della tradizionale religiosità latinoamericana gli si fece incontro riverente stringendogli entrambe le mani.

"Padre," gli disse.

"A occhio e croce direi nonno," scherzò Don Leo. "Lei deve essere la pecorella in pericolo."

Padérna stava per correggerlo sparando una boiata, ma Moretti lo fulminò con lo sguardo.

Don Leo la guidò all'interno, perché c'erano già in agguato come cecchini due o tre vecchiette dietro le tendine. E poi era mattina presto e il termostato dell'Alto Appennino non era lo stesso della Riviera: la Castillo aveva una camicetta a maniche corte e aveva iniziato a rabbrividire appena era cominciata la salita, dopo Casola Valsenio. A Purocielo la mattina presto e la sera, anche in agosto, si usciva sempre con il golfino addosso, perché dalle valli boscose scendevano certe correnti d'aria da frigorifero, ghiacciate come torrenti alpini.

Entrarono nello studio. C'era una scrivania con dietro una foto del papa. Un piccolo crocifisso color panna sopra. Da un lato una specie di piccolo salottino per gli ospiti, con il camino, due poltroncine e un tavolinetto basso basso. Dall'altro lato un divano vecchio ma dignitoso nascondeva parzialmente una rastrelliera con cinque schioppi antichi ma perfettamente oleati. In un angolo, infilate dentro una grande anfora finto-romana, c'erano delle aste con le bandiere delle sestiglie dei Lupetti, che il Don ci teneva tanto, perché gli insegnava i sentieri e come cavarsela nel bosco senza lasciarci gli zampetti. A dodici anni le ragazze e i ragazzi di Purocielo erano dei piccoli Robinson Crusoe.

La Castillo e Don Leo si accomodarono nel salottino, Moretti e Padérna sul divano.

"Mi hanno detto che c'è qualche problema."

"Padre, io volevo dirle che non sono..." partì in quarta la Castillo.

Don Leo la fermò: "In questa succursale dell'azienda non servono giustificazioni. Nel caso lo ritenesse opportuno, di là ci sono i confessionali. Ma dipende da lei. A me interessa l'anima, non la damigiana che la contiene."

La Castillo riprese fiato.

"C'è un appartamentino qua sopra, ci stava la mamma del parroco che mi ha preceduto. Adesso è vuoto," disse il Don.

"Mi spiace."

"È vuoto da vent'anni," precisò Padérna.

"Ho dato aria alla casa e la Nedina ha cambiato federe e lenzuola."

"La Nedina?"

"È la perpetua," spiegò Padérna stravaccato sul divano con la rastrelliera dei fucili d'epoca dietro. Ci mancavano solo delle teste di rinoceronte e antilope e sarebbe stato un ottimo Yanez de Gomera: se ci fosse stato pure Zafàr sarebbero stati una perfetta illustrazione di *Sandokan*.

"Cosa fai, ti siedi? Mi devi riportare giù: alla mezza apre il Gradisca," gli disse Moretti.

"Che due maroni," rispose Padérna.

"Tre Gloria. Tutti e due. Marsch. Smammare," disse Don Leo.

19

La partita di maraffa finì con la solita Caporetto per Moretti, che aveva scappellato così tante giocate che pure i ritratti di Berlinguer e Togliatti lo guardavano con aria di grande disapprovazione.

La compagna volontaria con cui aveva fatto coppia se la prese talmente a morte per la sconfitta che alzandosi dal tavolo gli augurò un "buonasera" in un italiano così corretto e affilato che pareva un bisturi.

Moretti era rientrato per il servizio del pranzo all'ultimo, con sgommata del fuoristrada 4x4 sul marciapiede e lui che usciva alla James Bond con il mezzo ancora in movimento. Per fortuna Zafàr gli aveva coperto il sedere preparandogli la linea dei condimenti. La Gina invece gli aveva fatto trovare il forno pronto, già bello che pulito. Poi era passato dal circolino, che gli serviva l'ennesima cortesia.

Servadei Piccolo mescolava le carte, il Grande faceva fare i salti mortali allo stuzzicadenti.

Moretti aspettava che qualcuno dicesse qualcosa, perché era andato lì apposta.

"Dopo l'improvvisa grandinata di questa notte..." cominciò Servadei Piccolo.

Moretti tirò su un gran respirone. Era ora. Andava bene anche se lo mandavano in quel posto. Qualsiasi cosa tranne il silenzio. "Mi sa che dovrò fare le valigie," disse.

“Per metterci che?” fece Servadei Piccolo. “C’hai tre magliette in croce.”

Servadei Grande sorrise. Non era proprio un sorriso, quanto un testacoda dello stuzzicadenti.

“Sento l’Alma se ha un...” fece per dire Moretti.

“E con cosa lo paghi l’albergo?” gli chiese Servadei Piccolo.

“Rubli,” gli scappò a Moretti.

Lo stuzzicadenti del Grande fece un altro testacoda.

“Patacca,” fece il Piccolo, ma un po’ gli scappava da ridere anche a lui.

A Moretti andò via un po’ di peso dalla pancia.

“I prossimi tre-quattro giorni non usciamo in mare,” disse il Piccolo. “Ludovico va su a fare dei documenti.”

“Ludovico” era la divinità nibelunga, “su” era la Svizzera.

Quando parlavano di quel nipote ai Servadei brillavano gli occhi. Al Grande gli spariva anche lo stuzzicadenti.

Despondere spem munus nostrum.

A Moretti gli venne su dal buco nero in cui cercava di sprofondare il passato il motto della polizia penitenziaria.

Il nostro compito è garantire la speranza.

Ludovico-Thor era quello che garantiva la speranza alla secolare famiglia marinara dei Servadei.

Stava per chiedersi a chi avrebbe garantito la speranza lui, se non riusciva con sé stesso o con Manuel, ma nascose quel pensiero sotto l’ennesima cazzata: “Un po’ di ferie anche per il proletariato.”

Fu mandato immantinente a cagare da tutti i Servadei presenti, a parole e a gesti e con lo stuzzicadenti, e anche dai ritratti alle pareti.

“Puoi stare nella Nilde. Ma non farti vedere, che quella i buchi li porta peggio del camper,” disse Servadei Piccolo.

Moretti annuì lentamente, che si capisse che era un grazie grande come una casa.

"A noi polizia e divise varie non ci piacciono. Ma i delinquenti ancora di meno," continuò il Piccolo.

"Capisco."

"Tu non vinci una mano neanche se accusi una cricca terza: cosa vuoi capire, Moretti? Va' là dunque." La cricca terza era quando avevi le tre carte più alte di briscola più altre tre. Era l'equivalente di andare in battaglia con un panzer contro australopitechi armati di sassi spuntati e clave. Ma Moretti riusciva comunque a perdere. "Stai attento a dove vai a nasare, i soldi sono una brutta bestia," continuò Servadei Piccolo. "Non solo non averne, come te. Ma anche averne molti di più di quello che serve."

Venticinquemila pizze dopo finì anche il servizio serale.

Per tutto il tempo Moretti aveva calcolato pro e contro e finalmente si era deciso. Così, appena la Channèl terminò l'ultimo conto dell'ultimo tavolo, la chiamò da una parte. Poi fermò pure Momo, che stava sgattaiolando nel vicoletto.

"Allora," disse a entrambi, "voi due dovete farmi una cortesia."

Momo lo guardò con uno sguardo da pesce lesso. Invece alla Channèl, che come tutte le ragazze di quell'età aveva neuroni scattanti, iniziarono a luccicare gli occhi.

"Domani mi sa che ti servirà una terza agendina," le disse Moretti. Lei fece di sì con la testa. Momo era ancora lì a bocca aperta come un invurnito. Moretti gli passò una mano davanti. "Smetti di mangiare dell'oca e torna tra noi. Tra poco arrivo anche a te," gli disse. Poi puntò un dito contro la Channèl. "Domani vai a fare qualche chiacchiera in giro. Sei di Galatea, ai vecchi ci piace parlare con i loro giovani. Inventati qualcosa. Vediamo di scoprire chi era 'sto Franchino," continuò Moretti.

"È il custode del tizio che ci è morto sulla pizza," disse Momo.

"Mi meraviglio che spendono dei soldi per farti studiare. Lo sappiamo benissimo chi era. Stai buono lì e aspetta il tuo turno."

La Channèl si era già segnata un paio di cose sull'agendina verde fluo. "Domani è giorno di mercato. Perfetto," disse.

"Mi raccomando. Anche quello che faceva prima di diventare custode," aggiunse Moretti.

La Channèl lo trapassò con uno sguardo assassino. L'aveva presa per una dilettante? "Perché non lo fai tu?" gli chiese, mentre si segnava un'altra cosa.

Moretti si accese una sigaretta. Gli restavano venti euro dei cinquanta che gli avevano dato i Servadei. Più la stecca di Bangkok. L'unica cosa che aveva preso dal camper. Un pascià. "Perché mi sta sui maroni la gente. E la gente se ne accorge. E inizio a stargli sui maroni io. E nessuno dice più niente, perché ci stiamo tutti sui maroni. Senza contare che da qui a Igea Marina lo sanno tutti quello che facevo prima di vivere in un camper."

"Riassumendo: perché io sono più brava. Questo lo sapevo anche da prima."

"E io?" fece Momo.

"Tu la tieni d'occhio. Ma a distanza di sicurezza, senza fare la figura del pesce lesso."

"So difendermi da sola," disse la Channèl stizzita.

"Lo so. Ma consideriamo se capita qualcuno che con le parole non lo fermi... Un paio di braccia o uno scudo umano ti possono far comodo. Momo come avanzo di galera è sacrificabile."

“Ehi,” disse Momo.

“*Ssst,*” lo zittì Moretti. “Sono un avanzo di galera anche io in un certo senso. Per non parlare del tuo datore di lavoro. Non sei solo.”

“Se faccio casino mi rimandano dentro. Già con il morto qui ho paura che mi spostino da qualche altra parte. Preferirei evitare.”

“Non finirai dentro,” disse la Channèl. “E male che vada… Ti piacciono le arance?”

“No,” fece Momo, che non aveva ancora capito una mazza e continuava a mangiare dell’oca a bocca aperta.

“E allora ti porterò qualcos’altro.”

20

La Channèl non vedeva l'ora di raccontare a Moretti cos'aveva scoperto, ma il servizio del pranzo non dava tregua. Ci s'erano messi pure i gemelli Barzocchi con consorti, che si erano ripresentati accompagnati da coppie di amici e avevano una comanda che da quanto era lunga pareva la Torah.

Era tutto uno sfornare pizze, impiattare tortelli burro e salvia, che quel giorno andavano parecchio di moda, e suonare il campanello per avvertire i due camerieri, che si pestavano i piedi soffiando come gatti randagi.

"Lo sapevi che il nipote dei Servadei è figlio della sorella che sta in Svizzera? È mezzo svizzero," disse la Channèl tutto d'un fiato, cacciando dentro la testa dal finestrone.

Sì, Moretti lo sapeva, ma era troppo impegnato a ricoprire di accidenti gli arcangeli e tutti i santi per dirglielo. C'aveva un'emorragia interna di Anubi.

"Comunque era nato a Bologna," proseguì lo stesso la Channèl prendendo al volo tre pizze pronte da portare al tavolo.

"Ma chi?" le chiese Moretti frastornato. Però lei era già schizzata via.

Ci si mise anche Momo: "Mai più che mi mandi dietro a quella pazza." E ci aggiunse dietro un brutto nome in arabo, che Moretti aveva imparato in carcere e gli fece segno con la mano che se ci riprovava gliene mollava uno.

Moretti aveva il cervello che si stava spaccando in quattro. Zafàr aveva i goccioloni appesi ai baffetti. La Gina gli dava una mano ai fornelli. Alla lavastoviglie si era materializzato Terri: che Dio lo proteggesse sempre. Moretti condiva, infornava, stendeva, tirava su la pasta dalla pentola, sfornava, controllava gli ordini: neanche il direttore di lancio della Nasa doveva tenere sott'occhio tutta quella roba.

"Franchino era nato a Bologna ma è sempre stato qui, con la mamma. Il babbo è morto che era piccolo," disse la Channèl. "Mancano le melanzane nella Verdure dell'otto," aggiunse appoggiando il piatto sulla mensolina. Se Anubi sopravviveva a quel giorno, non lo ammazzava più nessuno. "La Cicala dice che non l'avrebbe mai detto che la Luana sarebbe diventata una così brava mamma," proseguì la Channèl mentre aspettava che Moretti aggiungesse le melanzane. Ma lui non aveva tempo, perciò ce le mise La Gina.

"La Cicala? Ma chi è?" domandò Moretti.

La Cicala era il nome della merceria, diventato per proprietà transitiva anche il nome della proprietaria.

"Da giovane era una bella birichina, ma poi è diventata bravissima. Peccato che il bambino non era nato con la voglia di fare che aveva lei," disse la Channèl prima di sparire a portare Verdure al tavolo otto.

"Faccio il tredici. Ha due piade alla salsiccia. Quanto ti ci vuole?"

"Minuto, minuto," disse Zafàr, che stava finendo un tagliere e scolando dei passatelli.

"Mi ha detto di non andarle appresso come un moroso," si intromise Momo.

Moretti fece per lanciargli la palettina che usava per tirare su gli impasti.

Vittor cacciò dentro la testa.

"Sveglia!"

Moretti fece per lanciare la palettina pure a lui.

"Comunque, fortuna che quel salame non faceva il poliziotto sotto copertura, perché sennò lo giustiziavano subito," disse la Channèl. "Ha studiato fino alle medie, ha provato al professionale ma dopo sei mesi ci ha dato su."

"Ma chi? Momo?"

"Franchino! Su, Moretti, sveglia!"

"Zafàr, come si dice 'canchero' in urdu?"

"Non c'è."

"Che ci venga lo stesso!"

Moretti si preparò psicologicamente fumando tre sigarette di fila nel vicoletto. La Channèl pestava i piedi che non vedeva l'ora di cominciare. Momo invece pestava i piedi che non vedeva l'ora di andarsene.

Moretti spense l'ultimo mozzicone e si sedette sul bidone della carta. Era pronto.

La Channèl aveva già una nuova agendina aperta, arancione questa volta. Le mise tutte in fila sul bidone giallo della plastica.

"Franchino aveva provato come meccanico da Manèla: sei mesi e l'hanno lasciato a casa. Poi non ha fatto niente per qualche anno. La Luana faceva le pulizie in giro e andava a lavare i piatti un po' qua e un po' là durante la stagione..."

"La Luana?"

"Sua mamma, te l'ho detto prima."

Moretti le fece segno che del macello di quel servizio voleva dimenticarsene per sempre.

"C'è bisogno di me o posso andarmene?" chiese Momo.

"Bisogno..." sbuffò la Channèl scuotendo la testa da una parte all'altra. "Vai, vai."

Momo ci rimase male.

Moretti alzò le spalle. "Fai come vuoi," gli disse.

Momo fece di sì con la testa ma se ne restò al suo posto. La Channèl gli concesse un'occhiata e uno sbuffo, poi ricominciò. Sfogliava le pagine con cura, inumidendosi il dito sulle labbra. Momo ogni volta distoglieva lo sguardo o pestava i piedi imbarazzato.

"Tre mesi all'elettromeccanica di Porto Corsini, due al petrolchimico in prova. Ha provato anche con il patentino nautico, ma l'hanno bocciato e non ha tentato la seconda. L'Avellina di Tugnì della pescheria ha detto che loro avevano bisogno e gliel'avevano chiesto se andava, ma lui non s'è neanche fatto vivo..."

"Insomma, non ha fatto un canchero per tutta la vita."

La Channèl annuì.

"Lavorava da Quadalti dal 2011."

"Un record."

"Era solo. La Luana è morta a fine 2010."

"Doveva mangiare," disse Momo.

"Un segnale di vita, miracolo. Ancora qui stai?" gli chiese la Channèl.

Momo la mandò a quel paese e se ne andò via tutto imbronciato.

"E poi ti chiedi perché sei circondata da ragazzi con il muso..." disse Moretti.

"Non citarmi a sproposito, Moretti," fece la Channèl girando pagina. "Comunque, tutte ci son rimaste un po' così che l'ha ucciso e poi si è ammazzato. È opinione comune che non avesse voglia di far niente, ma non era cattivo. Cioè... Non gli interessava di niente. Viveva solo perché era nato."

"Non facciamo della poesia, detective."
"L'ha detto Brunì, testuale. Mi ha anche detto di chiederti se ti servono gli ananas."
"Digli che con i prezzi che ha lui faccio prima ad andare a raccoglierli in Guatemala ogni settimana."
"Comunque, questo è il riassunto," disse la Channèl mentre dalla tasca del grembiulino da cameriera pescava una tovaglietta di carta del Gradisca ricoperta di geroglifici fitti fitti. "Neanche io ce lo facevo."
Moretti prese la tovaglietta e se la infilò in tasca senza darle la soddisfazione di leggerla subito. "Lo conoscevi?" chiese.
"No, però lo vedevo... La Fernanda..."
"Chi è?"
"Una delle pie donne dell'Azione Cattolica, quelle che ci finiscono lo Zabov. S'è messa le mani sulle guance. Suo marito va a rastrellare le spiagge quando se ne vanno i bagnanti e aveva visto Franchino al Barrakuda che saran state tre settimane. Loro uscivano poco dalla proprietà."
"Ah," fece Moretti.
"'Ah' cosa?"
"Il Barrakuda. Deve avermene parlato l'Agatina. Ci andava il miglior amico di Quadalti, prima di crepare di un male cattivo. Non ho idea di chi fosse. Brezi, Bezzi."
Alla Channèl lampeggiarono le guanciotte.
"Lo so io! Ci andiamo ogni tanto con Michelino!"
Moretti si passò una mano sulla faccia.
"E chi sarebbe 'sto Michelino?"
"Sarebbe il mio moroso."
"Bel nome, detective."
"L'avvocato Brenzi. Prima di morire stava sempre là, uno scheletro con Mojito vestito da maranza. Che pena. E non era neanche il peggio."

"No?"

"No. C'era sempre qualcuno intorno che ne approfittava per scroccare una bevuta."

Moretti si stese sulla brandina del cabinotto della Nilde Rossa. Anche lì faceva un caldo vigliacco, con l'aggravante dell'odore di decenni di pescato che aveva impregnato ogni cosa. Eppure non ci stava male. C'era sempre quel minuscolo movimento come se qualcuno di gigantesco ti cullasse con grande cura.

C'era una lucina a batteria, che Moretti accese assicurandosi che la finestrella fosse ben oscurata. Ci aveva appeso un suo paio di braghe da lavoro.

Scosse la tovaglietta finché non riuscì ad aprirla.

Luana

Per il nome della mamma di Franchino la Channèl aveva usato un colore diverso, un bel verde.

Nata nel 1961, forse a febbraio, perché la Nives della Lavanderia Modernissima diceva dalla parrucchiera che tra loro passava una settimana e lei è del 24 febbraio. "Però può essere anche marzo, perché non ricordo se lo faceva la settimana prima o quella dopo. C'ho una testa… È colpa dell'Emidio, accidenti a me a quando andavo a ballare al Piteco e me lo sono sposato. Alla Luana c'è andata meglio: dopo un anno e mezzo era bella che libera, gli è morto subito. Però la polka… Come mi faceva prillare l'Emidio, nessun altro." Testuale.

Ha studiato fino alle medie, ma non le ha finite. È andata subito a lavorare, tutti impieghi stagionali, prima la frutta, poi negli alberghi.

Quando è diventata maggiorenne l'hanno presa al petrolchimico. È andata via di casa e s'è presa un appartamentino in affitto nelle case nuove che avevano costruito davanti alla stazione degli autobus. L'anno dopo che gli è morto il marito se l'è comprato. Ha abitato lì finché non è morta.

Brunì era tre-quattro anni più piccolo ma se la ricorda, perché era uno dei sogni erotici dei ragazzini della loro compagnia. "C'aveva una 127 gialla, che ci andava con le sue amiche a ballare, era sempre felice. Non era una fotomodella, ma quando sentivi la risata ti faceva girare la testa e ti si drizzava come i cobra con i flauti dei fachiri. Ah, di' a Moretti che se gli serve c'ho anche la papaya, magari ci fa un calzone." Testuale.

Moretti lo mandò a cagare in differita, che ci venisse un canchero a lui e alla papaya, e cambiò posizione sorridendo sulla brandina.

Confermato: la Luana aveva tantissime amiche e tantissimi amici. Tutti la ricordano con affetto. Lavorava e si divertiva. Andava a Rimini, Riccione, Marina di Ravenna. Mia zia dice che un paio di volte c'è salita anche lei su quella 127 gialla. Quando non avevano voglia di fare chilometri oppure d'inverno, che era tutto chiuso, approfittavano come chiunque delle feste a Villa Quadalti.

Roberta della Cicala è quella che la conosceva meglio, tra quelli che ho sentito. "Si beveva a gratis e c'era una piccola pista da ballo con mattonelle di ceramica nella pineta dietro casa. Ci andavamo con i morosi, che erano gelosi perché Quadalti e i suoi amici erano più grandi. Io all'epoca stavo con Rino Medri, non l'hai conosciuto, poveretto, è morto di un male cattivo che era ancora giovane, suo babbo aveva

l'officina delle biciclette dove adesso c'è la filiale della Cassa di Credito. La Luana aveva un filarino di Fosso Ghiaia che era cotto di lei, ma di nascosto si vedeva già con Alfio, che se lo sposò poco dopo in quattro e quattr'otto anche se si conoscevano poco. Poi non s'è più vista, finché una mattina non me la vedo entrare in piazza spingendo un passeggino. Si era trasferita da lui, che stava in campagna verso Canneto, suo babbo aveva un podere, e poi erano tornati a Galatea. Lui si è ribaltato con il trattore due anni dopo."
Testuale.

Non ha più ripreso al petrolchimico, ma faceva la donna delle pulizie negli alberghi. Non so quali, perché son passati anni e i gestori sono cambiati, tranne l'Alma dell'omonima pensione. Da lei ha fatto un paio di stagioni. Una grande lavoratrice. Quando non stava lì, stava con il bambino.
Nelle tre ore al giorno che puliva le camere glielo teneva Maretta Bosa, quella che abita nella villetta celeste vicino al raccordo dell'Adriatica e vende i gioielli fatti a mano nelle bancarelle il martedì. "Ma cosa vuoi che mi ricordi, avevo sedici anni e una sfilza di tabachini che mi venivano dietro da qui a Cattolica, mica come adesso che non mi bada più nessuno. Mah. Lui era un bambino che dove lo mettevi stava. Non diceva beo. Non so se era calmo o invurnito. Però non dava mai fastidio." Testuale.

Dall'Alma la Luana ha smesso perché avevano bisogno che facesse qualche ora in più ma lei non voleva stare tanto fuori casa, lontana dal suo bambino, così hanno dovuto assumerne un'altra.

È morta nel 2010. Non si è svegliata.
Visani delle pompe funebri, quello che sembra un avvoltoio e gira sempre intorno all'ospedale, ha detto: "Non ho mai più

visto una morta con un così bel sorriso. Un funerale con un sacco di gente, dei mazzi di fiori che uno me lo ricordo ancora, sembrava quello di una regina. Un sacco di gente che era piena anche la piazza fuori dalla chiesa." Testuale.

21

"Don."

"Le hai recitate?"

"Quasi."

"Aggiungi due Pater. Dimmi."

"Come va?"

"Va che se non la porti da un'altra parte mi tocca abbattere Padérna."

"Perché?"

"Perché gironzola sempre qua intorno, sembra che abbia scoperto una nuova specie di mammifero. Lo sai che è curioso come un gattino."

"Lo so. Lei come sta?"

"La Nedina l'ha adottata. Le sta insegnando a stendere la sfoglia con il mattarello. Ogni tanto va a farsi una passeggiata lungo il fiume. Sembra una brava persona che ha passato troppi guai. Mi ricorda qualcuno che conosco."

"Ti ha detto qualcosa?"

"Segreto professionale."

"Che ti venga un…"

"Tre Gloria."

"Non è giusto così."

"È sacrosanto. Pecorone…"

"Sì?"

"Non farti ammazzare."

"Non volevano ammazzarci, non adesso."
"Non farti ammazzare neanche dopo."
"Tanto risorgeremo nella vita eterna."
"Se non le reciti non credo. E ti ricordo che non sei solo al mondo. Sempre sia lodato, Moretti."

22

“Ho visto che ti sei rimesso a fare il tenente Kojak come ai vecchi tempi,” disse Vittor.

Moretti ci mise un po’ a capire, perché il cognome Kojak era stato pronunciato con almeno tre G al posto della J. “Do una mano ai bisognosi,” disse poi.

Vittor gli rise in faccia. Il suo “Patacca!” era sottinteso. “Cosa vuoi?” gli chiese.

“Perché?”

“Perché abbiamo finito e sei ancora qui tra i maroni.”

“Mi serve un accompagnatore.”

“Va’ là, Moretti. Dai, che c’ho da fare. Cosa c’è?”

“Vieni con me al Barrakuda Beach.”

“Osta ciò, ti vuoi rimettere sul mercato? Guarda che per il geriatrico come noi c’è il Bagno Lino.”

“Vabbè, preferisco non pormi limiti.”

“Moretti...”

“Sì, ci vado, ci vado.”

“Non sono stato tuo ospite per nove anni così alla cazzo di cane. Ho una mezza idea di cosa stai combinando,” disse Vittor.

Moretti si accese una Krong Thip. Gli disse dei fuochi d’artificio che erano stati scaricati sul suo camper e tutto il resto. Si era guardato bene dal fare denuncia, ma sapeva che era impossibile che nessuno di chi abitava lungo il porto canale avesse fatto almeno una chiamata ai carabinieri. Era sicuro che prima o poi si sarebbero fatti vivi.

"Moretti, ma sei scemo? E mandi la bastardina in giro così? Non posso girarmi che mi arriva con quelle sue agende sotto il naso a farmi l'interrogatorio. Magari le compro una stella da sceriffo, di quelle per i vestiti di carnevale."

La "bastardina" era la Channèl. Pareva un insulto, ma in realtà era l'unica parola disponibile nella loro lingua madre per indicare i giovani. C'era anche "burdela", ma si usava da Cesena in giù e Vittor era nato nell'altro tropico della Romagna, da Forlì in su. Vittor era di Ca' di Lugo.

"Lascia stare la stella da sceriffo, che quella poi ci crede davvero," disse Moretti. "Chiunque sia stato a sparare, mi ha visto quando sono andato dalla Castillo. Teneva d'occhio me e lei."

"A me sembra una cazzata lo stesso."

"Era un avvertimento," disse Moretti. "Con quell'arma lì se vuoi uccidere qualcuno lo uccidi."

Tirò fuori dalla tasca uno dei bossoli che aveva raccolto nel cortile dei Servadei.

"Osta ciò, questa è un'automatica," commentò Vittor.

"Già."

"Be', però se vai a nasare in giro potrebbero pensare che l'avvertimento non è bastato. E allora ciao mare."

"È proprio quello che penso."

Vittor lo guardò a lungo. "Che pensi o che speri?"

Moretti schiacciò la Krong Thip. C'aveva una lingua che gli pareva una trave di cemento armato. Alzò le spalle.

"Coglionazzo," gli disse Vittor.

"Mi ci porti o no?"

"Ma dove?"

"Al Barrakuda."

"Cosa c'è al Barrakuda?"

"Non ne ho idea, ma continua a saltarmi fuori. Insieme all'avvocato Brenzi. Conosci qualcuno lì?"

"Al Barrakuda conosco i genitori di quelli che lo frequentano oggi, metà dei baristi o camerieri e i tre soci, i due vecchi e quello nuovo."

"Quando andiamo?"

"Dopo il turno del pranzo. Visto che sei in versione Kojak, ti uso un po' anche io."

"Per fare che?"

"Poi vedrai. Faccio anche io il misterioso, mi fa sentire speciale. Tanto tra due giorni ci ammazzano tutti, no?"

"Io capisco tutto, ma 'sti ritardi della Sabri iniziano a farmi girare i maroni," fece Vittor.

Avevano preso verso la SS16 Adriatica.

Moretti gli lanciò un'occhiata. Non era convinto.

"Vabbè. Non avete fatto un *Non amarmi* neanche per sbaglio 'st'estate. Mi preoccupo. Lo sai come sono," ammise Vittor.

Era di quelli che non credevano nell'aria condizionata, portatrice di fantomatici malanni e agghiacciature fulminanti, così viaggiavano a finestrini spalancati che lasciavano entrare folate d'aria bollente come se ci avessero avuto un phon gigantesco puntato contro.

"Non è che se l'accendi muori ibernato," tentò Moretti.

"Consuma la batteria e la benzina per niente," ribatté Vittor.

Moretti aveva qualche dubbio che fosse "per niente", dato che Vittor grondava sudore anche dalle labbra. La camicia hawaiana del giorno, a toni verde ramarro, aveva cambiato colore: era un unico esteso alone di sudore.

Attraversarono il canale industriale, poi continuarono fino alla prima rotonda, uscirono alla seconda verso una zona di bassi capannoni artigianali e magazzini da cui spiccava il gigantesco tetto appuntito di uno dei siti di stoccaggio del petrolchimico.

"Guarda che è troppo tardi," gli disse Moretti, che aveva già capito dove voleva andare.

Erano le due e trentacinque. La mensa chiudeva alle due e un quarto.

"Devono restare fino alle tre. Devono pulire e preparare la minestra per domani. La precuociono. E lì timbrano il cartellino," rispose Vittor.

"Sarà meglio che la precuociano: se ogni giorno devono aspettare dieci minuti per fare i sedanini al dente, gli operai tornano in azienda che è già ora di chiudere. Dovremmo precuocere anche noi. Bisogna dirlo a Zafàr."

"A casa mia non si precuoce niente, si fa sul momento."

"Quindi l'ananas dovrò affettarlo ogni volta fresco," lo stuzzicò Moretti.

"Te lo faccio coltivare in una serra, poco che continui," disse Vittor.

"Senti un po', ma 'sto Barrakuda Beach?"

"Una volta era il Sole Luna. Sempre stato della famiglia Biondini. Se lo passano da una generazione all'altra. Poi la penultima generazione aveva un po' troppo il vizio del gioco, e al figlio ci ha lasciato un po' di… cedolini da pagare. Hai presente?" gli chiese.

"Più o meno."

"Patacca. Quando è subentrato, il figlio non voleva vendere, così ha preso subito un socio. Tre anni fa. Ma si vede che non è bastato, perché poi quest'anno ne è arrivato un altro. L'hanno chiesto anche a me, la quota era un mezzo regalo. Ma noi abbiamo già troppa roba aperta e ho lasciato perdere. Però me ne pento, ti potevo far fare il bagnino e stendere le sdraio."

"Be', meglio dell'ananas," disse Moretti.

Svoltarono un paio di volte, le strade erano tutte squadrate, tracciate a tavolino. C'erano auto e furgoncini parcheggiati al sole che alzavano di dieci gradi la temperatura solo a guardarli.

"Certo che un filino d'aria fresca..." tentò ancora Moretti.

"Che poi quando scendi è ancora più caldo. Se ti abitui è finita."

"Ah. Se muoio arrostito cosa vuoi che mi abitui?"

"Non voglio che ti ghiacci."

"Già. Sembra la superficie di Venere, c'è acido solforico invece di ossigeno, e non vuole che mi ghiacci."

Vittor lo mandò a cagare a gesti.

Si fermarono nell'angolo più nascosto del parcheggio della mensa, dietro al suv di un qualche dirigente. Pochi usavano quel parcheggio: andavano direttamente dalle fabbriche, a piedi o in bicicletta. I pochi che arrivavano in macchina la lasciavano sulla banchina della strada, che aveva qualche betulla ombrosa, lungo il canaletto di scolo che seguiva il perimetro della zona industriale.

Tra le rare auto nel parcheggio c'era la Saxo arancione della Sabri.

"Vedi, uomo di poca fede?"

"Vedo, vedo."

Come previsto da Vittor, la Sabri uscì alle tre e due minuti. Aveva addosso la divisa della mensa, stringeva una busta in una mano, le chiavi nell'altra.

"Io dico che quella poveretta si è presa un lavoro anche al pomeriggio. Sta a guardare," disse Vittor.

Moretti stava per dirgli che ciascuno cercava di riempire a modo suo il vuoto lasciato da un figlio che se ne era andato, ma non lo fece.

"Quattro lavori in un giorno sarebbe da restarci secchi," disse invece.

"Già."

La videro salire, mettere in moto, scendere e aspettare fuori finché l'aria condizionata non rinfrescava abbastanza l'abitacolo.

Moretti lanciò a Vittor un'occhiata eloquente. "Nonostante tutto sembra più in possesso delle sue facoltà mentali di altri che conosco," disse.

Vittor c'aveva le ciocche dei capelli appiccicate al cranio dal caldo che c'era in macchina.

La Saxo partì. Vittor aspettò un attimo e la seguì.

"Sarà un bar. Oppure un bagno. Quelli cercano sempre, mica solo soci."

La Sabri fece la strada che avevano fatto loro all'andata, però non svoltò verso il mare ma prese per il quartiere nuovo dalle parti della stazione dei treni.

"Sta andando a casa," disse Moretti.

"Impossibile. Come fa ogni volta ad arrivare tardi?"

"Magari si addormenta?" rispose Moretti, anche se sapeva che era improbabile.

"Quella è un anno che non chiude occhio, te lo dico io," disse Vittor.

"Già."

La Sabri era entrata in casa.

"Via, andiamo al Barrakuda, Kojak," fece Vittor. "Non ce l'ha, il quarto lavoro."

"Siamo vecchi come la merda, Moretti," disse Vittor appena misero piede dentro il Barrakuda Beach.

"Pallavolo per pigmei," fece Moretti, accennando a un campetto di sabbia di fianco al bar con la rete troppo bassa.

"Se il Covid lo faceva venire l'ignoranza, saresti stato il paziente zero," disse Vittor. "È padel."

Moretti aveva un pregiudizio per la roba che finiva per consonante: gli suonava tutta come l'ananas. Gli uscì spontaneo un ghigno di disgusto. Così, a pelle.

"Sono i racchettoni ma scritto diverso," spiegò Vittor. "Ecco, quello è Biondini, il primo socio, se così si può dire." Alzò la mano per salutarlo mentre risaliva la spiaggia.

Moretti capì perché dalla Nilde Rossa gli ombrelloni del Barrakuda sembravano spenti, in netto contrasto con quelli degli altri bagni: erano fatti di paglia o ramoscelli, non si capiva, come quelli degli atolli della Polinesia. Le sdraio erano di legno, con i cuscini bianchi. Una roba da sboroni o presunti tali, perché se uno era davvero sborone andava a Milano Marittima.

Si sedettero a un tavolino, che ovviamente era una finta botte vintage da galeone dotata di sgabelli. In mezzo c'era piantato l'ombrellone di paglia.

A differenza dei bar dei bagni di altre ere preistoriche, che non facevano servizio al tavolo, lì arrivò subito a prendere l'ordine un ragazzo con un gran ciuffo ciondolante sugli occhi. Aveva una faccia sincera, da Radicchio e pancetta.

Altri camerieri e cameriere dotati di ciuffo ondeggiante stavano apparecchiando lunghe tavolate a ridosso della spiaggia. L'ennesima festa a tema.

C'erano torce già piantate tatticamente nella sabbia e qua e là dei copricapi vichinghi. Quindi o era la serata nordica o festeggiavano i cornuti in anticipo: la festa dei becchi era a novembre.

"Cosa vi porto?"

"Un camparino per me," fece Vittor. "Tu?"

Moretti non ne aveva idea. "Un succo alla pera?" chiese cauto, perché sapeva che c'erano posti che si offendevano se non prendevi cocktail che avevano i tempi di preparazione dell'anatra all'arancia.

“Ci mettiamo un po’ di vodka, dottore?” chiese il cameriere lanciando una buffa occhiata alla mise di Moretti: pantalone a quadretti infarinato, maglietta con schizzi di salsa e un vecchio paio di Superga basse, schizzate pure quelle, con l’aggravante del calzino. Il ciuffo dondolava ancora su e giù. Era ipnotizzante.

“Mettiamocela,” disse Moretti. “Ma poca perché non c’ho l’età.”

“Già,” gli scappò al cameriere, che piroettò di scatto imbarazzato filandosela verso il bancone del bar.

“Qui si vede subito che siamo con un piede nella fossa,” disse Vittor.

L’età media doveva essere sui ventitré anni, la cadenza romagnola non era predominante. Moretti riconobbe molti lombardi, qualche veneto e dei marchigiani, che anche quelli a farli stare zitti ci voleva l’artiglieria.

“È comodo se non puoi permetterti Milano Marittima tutti i giorni,” disse Vittor.

“Biondini, quindi,” riprese il discorso Moretti. “È venuto l’altro giorno a prendere delle pizze.”

Vittor si guardò intorno per ritrovare Biondini in mezzo alla gioventù che affollava il bagno.

“Kevin Biondini: ha rilevato la baracca come da tradizione senza sapere che non era in buone acque. Diciamo che adesso è il socio anziano,” disse. Lo indicò: stava parlando con due ragazze vicino alla consolle del dj, davanti al campo del gioco dei racchettoni ma scritto diverso. L’aggettivo “anziano” non era in senso anagrafico, perché doveva avere non più di venticinque anni. “Con le gatte da pelare che gli hanno lasciato, tre anni fa ha fatto entrare in società quell’altro,” continuò a spiegare Vittor, che indicò con discrezione alzando un mezzo indice: “Quello là. Simone Gatti. È di Rivabella.” Era un ventitreenne a dir tanto, abbronzatissimo, che a occhio e croce doveva passare metà della vita in palestra. C'aveva dei muscoli che Moretti neanche sapeva esistessero. "Il nuovo socio invece non lo vedo. I soci vecchi sono più giovani, lui avrà circa quarant'anni. Pensa se accettavo io. Mi ridevano dietro ogni volta che mi presentavo qui," fece Vittor guardandosi intorno. "Avevano un tavolone da noi l'altro giorno... C'era anche lui, si chiama Camarsa. Alfredo, mi pare. Era lì con Biondini, Gatti, i soliti amici a scrocco, più un dj e morosa al seguito."

Arrivò ciuffo ondeggiante.

"Camparino e succo con vodka per il dottore," disse appoggiandoli sul tavolo. "Un po' di nachos e salsina."

"È verde," disse Moretti.

"Peperoncino e avocado."

Non finiva per consonante, ma Moretti sapeva riconoscere le imboscate e la spostò un po' più in là sulla botte.

"Sei ignorante come la merda," disse Vittor.

"Nessuno è perfetto. Senti un po', ma te 'sto avvocato Brenzi lo conoscevi?" chiese Moretti.

Vittor era scappato a tutto busso quando si era accorto che erano già le quattro e tre quarti: doveva mettere la legna nel forno. Aveva ricordato a Moretti di sentire Padérna se gli portava le due casse di Cagnina o se doveva pensarci lui andando al *cassèncherri* di Cervia.

Prima però gli aveva detto che sì, Brenzi lo conosceva, come si conoscono tutti in un paese. Un mezzo pataccone endemico della loro terra che viveva nel rimpianto dei tempi d'oro, quando era l'inseparabile spalla di Quadalti nelle famose feste alla villa. Non sembrava un gran fenomeno, gli era andata bene finché era stato a rimorchio.

Moretti aveva ancora una mezz'oretta, così restò seduto alla finta botte vintage come un finto pirata vintage. I pantaloni a quadretti da pizzaiolo in effetti non stonavano, gli mancava giusto un pappagallo sulla spalla.

Tenne d'occhio Ciuffo finché non lo vide andare sul retro del bar, con il passo strascicato di chi è a fine turno o si concede una pausa. Poi si alzò e lo seguì.

Aveva immaginato che stesse andando a fumare, e aveva già pronta la scusa di scroccare una sigaretta per farci due chiacchiere. In effetti Ciuffo stava fumando, ma purtroppo era di quei disadattati che succhiavano dalla scatolina della sigaretta elettronica. Il piano di Moretti era andato a farsi benedire. Si avvicinò accendendosi una Krong Thip, e Ciuffo fece una smorfia non appena le sue narici ne intercettarono il fumo: era come essere investiti da una betoniera in fiamme.

"Dottore," disse.

"Fine turno?" fece Moretti imbarazzatissimo. Per lui attaccare bottone fuori dalla sua cerchia protetta era come strapparsi le budella a mani nude.

Ciuffo lo squadrò con una panoramica completa, dalla testa a piedi. "Mi sta intortando?" chiese.

A Moretti andò di traverso il fumo. Fece di no con la testa.

"Be', peccato. Lei non è male. Lo sa che tra i giovani vanno di moda i *daddy*?"

Moretti fece segno che non aveva presente: né cosa andasse di moda tra i giovani né cosa fossero i *daddy*. Preferiva non scoprirlo neanche, ma questo lo tenne per sé. "Romano?" chiese al ragazzo tanto per cambiare discorso. Aveva riconosciuto la cadenza.

Ciuffo fece così così con la mano. "Dei Castelli. Non so se ha presente."

Moretti aveva presente. Aveva avuto ospiti della zona. La sua prima assegnazione era stata a Viterbo, che non era tanto lontano. Ma anche questo lo tenne per sé. Ogni volta che ci pensava gli tornavano in mente i lacci troppo corti delle New Balance o la faccia rovinata di Renucci in isolamento, e di morti ne aveva già abbastanza intorno, ci mancava solo che tornassero su quelli del passato.

"Se non mi intorta allora cosa vuole?" chiese Ciuffo pescando il telefono dalla tasca del grembiulino. Era uno di quelli corti da sommelier-cameriere, non la gonna lunga da pizzaiolo. Iniziò a controllare messaggi senza badare a Moretti.

"Lei per caso ha conosciuto l'avvocato Brenzi?" Moretti si sentì idiota solo a chiederlo, in brache a quadretti e maglietta schizzata di salsa.

Ciuffo diede un tiro alla sua scatoletta e soffiò fuori una candida nube di vapore acqueo. Profumava di vaniglia e qualche altro frutto tropicale. Ci mancavano solo l'arcobaleno e i Mini Pony che ci correvano sopra. Ma in realtà l'ambiente diventò subito ostile, perché soffiò anche Moretti e tutto soccombette al nero catrame nebulizzato della Krong Thip.

"Perché me lo chiede?"

"Così. Curiosità."

"Lei è il pizzaiolo del Gradisca," disse Ciuffo. "Lo sbirro."

"Una fama immeritata mi precede," commentò Moretti. "Non sono uno sbirro."

"Lo era."

"No, non lo ero neanche prima."

"Se mi racconta cazzate, perché dovrei parlarle?"

"Un sovrintendente della penitenziaria non è esattamente uno sbirro come lo intendi tu." A Moretti sembrò una cosa da giovane passare al tu.

"C'ha la divisa?"

"Sì."

"E allora è uno sbirro."

Moretti diede una boccata, Ciuffo riprese a guardare il telefonino. Foto, storie. Sembrava un altro mondo, era solo più veloce e tutto in una volta. Ai tempi di Moretti le cose le imparavi a pezzettini, in differita. Adesso invece sapevi all'istante i fatti degli altri. Il risultato era lo stesso, ma immediato.

Moretti cercava una scusa per ritirarsi con onore da quella figura barbina da investigatore da strapazzo. La Channèl era molto più brava di lui.

"Era triste," disse Ciuffo.

"Cosa?" Moretti non se l'aspettava.

"Brenzi. Era triste vederlo."

"Aveva un tumore."

"Non per quello. Parlava e parlava, continuava a bere Mojito e a offrire a destra e a manca. Ma nessuno lo stava ad ascoltare per davvero. Stavano lì per i soldi o per una bevuta. Qualcuno si vantava che riusciva a scroccargli il pieno della macchina. Lui se ne fregava e se aveva i soldi offriva da bere e parlava. È crepato un mesetto fa."

"Sì."

"Aò, meglio così. Vedere quel vecchio in ghingheri come se dovesse andare a chissà quale festa, e nessuno che lo badava davvero. Lui neanche se ne accorgeva. Si diventa così chiacchieroni quando si sta per morire?" chiese Ciuffo.

Non che Moretti ne avesse esperienza diretta, anche se gli sembrava di avvicinarsi alla meta al galoppo, ma in effetti la vicinanza con la fine scioglieva anche le lingue più strigne. Aveva visto tanta gente pentirsi in punto di morte, confessare le peggiori cose dopo una vita a tenersele chiuse dentro.

Diedero una tirata contemporaneamente: Ciuffo alla scatoletta, Moretti al pilastrino di calcestruzzo thailandese.

Stava cominciando un discreto viavai di ragazze e ragazzi in tenuta da aperitivo. Alcuni avevano degli elmi con corna, altri delle trecce. Un quarantenne con un paio di occhialini tondi, la barbetta e un fisico da nuotatore salutò Ciuffo passando dal vialetto. "Giorgio," disse.

Ciuffo gli rivolse un cenno con la testa, non potendo dirgli "Ciao" dato che aveva appena tirato dalla scatoletta e aveva le guance gonfie di vapore. "Il Boss..." commentò a Moretti soffiandolo fuori.

"Qui puoi chiedere a chiunque di Brenzi, anche a lui. Qualche bevuta insieme se la sono fatta, come tutti. Ma almeno Alfredo lo ascoltava."

"È il nuovo socio?"

"Sì, il terzo, Alfredo," fece Ciuffo. "Da quando c'è lui è cambiato tutto. Troppe feste, le stagioni prima non erano così. Si vede che nel suo bagno a Sottomarina era abituato in questo modo. Kevin sarà contento, che quello di soldi non ne ha mai abbastanza. Io però l'anno prossimo mica so se torno qua..." E fece con la mano il segno dello smammare.

"Torni ai Castelli?"

"Vado a Ibiza a spendermi quello che ho sudato," disse. "Tu che progetti hai, *daddy*?"

Moretti sputò tutto intorno una nube tossica di Krong Thip che pareva l'eruzione del Krakatoa.

"Io purtroppo ho da chiudere dei buchi sul tettuccio di casa," disse.

Il caso Renucci era scoppiato da sei mesi quando tu e tua madre ve ne andaste. Lui tornava nel vostro appartamento a Bologna e non trovava nessuno.

Ormai era tardi per rimediare. Credo che abbia cercato di riempire quel vuoto dedicandosi ancora di più al suo lavoro, mentre cercava di capire cosa fare. Ci do a caso, perché non ho idea di cosa gli potesse passare per la testa.

Lo vedevamo pochissimo qua a Purocielo.

Uno pensa di poter aggiustare i casini della sua vita nascondendoli sotto qualcos'altro. In quel caso dev'essere stato il lavoro o scoprire cos'era successo e prepararsi.

Nascondersi però non funziona mai.

Sapeva di non essere colpevole della morte di Elio Renucci, ma non esiste solo la legge del Codice penale. Era molto probabile che in quei mesi i problemi che aveva in casa con Vittoria, tua madre, non lo aiutassero a lavorare meglio. Non sarebbe successo nulla del genere con il vecchio Moretti. Ma tu crescevi, e richiedevi sempre più attenzioni.

Ha cercato di rimediare al suo errore, alle leggerezze che poteva aver commesso non accorgendosi che quattro mele marce avevano massacrato un ragazzo dopo averlo messo in isolamento. I suoi superiori si aspettavano che chiudesse un occhio. Non l'ha chiuso. Anzi, ha ficcato il naso dove non doveva, forse anche perché ormai non aveva più nulla da perdere. Dato che voi non c'eravate più.

Alla fine ha risolto il caso. E ci ha rimesso il lavoro.

Per me lo sapeva fin dall'inizio che sarebbe finita così, eppure è andato avanti.

È fatto così.

Ma non era la fine di tutto.

Il processo e l'allontanamento dal lavoro erano altri tappeti sotto cui nascondere i casini della sua vita.

E il casino della sua vita era un ingavagno difficile da sciogliere. Tradire la propria vocazione, il rigore del proprio mestiere, l'onore della divisa di chi deve garantire la speranza, oppure lasciar perdere e dedicarsi alla propria famiglia sempre più in difficoltà? Era il nodo di prima, ed è il nodo che c'è ancora adesso.

Una volta perso tutto, tolta la divisa di sovrintendente, si è spento.

Ha smesso di cantare, ecco, come quella sua collega al Gradisca, la cuoca.

Immagina aprire una pizzeria quando sei a terra. Già la disposizione dei tavoli al Tarassaco non aiutava. Uno pensa sempre il meglio della gente, ma alla fine quando esce a mangiare con la famiglia non vuole stare con altri.

In più lui non era mai stato uno di quelli sorridenti, anche nei momenti migliori. Andava già di moda il cuoco burbero in cucina, ma lui non era un cuoco: il pizzaiolo la gente pensa che sia qualcosa di meno, è più un tecnico che un artista.

Con i clienti della pizzeria non funzionava come con i detenuti. Non solo brontolava, c'aveva il sangue amaro.

Una volta se un posto non ti andava bene ci mettevano del tempo a passarsi la voce, ma adesso che hanno quella cosa tra le mani, che si chiama ancora telefono ma in realtà è un ufficio con tutti i crismi, ci mettono un attimo. Il mondo ha una massa di occhi più di prima, anche quassù a Purocielo. Basta fare su e giù con il dito su un vetrino, digitare due cose ed è fatta.

Già molti non ci andavano più perché lui li mandava a fare la solita cosa o gli serviva il piatto vuoto se cambiavano troppi ingredienti, ma poi arrivò pure una coppia di ciclisti che si era fatta una settimana qua nei boschi, era autunno, che a Casola c'era la Festa dei Frutti dimenticati o da noi il Sagrone della Castagna, e lo riconobbero e ci fecero una recensione che pareva un verbale della questura: l'ufficiale coinvolto nel caso Renucci. Proprio lui, che aveva sacrificato tutto per salvarne almeno la memoria, non essendo riuscito a salvargli la vita.

Da un giorno all'altro, a parte qualche vecchietto, la pizzeria era vuota. Un intero servizio senza fare neanche un coperto è una roba che se non fai quel mestiere non puoi capire.

Durò un altro mese e poi chiuse bottega.

Senza una lira, con debiti, e le rette da pagare per te.

Fortuna che di lì a poco s'è fatto vivo Vittor, perché sennò chissà che fine faceva.

È un uomo alla deriva con il cuore a brandelli. Ma è il cuore di un uomo buono, credimi.

23

"Moretti, cosa mi sta combinando?" chiese il colonnello Sabino. I suoi baffetti molisani ebbero due guizzi nervosi agli angoli. A Moretti sembrò che anche il Mattarella incorniciato alle sue spalle lo guardasse con aria di rimprovero.

Finito il turno serale aveva trovato ad aspettarlo una pattuglia che gentilmente gli aveva chiesto di seguirlo.

"Con cosa?" aveva detto Moretti, che era appiedato da mesi e mesi. C'erano il brigadiere pianista e un appuntato al volante. Gli aveva scroccato un passaggio e già che c'era pure una sigaretta, per non consumare le sue. L'appuntato al volante era un fumatore della vecchia guardia. Le Merit: chi l'avrebbe mai detto? Moretti pensava che fossero estinte almeno da inizio anni novanta. In confronto alle Krong Thip era come respirare aria di montagna.

Ora se ne stava in caserma, sotto lo sguardo del colonnello, che non si sforzava di nascondere un discreto tiraculo.

"Pensavo faceste orari d'ufficio," disse Moretti.

"Pensava male. Certe questioni richiedono discrezione, alla luce di determinati fatti," disse il colonnello. "Tanto ormai mi sono accampato qua." Diede un colpetto ai fogli che aveva sottomano. Non c'era il brigadiere a verbalizzare, quindi era una chiacchierata tra loro. "Lei sa che un privato cittadino non può mettersi a incasinare un'indagine che con grande cautela l'autorità competente sta portando avanti?"

"Davvero?"

Il colonnello si diede un morso ai baffetti.

"Moretti..." dovette fermarsi per sbuffare un po'. Poi riprese subito. "Moretti, posso anche chiudere un occhio se mi va in giro a farsi gli affari degli altri o manda qualcuno a farseli. Posso con grande sforzo chiudere un occhio anche se trasferisce un'attenzionata in quel suo paese tra i monti. Posso chiudere un occhio perfino se ci mette in mezzo un diciassettenne seguito dal tribunale dei minori. Ma non posso chiuderlo se le sparano addosso nel bel mezzo di Galatea. Che mi dice?"

"Che non torna il conto degli occhi," rispose Moretti. Come avessero fatto a sapere della Channèl e di Momo non se lo spiegava. Non avevano abbastanza personale per mettersi a controllare chiunque. Alla Castillo invece avevano telefonato. Per la raffica di semiautomatica era arrivata la segnalazione di qualche vicino, come aveva previsto.

"A noi *Don Matteo* ci ha rovinato," disse il colonnello. "Senta, Moretti, capisco la sua timidezza, ma a questo punto non possiamo non aprire un fascicolo contro ignoti. Senza contare alcune implicazioni su cui non possiamo chiudere gli occhi."

"Perché li avete già chiusi tutti e non ve ne rimangono più da tenere aperti."

"Avevo capito subito che tra lei e Padérna l'amico antipatico era lei," disse il colonnello Sabino.

Moretti allargò le braccia. "Secondo me non volevano uccidere," disse.

"Festeggiavano Capodanno in anticipo sparando?"

Moretti cambiò posizione sulla sedia. Invecchiando stava scoprendo che o il suo osso sacro diventava più fragile o i materiali diventavano più rigidi e scomodi.

"Lei era del mestiere," continuò il colonnello. "Lo sa chi fa scherzi del genere... O devo ricordarglielo io?" gli chiese. Moretti lo sapeva. Ne aveva avuti di ospiti simili quando era in servizio. Le stese della criminalità organizzata.

"Le parlo liberamente, anche se non è più della famiglia," riprese il colonnello. "Avevamo un omicidio-suicidio da manuale. Il magistrato non vede l'ora di chiudere la faccenda. Poi mi salta fuori che lei non era solo su quel camper. Sa, ho anch'io i miei sottufficiali in giro a ficcare il naso. La differenza è che i miei sono a norma di legge, diciamo. Senza contare alcune informazioni che abbiamo avuto riguardo al testamento del defunto Quadalti. Dovrò chiamare il magistrato e dirgli che forse è un po' presto per chiudere il caso."

Moretti alzò le sopracciglia, perché gli sembrava troppo antipatico dire: "Sarà meglio..." Si diede una grattatina alla nuca. Il Mattarella incorniciato lo stava fulminando con lo sguardo. Smise di grattarsi, quasi gli scappò di chiedere scusa.

"Stia attento alla sua sottufficiale," disse il colonnello. "E anche al ragazzino. Ha un casellario che quando abbiamo inserito le generalità si è illuminato come un luna park. Anzi. Li tenga lontani da questa storia. Lasci fare a noi." Lo disse tranquillo, senza minacce, senza quel senso di superiorità che a volte viene spontaneo indossando una divisa e che rischia spesso di sviare l'uomo di legge dal suo scopo principale: essere al servizio del popolo, non un gradino sopra. Questo pensò Moretti. E subito dopo pensò pure che Servadei Piccolo lo avrebbe applaudito, anche solo per aver pensato la parola "popolo".

"La ragazza cercava solo informazioni su Franchino," ammise Moretti. "Diciamo che abbiamo deciso di sognare a occhi aperti. O almeno lei. Io con i sogni ho chiuso per fallimento."

Il colonnello Sabino fu sul punto di dire qualcosa in proposito: aprì la bocca ma poi la richiuse. Moretti gliene fu grato. "Cosa cercavate sul Tassinari?" chiese poi.

"Mah... Capire chi era, cosa faceva..."

"Una persona che non ha mai avuto troppa voglia di fare qualcosa."

Moretti cambiò posizione sulla sedia: niente, con l'avanzare dell'età diventava tutto più scomodo.

Il colonnello Sabino alzò i palmi delle mani all'insù. "Mi preoccupa di più il notaio che ultimamente si sente... Non voglio dire 'minacciato', ma 'controllato'... Però sono informazioni riservate dell'indagine. Mi scuserà, non posso..."

"Certo, certo," disse Moretti.

"Comunque sì, quel Tassinari non sembrava niente di che, con tutto il rispetto per i morti. Stava quasi sempre nella proprietà a far passare il tempo. Raramente usciva, qualche puntata in spiaggia. Nient'altro."

Già. Nient'altro. Quella faccenda non aveva senso. In carcere lo capivi subito qual era il problema quando succedevano cose del genere. I moventi erano sempre chiari. Franchino invece proprio non si capiva perché dovesse volerlo uccidere e poi togliersi di mezzo.

"Uno strano modo di suicidarsi," disse Moretti, sperando di ottenere qualche informazione in più.

"Ne abbiamo visti di peggio," tagliò corto il colonnello, che si era già sbottonato abbastanza.

Ma dato che era già dentro fino al collo, Moretti decise di prendersi un'altra libertà. "Posso chiederle del testamento?" domandò.

"No," fece il colonnello. "Però glielo dico lo stesso, tanto le basterebbe telefonare alla sua... alla persona attenzionata che lei ha nascosto in mezzo ai boschi e che quindi ha violato l'ordine dell'autorità competente di non allontanarsi dal proprio domicilio. Non so se mi spiego."

Moretti fece di sì con la testa. Aveva capito. E aveva anche capito come faceva a sapere della Channèl e di Momo, accidenti a loro.

Dopo l'ennesima notte a sbuffare e a sudare, Moretti uscì con cautela dalla Nilde Rossa e andò a prendere il traghettino. Non aveva dubbi che la Channèl si fosse già messa all'opera. Non ci mise molto a trovarla, perché i galatesi o come accidenti si chiamavano avevano giusto una manciata di posti in cui andare.

Nella stagione estiva, come tutte le località balneari, Galatea a Mare era soggetta a un rigido segregazionismo: c'erano i posti per i forestieri e c'erano i posti per i residenti: i primi frequentavano negozi e attività sul lungomare e nel pittoresco porto canale, i secondi invece lo squero di piazza Repubblica, con i suoi portici e vicoletti. Nessun turista ci andava mai, se non le coppie di tedeschi che frequentavano Galatea dagli anni sessanta e che venivano premiati con tanto di targa consegnata dal sindaco in persona e foto ricordo con i proprietari della pensione ospitante pubblicata in apposite pagine del *Resto del Carlino* o *Settesere.*

La Channèl era a fare la spesa da Brunì. O forse era in missione, perché appena più in là, ancora sulla bici ma appoggiato a una colonna, c'era Momo, che scrollava il cellulare.

Quando uscì, la Channèl fece un cenno a Momo, che la seguì sbuffando. Moretti li intercettò dieci metri dopo.

"Venite un po', voi due," disse.

Si infilarono nel vicolo del parchetto: una piazzetta con tre alberelli e un'aiuola che un tempo era stata il chiostro del convento. Erano le nove e mezza di mattina e miracolosamente c'era ancora una panchina che non era stata conquistata dall'orda di pensionati che cercavano un posto per leggersi il giornale o risolvere in seduta plenaria i problemi del mondo con tre patacche in croce, come schioccando le dita.

"Tu sei matta," le disse Moretti.

Momo annuì convinto.

La Channèl si preparò alla battaglia mettendosi comoda. Posò la bustina con finocchi e sedano e si tolse da tracolla la borsetta. "Cioè?"

"Sei andata dal notaio," disse Moretti.

"Non sono andata dal notaio."

"Allora ci hai girato intorno."

Lei non negò. "Perché?" chiese.

"Perché lui ha capito che qualcuno si faceva i fatti suoi e l'ha detto ai carabinieri." Alla Channèl si imporporarono le guanciotte. Momo alla parola "carabinieri" ebbe un mezzo mancamento che quasi cascava dalla bici. Moretti si guardò un po' intorno, come pensandoci su. In realtà stava controllando che non ci fosse nessun altro oltre a loro e ai pensionati. Non c'era. "La prossima volta niente iniziative improvvisate. Avevamo detto Franchino, non il notaio."

La Channèl annuì, ma non pentita quanto Moretti sperava.

"Cos'altro c'è?"

"Abbiamo fatto un giretto anche al Barrakuda Beach."

"Ecco."

"Ma come arrivando per caso, separati."

"Un buon sottufficiale non trasgredisce agli ordini," disse Moretti.

"E chi ha detto che sono io la sottufficiale?"
Niente, con quella ragazza non si vinceva.
"E quindi?"
"Niente di che. Camerieri stressati, feste a raffica."
"Dimmi cose che non so già," tagliò corto Moretti per smontarla un po'.
"Kevin Biondini, socio numero uno: il padre giocava d'azzardo. Simone Gatti (gran bell'esemplare, se posso permettermi), socio numero due: di Miramare, patito di palestra, non parla molto, ha studiato a Milano. Alfredo Camarsa, socio numero tre: tutti i camerieri lo odiano perché è l'anima delle feste. E poi è vecchio, non sta mai zitto."
Se Alfredo Camarsa era vecchio, Moretti era una mummia. "È lui che ha avuto l'idea delle feste, quindi lo spirito è ancora giovane," disse.
La Channèl controllò la sua agendina.
"A dire il vero l'idea l'ha avuta Gatti."
"Ah." Forse Ciuffo si era sbagliato. "Tutto qua?"
La Channèl fece di sì con la testa, Momo si strinse nelle spalle.
"Ripetiamo insieme: si sta agli ordini."
Moretti li guardò.
"Si sta agli ordini," dissero quasi contemporaneamente. La Channèl poco convinta, Momo scocciato.
"Ora che la lezione è finita, passiamo all'interrogazione a sorpresa. Dimmi dell'eredità di Quadalti."
La Channèl, che non aspettava altro, si illuminò fino alla punta dei ricci. Riaprì l'agendina, svelta come un cobra. Era una nuova, rosa spinto. Moretti intravide le altre dentro la borsetta, insieme a due tascabili da edicola. "Allora..." Iniziò a sfogliarla. "Cinque o sei aziende in società. Almeno quattro case tra montagna e riviera, un paio anche qua a Galatea. C'aveva qualcosa di grosso a

Cesenatico o a Pinarella, ma non sono riuscita a capire cosa. La zia di Michelino ha un'amica che fa la segretaria nello studio: qualche fotocopia l'ha fatta, anche se a questo giro il notaio ha redatto tutto da solo." La Channèl si fermò aspettando un commento, ma Moretti se ne stette zitto. "Parecchi titoli in banca," riprese lei, "la Marisa del gelataio fa le pulizie alla filiale e suo nipote mi viene dietro da una vita: gli sembrava un buon segno che parlavo con lei. Pare che quando in filiale passava Quadalti gli impiegati poi ne parlavano come se fosse re Mida. E la villa ovviamente, più la proprietà intorno." Prese fiato e guardò Moretti, neanche fosse stato l'orale della maturità.

"Altro?" fece lui.

La Channèl ci pensò un po' su.

"Ah, vabbè. Anche un mucchio di baiocchi." Momo la stava fissando senza riuscire a nascondere una certa ammirazione. Guarda un po' cosa riusciva a combinare quella ragazza con un'agendina e quattro patacche. "Come sono andata?"

"Channèrlock Holmes," rispose Moretti.

"C'ho preso?"

"No." Le guanciotte smisero di lampeggiare. "Ma ci sei andata vicino," aggiunse Moretti. Se fosse stata un pavone la Channèl avrebbe fatto la ruota. "Il Residence Ficocle," disse Moretti.

"Che?"

"A Zadina di Cesenatico. Metà è suo."

"Ecco! Lo sapevo che aveva qualcosa di grosso là! Lo sapevo!"

"Comunque non vale," disse Momo per dispetto.

La Channèl guardò Moretti come per cercare aiuto, ma Moretti fu inflessibile. Così la ragazza non si montava la testa. Tanto l'autostima non le mancava.

"Socio in otto aziende," disse Moretti.

"Hai sbagliato di due," disse Momo.

"Una casa in montagna. Due in Liguria. Una in Sicilia."

"Tiè," fece la Channèl a Momo. In quel caso ci aveva preso.

"Tre appartamenti qua."

"Vabbè, uno in più," disse la Channèl.

"Diciassette milioni di euro cash."

"Diobò," gli scappò alla Channèl. Momo aveva la bocca che andava aprendosi in una O di stupore: lui quelle grandezze, tutti quegli zero, ci metteva un po' a processarle.

"Diciassette milioni di buoni motivi per ammazzare qualcuno."

"Non ha senso," disse Moretti. "Sono nelle banche, mica sotto al materasso."

"Cioè?" chiese la Channèl.

"Cioè ammazzare Quadalti non fa diventare immediatamente ricchi. E agli unici che farebbe comodo, gli eredi, basta avere un po' di pazienza, che Quadalti muore da solo nel giro di un anno a dir tanto."

"E allora c'è qualcuno che proprio Quadalti non lo sopportava, e l'ha ammazzato solo per ammazzarlo e non per altro."

"Già," disse Moretti.

"E chi potrebbe essere?"

"Ah, se non lo sai te, come possiamo saperlo noi comuni mortali?"

24

Moretti aveva il nervoso perché tutta la faccenda non tornava. Più ci pensava e più gli veniva il nervoso, perché continuava a pensarci mentre sarebbe stato meglio che si fosse fatto una vagonata di accidenti suoi. Dov'è che facevano il vaccino per sbattersene gli zebedei? Quello non lo avevano inventato, anche se c'erano un sacco di invurniti come lui che ne avrebbero avuto bisogno da anni.

Arrivò Padérna a portare a Vittor le due casse di Cagnina. "Lollo, mi sa che ti devo portare a far vedere un posto," disse dopo averle scaricate.

Non c'era più nessuno al Gradisca, erano le ore morte tra i due servizi.

Moretti alzò le spalle.

"E vediamolo," disse.

Il lungomare era assolato. Qualche grido arrivava dalla spiaggia, ma non il brusio fitto di agosto.

"La Castello è una gran donna," disse Padérna salendo sul fuoristrada.

"Castillo."

"È uguale."

"Non è esattamente una..."

Padérna non lo fece finire. "Per quello che posso vedere, ecco. Ieri ha tirato la sua prima sfoglia da sola, senza la Nedina."

Per la razza di Padérna tirare la sfoglia era requisito principe dell'esistenza di una creatura dell'altro sesso. Cosa che non era passata inosservata alle signore che aveva corteggiato nel corso degli anni.

Presero via Grazia Deledda e poi l'ultima uscita a sinistra alla rotonda del ponte. Dopo il quartiere intorno alla stazione dei treni e ai camping, Galatea a Mare lasciò il posto a campi vuoti, qualche ciuffo di betulle all'orizzonte, casolari abbandonati o trasformati in villette color lavanda o rosa.

"L'altro giorno ho provato a tagliare di qua per venire al Gradisca e mi ci sono perso," disse Padérna. Svoltò a sinistra e prese per la provinciale che attraversava le saline. Moretti lo stava già sbirciando di traverso, perché Padérna che si perdeva non gli suonava benissimo.

Si fermò al primo spiazzo. Gli acquitrini si stendevano a perdita d'occhio. Lungo il filo più scuro della provinciale si intravedevano minuscole silhouette di villeggianti che scattavano foto.

Padérna si sedette lungo un fosso.

"Quei bagagli mi sa che non si possono cacciare," disse. "Quei bagagli" erano dei fenicotteri. Una macchia rosa, il leggero movimento dei colli che facevano su e giù, come l'incresparsi di piccole onde. Qualche topo di mare volteggiava tutto intorno abbastanza incazzato. "Chi vince se combattono?" chiese Padérna.

Era il genere di cose su cui all'Osteria Fava ci litigavano per giorni e amicizie decennali venivano scosse fino alle fondamenta.

"Che ne so?" fece Moretti. "Il topo di mare mi sembra più cattivo."

Padérna considerò la cosa. "Sì. Sarà per il collo che sembra un manico di tazzina, ma quei bagagli non danno l'idea di sapersela sgavagnare in combattimento." Pescò da uno dei taschini dello smanicato due bicchierini vintage, di quelli apribili a cerchi concentrici, un reperto degli anni ottanta che a Moretti ricordò una gita nel Cadore di trent'anni prima. Sembravano gli stessi. "Però per me vincono i bagagli rosa. Hanno un bel becco e son più grossi di quello che sembrano."

"Grossi son grossi," commentò Moretti. Dal tascone interno dello smanicato spuntò una bottiglia di Cagnina. "Cazzo sei, l'ispettore Gadget?"

Padérna pescò il turcione da un'altra taschina, stappò e versò il vino. Era da signorine, un po' troppo dolce, ma non era male.

"Fa cagare," disse Moretti.

"Eh infatti, ne hai bevuto mezzo in un sorso solo," fece Padérna. "E con la poiana?" gli chiese poi.

"Cosa?"

"Topi di mare contro poiana."

Moretti stava per rimandarlo a fare la solita cosa, invece bevve un altro sorso. "La poiana li distrugge."

"Uno sbudellamento che non ci rimangono neanche i piumini intorno al culo," disse soddisfatto Padérna, come se avessero dimostrato una volta per tutte la superiorità del monte rispetto al mare. Poi si diede una strisciata alle braghe della divisa da bracconiere. Come facesse a portarle con quel caldo era un mistero.

"Dai, chiedimelo," disse Moretti, che conosceva Padérna come le sue tasche e sapeva che l'aveva portato lì proprio per quello, perché chiederlo a Galatea era come profanare la sacralità del legame con Purocielo. Era tutta gente strana. Bisognava portare pazienza.

"È stata lei?" chiese Padérna.

Questa volta Moretti stava per rispedircelo davvero. Proprio a lui doveva capitargli? Come se non si fosse già messo nei casini a non farsi gli affari suoi. Cosa ci aveva guadagnato? Un camper al posto di una famiglia, rette non pagate e pizze condite alla cazzo. Un vero affare. Invece gli fece cenno di versargli altra Cagnina. "'Sto bicchiere perde," disse.

"Sei te che sei sfondo."

Moretti fece un bel sorso. "Non ha senso. Franchino ha trovato il primo lavoro che non lo lasciano a casa dopo cinque minuti e oltretutto manco deve fare chissà cosa. La Castillo sa di ereditare e le basta aspettare. O ci sono delle robe tra loro tre che non sappiamo, o non ha senso niente."

"La trombavano?"

"Padérna, sei delicato come un camion di ghiaia. E che ne so? Per me no. La Castillo non mi sembra il tipo."

"Però lo era."

Moretti si accigliò. "Il segreto professionale del Don vale solo con me?"

"Ce l'ha raccontato lei ieri, dopo cena. Le tagliatelle le sono anche venute bene, considerando che viene dal... Da dov'è che viene?"

"Venezuela."

"Dov'è?"

"Più in là di Cotignola. Dopo Spazzate Sassatelli, sempre dritto."

"Va' nel casino, Moretti."

Moretti fece il segno di un brindisi con il bicchiere richiudibile.

"Non ha senso. Sta a vedere che si sono suicidati tutti e due solo per rompere i maroni a me," disse.

"Be', adesso la Castello di soldi ne prende di più. Che gli torna pure comodo, pare che dove stanno i suoi non si sta mica tanto bene."

"Castillo. Non ho idea di quanti siano gli eredi. Quadalti potrebbe avere fratelli o nipoti, vai a sapere." Il colonnello Sabino gli aveva detto l'ammontare dell'eredità, ma non chi avrebbe ereditato. Moretti non lo aveva chiesto, perché non era il suo mestiere e se l'era dimenticato e tanto probabilmente il colonnello Sabino non glielo avrebbe manco detto.

"Parenti no: la Castello è sicura."

A Moretti andò di traverso il Cagnina. "Come fai a sapere... Vabbè, le tagliatelle."

"L'ha chiamata il notaio. Il grosso erano lei e Franchino."

Moretti si tirò in piedi con uno scatto, ma le ginocchia risposero a scoppio ritardato e ci mancò poco che finisse nell'acqua. Padérna lo acciuffò al volo. "Torniamo," disse Moretti. Poi decise di mandare un messaggio alla Channèl, che rispose che si metteva subito all'opera.

Salirono sul carrarmato 4x4 e Padérna fece inversione. Erano quasi le quattro. "Ho iniziato a tagliare di qua perché l'Adriatica mi sta sui maroni e tutti mi suonano dietro." Padérna andava a sassetta nelle mulattiere delle Foreste Casentinesi, ma nei circuiti cittadini avanzava ai quaranta all'ora, e il suo mezzo corazzato non era facile da superare. "Non passo sempre alla stessa ora, ma quel paio di volte che ho preso di qua ho visto..." Padérna si pregustava il colpo di scena, come se quello dell'eredità non fosse stato sufficiente. "Guarda!" disse, rimettendosi di lato nella piazzetta di sosta visto che occupavano tutta la strada. Passò spedita una Saxo arancione. "È la tua collega, no?"

Passarono prima dal camper, dove Padérna prese in consegna una sacca di panni sporchi. Moretti non gli disse che si era trasferito nella Nilde Rossa.

Poi arrivò il messaggio della Channèl, che li aspettava al Boschetto. Era un quartierino abbastanza recente oltre la

Capitaneria, in quella terra di nessuno tra Galatea e Milano Marittima. Villette a schiera monofamiliari separate dal mare da una striscia di pineta, una zona di spiaggia libera e un paio di bagni attrezzati. Sempre più in voga tra le famiglie naturiste, era una via di mezzo tra un quartiere e una frazione. Le villette facevano da ali a una piazza a forma di pavarazza con un bar-tabacchi, un negozietto di articoli da mare che aveva l'aria di non passarsela benissimo e un kebabbaro che invece se la passava meglio.

Channèl li aspettava seduta ai tavolini del bar-tabacchi. Fuori c'erano degli scooter truccatissimi parcheggiati di sghimbescio e ragazzini che chiacchieravano. Avevano appoggiato un altoparlante bluetooth su un tavolino, ma per fortuna il volume non era troppo alto. Erano canzoni in italiano, ma l'italiano di oggi pronunciato tra naso e gola che non ci si capisce niente.

"Trap," spiegò la Channèl vedendo l'aria perplessa di Padérna, a cui in mezzo alla foresta pluviale di Purocielo non capitava mai di ascoltare roba del genere.

"Lui è rimasto a *Sarà perché ti amo*," disse Moretti.

La Channèl non sapeva di cosa stesse parlando, nonostante fosse una delle hit nei duetti con la Sabri. Purtroppo con le giovani generazioni la musica era passata all'ananas da un pezzo.

La poca fauna presente oltre ai ragazzini che probabilmente erano andati a fumarsi le loro cose nella pineta lontano dai vigili urbani di Galatea erano famiglie di quarantenni con la classica aria sconvolta da fine stagione, quando realizzi che andare in ferie con i figli piccoli è peggio che i lavori forzati. I mariti soprattutto parevano stravolti: avrebbero di gran lunga preferito due settimane in miniera.

Tutto aveva l'aria polverosa tipica delle località a ridosso della spiaggia. Le poche auto parcheggiate nella striscia di terra battuta lungo la pineta parevano sopravvissute a una tempesta di sabbia nel Sahara. Qualche bagnante spuntava dai sentierini della pineta per tornare a casa. La seconda casa. O la casa in affitto. Non c'erano alberghi. D'inverno diventava un paesino fantasma.

"Perché siamo venuti fin qua?" chiese Moretti.

"Visto che a quanto pare al camper non ci stai più, tanto valeva farsi un giro."

Padérna si accigliò. Moretti non gli aveva detto che si era trasferito sulla Nilde Rossa.

"A quanto pare la tabacca ti dà dei giri," disse Moretti.

"E poi qui i carabinieri non vengono spesso. Metti che mi pedinano per controllare che non faccia domande e non mi cacci nei guai..."

"Addirittura pedinare?"

"A noi detective scomode ci stanno attenti."

"Mi sembra giusto."

La Channèl fece un bel respiro, apparecchiando l'agendina rosa spinto. Era pronta.

"Premessa: tanto lo scopro dove sei andato ad abitare," disse.

"Se ci riesci ti do un diploma da Jessica Fletcher."

"Affare fatto!"

Moretti roteò gli occhi. Padérna non disse nulla, probabilmente non aveva idea di chi fosse la signora in giallo, da dove venivano loro la tv serviva solo a tenere su le cornici con le foto dei nonni, dato che il segnale a volte c'era e a volte no, probabilmente a causa del viavai di pterodattili nel cielo.

"Tra tre quarti d'ora dobbiamo aprire il Gradisca," le fece presente Moretti.

"Facciamo presto," disse la Channèl. Aprì l'agendina e la lisciò per bene. Era già oltre la metà. "La casa dove abitava l'avvocato Brenzi: ta-daaan!" disse indicando una villetta appena oltre la piazza. Due piani. Un bel giardino. Chiusa e sbarrata.

"Be', butta via," disse Moretti.

Arrivò la barista a prendere l'ordine, anche lei dello stesso stampo della compagna volontaria del circolino: con i soliti problemi nell'uso dei pronomi. "Cosa ci faccio?" chiese.

Ordinarono due sambuchine con mosca. La Channèl nulla, perché in servizio non beveva alcolici.

"Non sei ancora in servizio," le disse Moretti.

"Sono detective. Divento cameriera alle cinque e mezza." Moretti stava per dirle che era un'americanata, che una birra in servizio si poteva anche bere, che ogni tanto un vinello con i detenuti se lo facevano pure in carcere, ma perché rovinarle il cinema? "A quella sei-settecentomila euro non glieli toglie nessuno," disse invece. Era una bella proprietà. Gli eredi di Brenzi avrebbero stappato champagne. Era un periodo d'oro per le eredità di Galatea a Mare, a quanto pareva.

"E qui c'è il colpo di scena," disse la Channèl.

"Ta-daaan," gli scappò a Padérna, che alzò le mani in difesa subito fulminato da un'occhiata da raggio laser della Channèl.

"L'avvocato Brenzi non era il proprietario."

"Ah no?" fece Moretti.

"Negativo. Era ospite. Indovinate chi era il proprietario."

"Qualche idea, Padérna?" chiese Moretti a bruciapelo e per dispetto, dato che lo aveva visto distrarsi. Guardava i tabachini che ascoltavano musica davanti al kebabbaro. Li osservava come fossero una mandria di erbivori a lui sconosciuti fino a quel momento.

"Eh?" fece Padérna.

"Chi era il proprietario di questa villetta qui, dove abitava Brenzi?" riassunse la Channèl.

"Quello che è morto sui miei porcini," rispose Padérna.

"Sette più," disse la Channèl. "Avevamo Poirot nascosto nella foresta e non lo sapevamo."

"Solo fuoriclasse ci nascono a Purocielo," aggiunse Moretti.

"Tranne uno," lo corresse Padérna.

Moretti gli augurò un canchero con un'occhiataccia.

"Chissà chi incasserà tutto 'sto ben di Dio," disse la Channèl.

"La Castillo prenderà la sua parte. Il resto, ora che Franchino è morto, non ne ho idea. Se non c'è nessuno incassa lo Stato, in linea di massima. Ma spesso qualche parente alla lontana riescono a trovarlo. E di solito è sempre gente che di soldi ne ha già a bizzeffe," spiegò Moretti.

"Certo che non vanno mai a chi ne ha bisogno," disse la Channèl.

"Se dici questa cosa ai Servadei, appendono il tuo ritratto al circolino tra Togliatti e Berlinguer."

La Channèl lo guardò accigliata. Non sapeva chi fossero Togliatti e Berlinguer. Anche in politica era da un pezzo che si era passati all'ananas. "Da qualsiasi punto lo si guarda, il nostro caso non ha senso," disse la Channèl sfogliando accigliata l'agendina, come cercandoci dentro una qualche risposta.

"O forse siamo noi che non siamo capaci. Infatti lavoriamo al Gradisca, non a Scotland Yard," le rispose Moretti.

"Parla per te."

25

"Uè, Moretti."

"Don. Stasera al Gradisca sembrava l'assedio di Alamo. Non sono in forma."

"Hanno bombardato?"

"Di brutto. Si vede che era la Giornata Mondiale del Calzone Farcito e nessuno m'aveva detto niente. Son stracco."

"Be', rilassati. Dov'è che dormi adesso? In sala macchine?"

"Come accidenti fai a..."

"Tre Gloria e un Pater solo per avermelo chiesto. Piuttosto, quando vieni a riprenderti la Iolanda?"

"Perché, dà fastidio?"

"No. La Nedina l'ha praticamente adottata. Corso intensivo di sfoglia. Dice che se sapeva che c'era la Romagna anche quassù, da giovane col cavolo che andava in Riviera. Ma non avrebbe guadagnato abbastanza, poveretta. Comunque ora è con la Nedina a imparare l'arte di chiudere i cappelletti. È molto stanca, ma fa di tutto per essere gentile. Vorrebbe tornare giù, ma forse si vergogna a dircelo."

"Per me dovrebbe restare."

"Per te, per te, per te. Corriamo tutti qua e là come degli scemi, per te. La Katiuscia ti ha fatto il bucato. Padérna te lo allunga domani. Non voleva tornare giù ma l'ho obbligato, che qua non lo voglio tra i piedi."

"Si starà innamorando."

"Moretti..."

"Son qui."

"Appena finisce 'sta storia smettiamola di cambiare sempre discorso e di rimandare."

"Non rimando. È che non ho un euro."

"Cinque Ave e tre Gloria."

"Così, a caso..."

"No. Sono perché sei bravo a raccontare patacche agli altri, ma sorvoli su quelle che racconti a te stesso."

"Don..."

"Non mi ci mandare, che scatta la scomunica."

"Va bene."

"Finita 'sta faccenda ci inventiamo qualcosa e andiamo."

"Se lo dici tu..."

"Non perché lo dico io. Ma perché non puoi stare nascosto in quel camper per sempre..."

"Ora sto su uno yacht, no?"

"Vedi come cambi discorso ogni volta, patacca? Guarda che non mi scappi. Sempre sia lodato, testone che non sei altro."

"Speriamo."

26

C'era una bella guazza soffocante, ed erano solo le nove di mattina. Moretti era già sveglio dalle sei, quando erano arrivati Ludovico Thor e Servadei Grande a sistemare la Nilde Rossa. C'era sempre qualcosa da fare alle barche, anche quando se ne stavano ormeggiate.

I turisti dormivano ancora e sul porto canale c'era il solito viavai mattutino della fauna locale.

Moretti aspettò un momento che non c'era nessuno per poter sbarcare. Scese il porto canale e attraversò con il traghettino. Aveva ancora qualche centesimo dei cinquanta euro, ne bastavano dieci per un'andata. Arrivò al Gradisca che era mizzo. Il lungomare Pertini si stava animando.

A quell'ora c'era solo Vittor. Aveva la solita camicia hawaiana, questa volta con ghirigori e sfumature azzurrine pastello. Pareva una torta nuziale. L'impastatrice stava girando e lui tagliava i panetti. Era una vita che li pesava, ma proprio non ci riusciva a prenderci le misure e doveva usare la bilancia. Metteva sempre venti grammi in meno o dieci di troppo, che aggiustava tagliando con un coltellino da cucina.

Moretti si diede una lavata alle mani e si mise ad arrotondare i panetti.

"A Napoli le pesano a occhio," disse dopo un po'.

"Be', qui non siamo a Napoli."

"Era per dire," fece Moretti.

Continuò a sbirciarlo di nascosto.

Vittor sbagliò quattro pesate, poi ne azzeccò due consecutive, un evento.

"Dai, dilla," disse a un certo punto Vittor.

"Cosa devo dirti?" fece Moretti.

"Abbiamo fatto nove anni insieme a Bologna. Tu lavoravi con gli occhi. Stavi lì a guardarci anche quando non ce ne accorgevamo. Guarda che ti leggo come un libro aperto," disse Vittor.

"Allora sto tranquillo. L'ultimo libro che hai letto scrivevano ancora in cuneiforme."

Vittor sbagliò di trenta grammi.

"Se l'ignoranza facesse volare via, bisognerebbe tenerti per i piedi, Moretti. Dai dunque, cos'hai da guardarmi? Dilla tutta."

Moretti arrotondò un paio di palline. Poi aggiunse il sale e l'olio all'impasto che stava girando. Poi si decise. "Tu quando li vedi?" chiese.

"Chi?"

"I tuoi."

"Sei diventato romantico, Moretti?"

Moretti sbuffò. Appena uno si discostava dal solito lo beccavano subito. "Perché?" chiese.

"Ciò, te di discorsi seri non ne fai mai, solo cazzate," rispose Vittor. Aggiunse due pezzettini all'impasto che stava pesando.

"Con Tania ci facciamo le videochiamate il pomeriggio. Con suo fratello ogni tanto ci faccio un salto in pizzeria a Ravenna. L'altra ogni tanto passa la sera, ma è sempre in ospedale. Mi chiama, o la chiamo io. Son grandi ormai. Se ne vanno per i fatti loro."

"Esatto," gli scappò a Moretti. Ma era proprio quello che non gli tornava.

"Moretti, ma stai parlando con me o pensi agli affari tuoi?" fece Vittor.

"Un po' e un po'," ammise Moretti. Aveva usato Vittor come a racchettoni. O a padel, come si diceva adesso. Aveva bisogno di uno che gli rispedisse la pallina indietro.

Fu mandato a cagare.

Svuotarono l'impastatrice e ricominciarono da capo.

"Da quanto non vai?" chiese Vittor.

Era tutta la stagione che Moretti evitava con cura di pensarci. Ognuno ai disastri ci faceva i conti a modo suo. La Sabri si era chiusa nel silenzio, per dire. Alla fin fine quel casino di Quadalti e del suo custode gli era capitato a fagiolo. "Aprile," rispose.

"Sei un disgraziato," commentò Vittor. "Orcamadòsca," disse poi, sbagliando di venti grammi in meno. Poi sbagliò aggiungendone dieci in più. Filotto.

Moretti sperava che gli dedicasse qualche canchero in più, che riscaldava sempre il cuore.

"Ma adesso sei tornato agente e hai altro di cui occuparti, no?" disse invece Vittor.

"Mica ti senti di nascosto con Don Leo?" chiese Moretti. Si aspettava un bell'accidenti, invece nulla. Gli scappò un rimprovero ad Anubi.

Finirono le palline e spostarono i padelloni nella cella frigorifera.

"Oggi non c'hai molti cancheri da distribuire a destra e a sinistra," disse Moretti.

"Oggi sono sollevato. Se non ci foste tu e la Rita Pavone sempre in ritardo, starei come un pascià. È passata l'AUSL stamattina. Possiamo rimettere in pista anche il Vintage. I funghi di Padérna erano a posto, e anche il resto che avevamo in pizzeria. Ormai sanno che Quadalti è stato avvelenato, ma qualsiasi cosa abbiano usato, non era qui al Gradisca."

"Urca," disse Moretti.

"Ancora non capiscono dove Franchino abbia preso quel veleno," disse Vittor.

"Sempre che l'abbia preso lui."

"Boh. Secondo me tu e quell'invasata che stai addestrando state correndo dietro all'aria fritta. La gente fa cazzate e poi si ammazza. Ne abbiamo visti in galera, no? E tu più di me," disse Vittor.

"E allora chi è stato a spararmi al camper?"

"Qualcuno che gli avrai fatto della maletta per i condimenti. C'hai la fila."

Moretti fu lì lì per mandarlo al solito posto, ma alla fine stette zitto.

In effetti gli sembrava davvero di dare la caccia all'aria fritta. Ma non solo con Quadalti e Franchino. Anche con il resto della sua vita.

"Zafàr, come fate in Pakistan quando un tizio seduto su una fortuna si fa avvelenare e dovete capire chi l'ha ammazzato?" chiese Moretti spostandosi vicino al bancone.

Zafàr stava bisticciando con la Suleman. Gli improperi in urdu sembravano formule magiche. All'apice della tensione abbassò la voce, annuì come a chiedere scusa e chiuse la comunicazione con la moglie togliendosi gli auricolari.

"Ti fa sudare più della piastra," infierì Moretti.

"Moglie padrona casa."

"Attento che qua si arrabbiano se lo dici..."

"Moglie padrona universo," aggiustò la mira Zafàr.

"Tu non ti arrabbi mai," disse Moretti ammirato. Cominciò a stendere le pizze. Alle undici e tre quarti iniziavano a fremere le coppiette di pensionati di ogni nazione e ceto sociale.

"Oh! Io arrabbia, ma dentro che nessuno sente. Arrabbiare fuori male male."

"Zafàr, è una vita che stai qua e parli ancora come un apache dei film western."

"Italiano strano. Tu cosa sa dire in urdu?"

"Hai ragione anche te."

La Channèl portò la prima comanda. Moretti si allungò a sbirciare dal finestrone, giusto per avere la conferma. Un tavolo da due. Tedeschi. Il bacio della Morte. Lesse la comanda. Un grido silenzioso si alzò ad Anubi. "Poi uno s'incazza... Ti sembra possibile? I wurstel con lo squacquerone."

"Cliente come moglie," disse Zafàr. "Padrone universo."

"Eh, ma allora è un ergastolo."

"No no no arrabbiare," fece Zafàr iniziando a cuocere la salsiccia sulla piastra. "Tu no preoccupare, come ananas. Qualcuno fa ingrediente nuovo con ingrediente vecchio."

"Sì, bella cazzata..." Moretti si bloccò, l'olio delle acciughe che gocciolava sul banco. "Cos'hai detto?"

"Ananas no sembra, ma può stare su pizza. Nuovo sta con vecchio."

"Zafàr, siete tutti dei geni in Pakistan o hanno sorteggiato solo te?"

Moretti acciuffò la Channèl che stava finendo di sparecchiare e la portò ai divanetti. C'era già Terri, che era venuto a prendersi il caffè e teneva sott'occhio contemporaneamente cucina e giardino.

Oltre il rotondone i primi impavidi bagnanti raggiungevano la spiaggia alla spicciolata. Moretti si chiese se quel settembre torrido sarebbe finito mai. Forse doveva provare con la danza della pioggia.

"Controllami una cosa," disse alla Channèl facendo cenno di prendere il telefono. Ci aveva pensato per tutto il servizio. Si era anche dimenticato di evocare Anubi, da tanto che era concentrato. Le fece aprire la pagina Instagram del Barrakuda Beach. Erano tutti stretti intorno allo schermo da mezzo ettaro del cellulare della Channèl.

"Ma cosa cerchi?" gli chiese.

Le fece cenno di aspettare.

"Cosa sono? I moti carbonari?" Ci si mise pure Vittor a togliere aria, che già ce n'era poca.

La Gina per fortuna se ne stava in disparte, nella sua nuvoletta azzurra. Con quei capelli si sarebbe potuta buttare sulla trap o sul rap o come accidenti si chiamava.

"E io testone che continuavo a pensare a Galatea, a Franchino, alle vecchie glorie di Romagna..." disse Moretti.

"Be', non sei un detective come noi," rispose la Channèl. Aspettava ordini, il pollice opponibile pronto sullo schermo. Terri stava un po' di sbieco per guardarlo solo con l'occhio sinistro, che evidentemente era il più buono dei due.

"Vai sulle storie. Fortuna che abbiamo Zafàr," disse Moretti, "che la pizza con l'ananas non gli fa bestemmiare l'anima."

"Ma le storie durano poco, ci saranno quelle di oggi," disse la Channèl. "Ah, no, le hanno salvate, devono avere un buon *soscialmidiamèneger*." Aveva l'aria un po' giù di corda, forse perché Moretti non le aveva detto nulla.

Moretti aveva una fretta che scoprire l'esistenza del *soscialmidiamèneger*, qualsiasi cosa fosse, non gli evocò dal profondo del cuore le imprecazioni ad Anubi che avrebbe meritato in un altro momento.

"Brava. Allora scorri queste storie indietro..."

"Come fai a sapere tutte queste cose? Non avrai mica Instagram di nascosto?"

Moretti era sovrappensiero e parlò senza rendersene conto. "Vittoria ha un account, ogni tant..." si fermò in tempo. "No, vai più indietro," cambiò discorso.

Risalendo a ritroso si avvicendavano le foto delle ultime feste a tema. Una biondona con l'elmo con le corna.

"No," fece Moretti.

Una ragazza di colore in perizoma e piume colorate.

La Channèl lo guardò.

"No."

C'era stata anche quella a tema Buckingham Palace.

"Cosa avranno fatto da mangiare?" chiese la Channèl.

"Tè e biscotti," disse Moretti.

Non era quella.

Servirono altre due scrollate di pollice.

"Eccola."

Il giorno prima del delitto.

"Serata giapponese," disse la Channèl. "Quindi?"

"Il veleno," disse Moretti.

"Il veleno?" fece la Channèl. Terri occhio di lince lo chiese senza parole, spedendo a Moretti un'occhiata interrogativa con il sinistro, mentre il destro seguiva Momo che si stava avvicinando.

"Forse, il veleno," si corresse Moretti. "Bangkok mi aveva detto che metà della roba o erano insetti o veleno. Poi Zafàr salta fuori con il vecchio insieme al nuovo."

"Così avete risolto il caso tu, Bangkok e Zafàr?" chiese Momo a Moretti, cercando di far innervosire la Channèl. Ma lei era talmente abbacchiata che se ne pentì subito.

"Non abbiamo risolto niente. Sto sparando a casaccio," disse Moretti.

"Cosa?"

"Un'idea."

"Siamo un team," disse la Channèl.

"Poi ti dico. Momo, c'hai la bici?"

Fece di sì con la testa.
"Te la prendo un attimo."
Partì di buon passo, senza correre, perché le ginocchia da cinquantenne non erano un'opinione.
"Guarda che alle cinque e mezza riapriamo!" gli urlò dietro Vittor.
Moretti gli fece cenno che non c'era problema. O quasi.

27

"Eh no, guardi, il colonnello non è in caserma," gli disse il brigadiere. Era sempre quello che aveva verbalizzato l'interrogatorio con Padérna.

"Eh, ma ci devo parlare."

"Eh, ma non è in caserma."

"Eh, ma da qualche parte sarà."

Il brigadiere stava per continuare la catena visto che avevano preso un buon ritmo, ma si fermò di colpo. Ci pensò su. Poi diede un'occhiata a Moretti, mizzo di sudore dalla testa ai piedi, che aveva pedalato fin lì come un Pantani all'attacco sull'Alpe d'Huez ma con quaranta gradi in più e un polmone e mezzo in meno. C'aveva il catrame delle Krong Thip che gli si muoveva nei bronchi come le placche tettoniche. Moretti fece per mandarlo a far la solita roba.

"Eh, ma aspetti," disse il brigadiere. E sparì in ufficio.

Ora che era rimasto solo, Moretti si sedette senza vergogna a rifiatare. Quando il brigadiere si rifece vivo, il cuore gli era tornato a battere quasi normalmente.

"Dice che è in zona, una mezz'oretta e arriva."

"Eh, ma che bello," gli scappò a Moretti. Il brigadiere ebbe come un brivido: aveva apprezzato quella specie di duetto. A quanto pareva a Moretti gli venivano bene. Peccato per quelli con la Sabri, gli mancavano. "Non è che può farmi un'altra cortesia, intanto che aspettiamo?" chiese.

Il brigadiere gli fece la faccia brutta, da amico tradito.

"Niente di che. Mi cercherebbe una cosa?" chiese Moretti. E lo stuzzicò pigiando invisibili tasti nell'aria con la punta delle dita. Quando aveva verbalizzato l'interrogatorio, gli era sembrato che il brigadiere avesse il portamento del concertista.

E non aveva sbagliato.

Forse aveva ragione Vittor. Aveva sempre lavorato con gli occhi. Un po' di sbuzzo gli era rimasto, nonostante gli anni passati.

"È un ufficiale dei carabinieri?" chiese il brigadiere.

"Sa benissimo che non lo sono."

"Allora non posso aiutarla."

"Guardi, io non faccio niente. Non vedo niente. Mi chiedevo solo se riesce a recuperare il programma di una festa. Io resto seduto qui, non mi muovo," disse Moretti, che ancora non respirava bene e gli fischiavano le orecchie dalla pressione alta.

"Eh, alternative non ne vedo. A occhio e croce un altro sforzo potrebbe esserle fatale," disse il brigadiere.

Moretti rifece quella cosa con la punta delle dita. "Aiuti un moribondo," disse.

Il brigadiere si grattò il collo. Poi il mento.

"Che festa sarebbe?" chiese.

"Ospite d'eccezione Himoto Osaku, del Chihiro Totoroya," lesse il colonnello Sabino. Il brigadiere aveva fatto una stampa di quello che aveva trovato: un vecchio post condiviso su Facebook. "E chi sarebbe?" Si rispose da solo. Aveva già il telefonino in mano: sbloccò lo schermo e digitò nella barra di ricerca controllando di scrivere bene il nome. Identico a come aveva fatto Moretti mentre aspettava che arrivasse, dopo che il brigadiere gli aveva portato il programma.

Poi guardò Moretti. Ma non gli chiese stupito se era stato lo chef, come invece aveva fatto il brigadiere. Amedeo Sabino da Venafro non aveva trovato i gradi di colonnello in un pacchetto di patatine.

"Uno dei pochi ristoranti in Italia con la licenza per il fugu..."

Moretti fece di sì con la testa.

Il colonnello fece un'altra veloce ricerca. Lesse, mentre con una smorfia si passava una mano sulla bocca. Diede anche una carezza ai baffetti. "Questo spiegherebbe il veleno," commentò.

"Credo di sì."

Il colonnello si lasciò andare contro la poltroncina. "Non ce lo vedo il Tassinari a intrufolarsi nella cucina del Barrakuda Beach."

"Nemmeno io," fece Moretti.

"Perché poi proprio in quel bagno?"

Moretti allargò le braccia. "È venuto fuori fin dall'inizio," disse. "L'Agatina mi aveva detto di Brenzi, che ci aveva passato gli ultimi mesi a bere e a parlare."

"L'Agatina..." fece il colonnello, e alzò una mano parecchio sopra la testa.

"Lei. La conoscete anche a Ravenna?"

"Sì, è abbastanza famosa. Non sono tante le donne sopra i due metri. In ogni caso continuo a non capire."

"Noi neppure," ammise Moretti.

"Voi?" Il colonnello Sabino lo guardò male, si diede un mezzo morsetto ai baffetti, che per un attimo persero la perfetta postura a livella.

Moretti fece cenno di chiudersi la bocca con una zip.

"La riapra e mi spieghi cosa le frulla in testa."

“Qualcuno ha ucciso Franchino. Ed è lo stesso qualcuno che ha convinto Franchino a uccidere il suo datore di lavoro,” disse Moretti.

“Franchino quindi non sapeva che avrebbe ereditato, altrimenti non si sarebbe mai prestato a una cosa del genere. Avrebbe aspettato che Quadalti morisse di morte naturale per avere quello che gli spettava.”

“Sì. Ma penso a un’altra cosa.”

“Cosa?” chiese il colonnello con uno scintillio negli occhi.

“La stessa cosa che pensa lei.”

“E cosa penso io?”

“Perché Franchino si becca mezza eredità?”

“In effetti. Lei e la sua sottufficiale in incognito avete qualche ipotesi?”

“No. Però prima, mentre facevo gli impasti con Vittor...”

“Vittor... Sarebbe Malpezzi?” chiese il colonnello.

“Lui in persona.”

“Vittor... Non Victor, non Vittorio. La questione dei nomi propri vi è scappata di mano, qua in Romagna.”

Moretti si strinse nelle spalle. “E da un pezzo anche,” confermò. “Parlavamo della sua famiglia. Due figli gestiscono altri locali della società, una è medico, e da anni non vivono più con lui... E mi è passata per la testa un’idea.”

“Sentiamola.”

Non ci volle molto. Anche perché si erano fatte le quattro e tre quarti e Moretti doveva pure tritare la mozzarella. Un’altra pedalata a rotta di collo per lui sarebbe stata il colpo di grazia.

28

“Terdotro... tredrot... terod...” Niente, Vittor proprio non riusciva a pronunciarla.

Moretti gliela ridisse per la terza volta: “Dai dunque, tetrodotossina.”

“Tedrotodot...” Non c’era proprio verso.

“Il veleno dei pesci palla,” tagliò corto Moretti. Tritare la mozzarella era come organizzare uno sbarco sulla luna, che ci venisse un canchero.

A Vittor che potessero aver usato una roba del genere per fargli secco un cliente lo incuriosiva, adesso che il mistero era risolto e loro non c’entravano niente.

“E cosa ci facevano al Barrakuda con quella roba?”

Moretti sistemò il disco del taglio nella tritatrice.

“Lo chiamano fugu.”

“Fugu,” disse Vittor con un tono un po’ troppo sognante.

“Be’, ma mettiamolo nel menù con l’ananas,” propose Moretti. “Che a fine serata ci sono i beccamorti ad aspettare fuori e l’asporto lo consegniamo con i carri funebri.”

Vittor alzò le spalle. Moretti sperò che si togliesse dagli zebedei. Iniziò a tritare i panetti di mozzarella. Arrivò una provvidenziale chiamata per l’asporto, annunciata dalla suoneria del giorno. *Gloria* di Umberto Tozzi. Quella era bella da cantare quando smettevano di arrivare ordini in cucina, che era come rivedere finalmente la luce. Ma non durò molto, al secondo panetto Vittor si ripresentò.

"E te come ci sei arrivato?" chiese.

"Non devi aiutare Momo ad apparecchiare?" disse Moretti a voce un po' alta perché a rumore la tritatrice se la tirava con il tre ruote di Ragù.

"Ci penserà la Channèl quando arriva. Che poi è colpa tua se è in ritardo, mica credere. Ha detto a Momo che oggi pomeriggio ne approfittava per scoprire dove ti sei trasferito, per fare allenamento."

"Quella non sapeva che scusa dirgli, dammi retta. Mi sa che l'allenamento ce l'ha con il moroso. In 'sti giorni con gli impegni da detective deve averlo trascurato un bel po'. Guarda là che tiraculo che c'ha Aladino."

Momo stava riempiendo i frigobar della baracchina, quando la tritatrice si fermava si sentiva lo sbatacchiare di bottiglie posate con malagrazia. La Channèl di solito alle cinque era lì. Erano belle che le cinque e dieci.

"Quando arriva mi sente. Intognimò, come ci sei arrivato, Kojak?" ripeté Vittor.

Moretti cacciò giù il panetto e lo pigiò ben bene con il pistone. I vermicelli di mozzarella presero a cadere nella vaschetta.

"Ah, io non ho fatto niente, era già lì nero su bianco."

"Dove?"

"Nelle tovagliette manoscritte della Channèl."

Vittor non aveva idea di cosa parlasse. Moretti gli spiegò dei rapporti della Channèl.

"Io ve lo dicevo che non era il mio mestiere, ma nessuno mi dava retta. Se fosse stato il mio mestiere, non mi sarei messo lì a pensare a chi avrebbe potuto fare cosa, che non l'ho mai fatto e neanche sono capace, ma mi sarei concentrato su quello che sapevo di sicuro. C'ero anche quando è successo, più o meno. Non l'hai detto te che lavoro con gli occhi?" disse.

Vittor fece di sì con la testa. "E cosa sapevi di sicuro?" chiese.

"Eh. L'avvelenamento, i sintomi."

Vittor allargò le braccia. "Non ci capisco niente," disse.

"È così che si finisce nove anni in carcere," lo prese in giro Moretti. Poi riprese, spingendo con forza un altro panetto di mozzarella: "Quadalti viene con la carrozzina elettrica, anche se di solito cammina da solo. L'hai anche visto al funerale di Brenzi. Fa pure riabilitazione ogni giorno per tenersi in forma. La Castillo ha detto che quel pomeriggio lui aveva mal di testa e proprio per quello aveva deciso all'ultimo di venire al Gradisca dicendo che un po' d'aria gli avrebbe fatto bene. Ci mettono un po' a prendere l'ordine. Momo si spazientisce. Il Dottore parla male, ordina per lui la Castillo. Più o meno mezz'ora dopo tu gli porti altra acqua, perché lui ha la tosse e hanno già finito una bottiglia. Mangia mezza pizza, poi si irrigidisce tutto e casca a faccia in giù nella Porcini. Momo nota quello che deve aver fatto scattare il campanello d'allarme anche ai carabinieri e al magistrato, oltre al medico del defibrillatore. Dice che pare un puffo rinsecchito: aveva la pelle blu. Vai a controllare su Internet. Ci sta tutto con l'intossicazione da..."

"Tertroti... Ma va cagare, Moretti," disse Vittor. Moretti aveva lasciato in sospeso la frase, perché era ignorante che puzzava e gli piaceva fargli i trabocchetti. "Intognimò, ma perché proprio il fugu? Di tutti i veleni al mondo, a quello hai pensato?"

"No, sono stati Bangkok e Zafàr," disse Moretti, che era alle prese con l'ennesimo panetto e a forza di alzare e abbassare il pistone non sentiva più il braccio.

"Bangkok e Zafàr?"

"Malpezzi, le cose le abbiamo già intorno, ma il più delle volte siamo invurniti e non le mettiamo insieme," disse Moretti.

"Parli della tua vita o di chi ha ammazzato Quadalti?"

"Va' a cagare. Bangkok mi ha detto che là in Oriente metà del cibo è veleno, si lamentava della dieta immagino. Vuoi mettere tra la piadina e i grilli fritti? Poi Zafàr ha tirato fuori quella cosa del vecchio che sta con il nuovo, non so, parlava dell'ananas, e mi è venuta l'illuminazione. Un condimento che non c'entra un fico secco con il resto e che da inizio estate mi sta sbriciolando i maroni. E poi tornava sempre fuori 'sto Barrakuda Beach. Il loro cameriere con il ciuffo mi ha detto che non hanno mai fatto così tante feste come in questa stagione. Anche a loro gli tocca: inventarsi sempre qualcosa di nuovo. Le feste. Cucine a tema, ingredienti esotici. Quella nordica, quella messicana, quella brasiliana, quella africana, quella inglese... e quella giapponese. Perché ai clienti non gli bastano più i branzini, le spigole o i calamari fritti. Il sushi vogliono. E visto che son giovani e non vecchi come noi, magari qualcosa di ancora più spinto. Il fugu. Cioè un piatto giapponese a base di pesce palla."

"Però c'ha un bel nome," disse Vittor.

"Eh certo, figurati," sbuffò Moretti. "Solo gli chef specializzati sanno come preparare il pesce palla. Va pulito in un certo modo, bisogna toglierci il fegato e Dio solo sa cos'altro. Ma non va tolto del tutto. Quelli bravi davvero ci lasciano dentro un po' di veleno, quel bisinino che anestetizza la lingua e dà un leggero senso di stordimento. È come una droga legalizzata. Se uno vuole avvelenare, basta prendere qualche grammo degli scarti."

"Non ce lo vedo Franchino a entrare nella cucina del Barrakuda e rubare pezzettini di pesce palla," disse Vittor.

"Nemmeno il colonnello Sabino ce lo vede. E nemmeno io."

Vittor scuoteva la testa. Stava per dire qualcosa ma Umberto Tozzi ricominciò a sentire nell'aria la mancanza di Gloria.

"Comunque, perché avvelenarlo qui, sotto il naso di tutti?" chiese due minuti dopo.

Moretti stava mettendo la mozzarella già tritata nella cella. "È proprio quello il punto," disse.

"Che punto?"

"Secondo me mica è stato avvelenato qui."

"Ah no?"

"Macché. Chi è venuto da te a lamentarsi che ci mettevamo troppo tempo a servirli?"

"Franchino."

"Bravo. Perché? Franchino poi era uno che per principio non avrebbe dovuto avere fretta, dato che non faceva un canchero tutto il giorno."

"Io c'ho imparato tante cose in galera, Moretti, ma non a diventare poliziotto," disse Vittor.

"È stato avvelenato prima," disse Moretti. "Per me è stato con la camomilla delle cinque. La Castillo mi ha detto che la prendeva sempre. Solo che al primo sintomo di avvelenamento, un improvviso e forte mal di testa, colpo di scena: Quadalti decide che un po' d'aria potrebbe fargli bene, e invece della solita consegna a domicilio fa prenotare un tavolo. Se Franchino riusciva a fargli finire la cena in tempo per tornare a casa, Quadalti sarebbe morto in uno dei dieci salotti della villa e nessuno avrebbe scoperto nulla."

"Che ambaradan," commentò Vittor.

Ci si mise di nuovo Umberto Tozzi. Moretti roteò gli occhi. Si preannunciava una seratina di quelle che ti raccomando.

"Ma stringendo, chi sarebbe il colpevole?" chiese Vittor prima di rispondere.

"L'assassino di Quadalti per me è suo figlio," disse Moretti.

A Vittor quasi cadde il telefono.

"Che figlio?"

"Quello segreto," disse Moretti.

Vittor aveva già accettato la chiamata, ma copriva il cellulare neanche fosse stata una cornetta, dimenticando che si erano estinte da trent'anni. E stava lì a bocca aperta come un ciù.

"Ma chi?"

"Il caro Franchino Tassinari. Il figlio della Luana e del Dottor Quadalti. Quelle feste sì che dovevano essere un bell'ambaradan," disse Moretti. "Ma la mano pulita che sta dietro alle sue insanguinate ancora non lo so di chi è."

29

Quando attraverso il finestrone Moretti vide accostare al marciapiede davanti al Gradisca la volante dei carabinieri, gli venne un mezzo colpo. Poi ne scese pimpante il brigadiere stenografo e subito dopo il colonnello Sabino con un sorriso grande così, che sembrava averne due dato che i baffetti seguivano la curva delle labbra alla perfezione.

Erano le sei e spiccioli. La Sabri non era ancora arrivata, ovviamente, e nemmeno la Channèl. Vittor non aveva tempo di bistrattare l'onnipotente e i gloriosi santi, perché Umberto Tozzi e la sua Gloria non smettevano di mettersi di traverso.

Il primo ordine era ovviamente d'asporto, ma era alle sei e mezza. Moretti aveva appena finito di fumare l'ennesima sigaretta nel vicoletto con la Gina, che adesso era impegnata a piegare i burazzi freschi di bucato.

Zafàr guardava una soap opera e Momo sistemava tovagliette e posate sui tavoli cercando di nascondere che era geloso marcio della Channèl, perché le rare volte che la Channèl tardava c'erano di mezzo gli impegni con il moroso, ma era una battaglia persa, perché gli uscivano i fumetti dalle orecchie.

Il colonnello Sabino attraversò il giardino del Gradisca, il brigadiere invece si fermò alla baracchina delle bevande, come per rispetto.

Moretti stese al volo una schiacciata.

"Colonnello," lo salutò quando lo vide affacciarsi al finestrone. "Qui tra poco inizia il Vietnam. È venuto a liberarmi?"

Il colonnello si tolse il berretto d'ordinanza infilandolo sotto l'ascella, come facevano i carabinieri quando parlavano con qualcuno.

"Temo di non avere abbastanza potere per liberarla. Mi sono fermato a salutare," disse.

Moretti stava condendo al volo: due giri d'olio, rosmarino, qualche cucchiaiata di squacquerone ed erba cipollina. Cacciò la schiacciata nel forno, che era già a temperatura. "Quindi?" chiese.

Il colonnello era appoggiato con un gomito alla mensolina. Giocherellava con il campanello, ma senza spingerlo. "Volevo ringraziare lei e la sua sottufficiale," disse guardandosi intorno.

"La Channèl è in ritardo. C'abbiamo un'epidemia al Gradisca quest'estate," rispose Moretti. "Sa come sono i giovani, quando hanno i morosi."

"Più o meno. Sì, mi sembra di ricordare."

Moretti tornò al forno e schiacciò le bolle sulla crosta.

"Abbiamo fatto alcuni controlli sui dipendenti del Barrakuda Beach: camerieri, bagnini, tutto, fino ai padroni. Ci hanno dato una mano anche i colleghi della guardia di finanza," disse il colonnello. "A parte piccole cose trascurabili, per qualcuno il terminale si è illuminato che pareva un albero di Natale."

"Sì?" fece Moretti.

"Sì."

Moretti sfornò la schiacciata, la posò su un piatto e la tagliò a spicchi. La appoggiò sulla mensolina sotto il naso del colonnello.

"Non doveva disturbarsi," disse Sabino.

"L'ho usata come cavia," rispose Moretti. "Così ho controllato che la platea non fosse troppo calda e non bruciasse le pizze sotto."

"Gentilissimo," disse il colonnello prendendo uno spicchio.

Moretti gli allungò un tovagliolino.

"Il casellario non la smetteva più di caricare dati," continuò il colonnello. Moretti annuì. "Ora abbiamo un forte sospettato. Ha varie denunce per truffa e tentata estorsione. Tre fallimenti attenzionati dalla magistratura. Collegamenti con elementi di alcuni clan del Casertano che operano nel Nord-Est. Come poi confermato dai colleghi della guardia di finanza che le dicevo, è pieno di debiti. Con gente con cui è meglio non averne."

"Il delinquente abituale non si lascia scappare nessuna occasione," disse Moretti. Lo sapeva perché ci aveva lavorato una vita fianco a fianco, in carcere.

"Purtroppo," confermò il colonnello.

"Brenzi ha passato gli ultimi giorni a sproloquiare sorseggiando Mojito. Nessuno gli badava, finché non ha detto qualcosa alla persona sbagliata. Uno che era al colmo della disperazione: ha avuto un imprevisto colpo di fortuna e non ha perso un attimo per darsi da fare."

"Già. Ma c'è ancora un inghippo, diciamo."

"Il movente."

"Esatto," disse il colonnello Sabino. "Quest'erba cipollina non è di quelle essiccate." Moretti fece di no con la testa. Puntò con un pollice alle sue spalle, nel solito posto verso la parte più selvatica della Romagna. "Come sta il nostro Valerio?" chiese il colonnello.

"Chi?" fece Moretti. "Ah, Padérna."

"Anche questa cosa dei soprannomi v'è sfuggita di mano, qua in Romagna."

"Da secoli," convenne Moretti. In effetti non pensava mai a Padérna con il suo vero nome. "Sta bene, dovrebbe arrivare in serata."

Il colonnello annuì. "Continuava a sfuggirmi il movente, non aveva senso," disse. "E continua a non averne."

Anche per Moretti. Trovavano pezzettini qua e là, ma nessuno andava al suo posto. "Alla fine gira tutto intorno a quello. Perché un custode eredita una mezza fortuna? E perché dovrebbe uccidere il suo datore di lavoro?"

Il colonnello annuì di nuovo. "Ma non sapevamo del Barrakuda. Per noi in effetti tutto il filone del Brenzi non esisteva. Non ancora. Questo è il problema di non essere nati in loco."

"Nessuno di qui, di Galatea, sapeva della Luana e Quadalti, altrimenti la mia detective qualcosa avrebbe sentito. Probabile che Brenzi fosse l'unico a saperlo. Evidentemente il Dottore non voleva impicci, la Luana non ha detto nulla al fidanzato… Alfio, mi pare. Chissà, magari lui è morto senza nemmeno sapere che il bambino non era suo. Comunque Quadalti qualcosa alla madre di suo figlio lo passava: era sola ma non aveva bisogno di lavorare molte ore. Le bastava il part-time. Se vuole le do le tovagliette della Channèl, lì c'è tutto."

"Tovagliette?" fece il colonnello.

Moretti con un gesto gli disse che era troppo lunga da spiegare. "Quadalti deve aver fatto lo stesso con Brenzi," continuò. "Per tenerlo buono gli ha prestato gratis la villetta al Boschetto."

"Sì, può essere," disse il colonnello.

Ogni tanto Vittor si avvicinava a curiosare. Poi andava a parlare con Momo. Ci mancava solo di fare un servizio senza la cameriera. Sbraitava e rispondeva al telefono del Gradisca che non smetteva di suonare. Aveva una pila di ordini alta così, che consegnò a Momo spedendolo a sistemarli nella stecca. Entrò in cucina affranto, guardandosi bene dall'incrociare lo sguardo del colonnello. Arrivò anche il tre ruote di Ragù, che fece tremare i bicchieri.

"Io quel mezzo glielo ritiro," disse il colonnello.

"E noi come facciamo con l'asporto?"

"Gliene procurate un altro a norma di legge e regolarmente revisionato e non un siluro su troppe poche ruote." Pizzicò con due dita un altro spicchio di schiacciata. "Niente male, Moretti."

"Non sono più un agente, ma qualcosa lo sapevo fare."

"Intendevo la schiacciata."

"Ah. Ovviamente. Che invurnito che sono. L'impasto è di Vittor," rispose Moretti. "Comunque tra le cose che ha scoperto la Channèl c'era quella strana tempistica di Franchino, assunto poco dopo la morte della madre..."

Il colonnello Sabino ci teneva a far sapere che non era un dilettante e che le rotelle funzionavano anche a lui. Si diede un colpo di tovagliolino agli angoli della bocca prima di parlare. C'aveva uno schizzo di squacquerone sui baffetti. Moretti non disse nulla, gli donava.

"Quando il giorno dopo il fatto abbiamo effettuato un sopralluogo alla villa, era evidente che la proprietà non veniva curata come meritava," disse, "considerando inoltre che il Tassinari abitava lì."

"Uno pignolo come il Quadalti, attento a tutto, che non sbaglia un investimento e fa riabilitazione ogni giorno alla stessa ora come un atleta professionista, tiene per anni un dipendente che neanche si degna di tagliargli il prato," disse Moretti. "Rovi ed erbacce ovunque. Non serviva neanche conoscere il contenuto del testamento. I figli naturali ereditano comunque. Ma Franchino non sa di esserlo. Qualcuno però l'ha scoperto... Io credo che il sospettato lo abbia manipolato come ha fatto con tanti altri. Mi ha detto poco fa che ha varie denunce per truffa.

Conosco quella gente, ne ho avuti in carcere. Peggio delle sirene di Ulisse."

Il colonnello annuì. "Potrebbe aver trovato il modo di circuire il Tassinari. Ci può stare. Capita tutti i giorni, purtroppo. Però qualcosa non torna lo stesso." Spostò con un dito un po' di squacquerone dal piatto alla schiacciata. "La serata giapponese era già in calendario. Un'occasione di cui non si poteva non approfittare. C'era il veleno a portata di mano. Gliene bastava molto poco."

"Continuavo a dirmi che l'omicidio non aveva senso. Infatti non era un omicidio. Era un'accelerazione dell'inevitabile. Quadalti aveva un piede nella fossa a prescindere," disse Moretti.

"Nessuno ci bada molto se a un novantaduenne gli viene un colpo. È nell'ordine delle cose, purtroppo."

"I vecchi muoiono," pontificò Moretti. "Ma proprio quel giorno Padérna porta i porcini. Quadalti li ordina. Quando ci muore sopra, il medico prima e il magistrato poi, per scrupolo, ci danno un'occhiata. La fortuna ha abbandonato il nostro sospettato sul più bello… Gliene faccio un'altra?"

Il colonnello aveva spazzolato la schiacciata. Stava facendo la scarpetta con l'ultima crosta per recuperare più squacquerone possibile. "No, grazie. Ottima. L'erba cipollina è un tocco magico."

"Pensi che c'è chi vuole metterci l'ananas."

Il colonnello fece cenno di non parlargliene neanche. "Al paese mio ci sta un ristorante che ha iniziato a fare la crema chantilly di torcinelli arrostiti." Moretti alla sola parola "chantilly" aveva avuto un mancamento. Per non rischiare la salute mentale non chiese cosa fossero i torcinelli, poveretti anche loro. "Resta la questione di quella notte alla villa. Il suicidio o presunto tale," riprese il colonnello.

"Immagino che saprete come farvela raccontare dal diretto interessato," disse Moretti.

Il colonnello Sabino controllò l'orologio. "Qualcosa abbiamo in mente. Ci sono molte cose che non tornano."

"Lo state andando a prendere?"

"Non mi sarei fermato qui. Ho i ragazzi del Nucleo operativo che sono più pratici di me in queste cose. Credo che sia già in caserma. Lo lascio lì a cuocere nel suo brodo."

"Funziona quasi sempre," disse Moretti, che ai suoi tempi faceva la stessa cosa. "Ci ha fatto il muro a secco," disse poi accennando al piatto vuoto.

Il colonnello era in Romagna da abbastanza tempo per non aver bisogno di traduzioni. Allargò le braccia.

"Vino? Birra?" chiese Moretti.

"Acqua va benissimo."

Moretti andò a prendergli una bottiglietta.

La Gina, che non aveva ancora molti piatti nell'acquaio, si attardava a sfumacchiare in faccia al povero Terri sul divanetto. Una ragazza aspettava in piedi le pizze che aveva ordinato per l'asporto. Senza che nessuno l'avesse vista arrivare, ai fornelli c'era il fantasma della Sabri. Non era stata l'ultima a presentarsi, un miracolo. Moretti fu sul punto di intonare "Dimmi perché piangi...", ma se lo ricacciò in gola.

"Posso proporre una mia versione?" chiese Moretti al colonnello, che fece segno di proseguire allargando di nuovo le braccia. "Se la morte di Franchino passa per suicidio, il nostro fenomeno forse riesce a cavarsela. Non so se dall'autopsia si riesce a risalire in modo inequivocabile al fugu. Però, purtroppo per lui, la Castillo ha sentito i rumori di una colluttazione e mi ha chiamato. Franchino aveva il suo mazzo di chiavi in tasca?"

"Le aveva. Casa, automobile e cancello, in un unico mazzo."

"Il sospettato le prende e le usa per aprire il cancello automatico dopo averlo soffocato. Deve uscire. Ma arrivo io. Infatti vedo che il cancello si apre e si richiude senza che esca nessuno."

Il colonnello Sabino fece una smorfia. "Perché complicarsi la vita? Gli bastava scavalcare. Magari verso la pineta pubblica, che a quell'ora è chiusa. Non mi torna," commentò.

"Allora diciamo che nella lotta viene inavvertitamente spinto il pulsante del telecomando."

"Già meglio," disse il colonnello. "Potrebbe avere senso. E gli spari al camper?"

Moretti alzò le spalle. "Lui dev'essersi convinto che a Villa Quadalti io lo abbia visto. In effetti l'ho visto, ma senza vederlo. Pensavo fossero gli occhi di qualche capriolo o daino. Sa, mandano riflessi alla luce della luna. Invece erano i suoi occhiali. Non poteva ucciderci. Il suo capro espiatorio era Franchino. Ma gli viene in mente che ha amici che potrebbero intimidirci. Lo sanno tutti anche al Barrakuda Beach che ero della penitenziaria. Si dev'essere fatto l'idea che un sovrintendente fallito magari è facile da spaventare o da circuire. Magari ha fatto una chiamata ai suoi amici casertani e gli ha chiesto una cortesia."

"Un po' forzata. E poi perché questi 'amici' lo dovrebbero aiutare?"

"Chi lo sa. C'è comunque una fortuna in ballo. Lasciando stare i soldi, la liquidità, per il crimine organizzato la pineta privata sarebbe una speculazione con i fiocchi."

"Non credo possa essere edificabile. Ci sono vari vincoli normativi e ambientali."

"Dipende. Non so se ha notato che la nostra cara Italia funziona un po' come i menù delle pizzerie: nonostante quello che c'è scritto nero su bianco, il modo per cambiare qualcosa si trova sempre. Soprattutto quando ci sono di mezzo un mucchio di soldi."

Il colonnello ci pensò su. Poi controllò l'ora. "Magari il nostro sospettato ci saprà spiegare qualcosa," disse. "Trovo buffo che non mi abbia chiesto chi sia. E se posso permettermi, anche molto romagnolo. Voi dovete sempre fare i… Qual è il plurale di 'patacca'?"

"Patacconi."

"Quello. Chiedere non vi piace. Ma dall'accenno agli occhi del capriolo o del daino mi ha fatto capire che già sa."

Moretti già sapeva. L'accenno agli amici nel Nord-Est era stata una mezza conferma.

"Allora non le dico più niente, così il patacca lo faccio anche io," disse il colonnello. Si alzò con un mezzo sorriso. "È un peccato che non sia più in servizio, Moretti. È un ottimo agente. Non capisco cosa ci faccia qua."

"Tenendo d'occhio i criminali ho perso di vista il resto della mia vita. Mi sono ridotto a tenere d'occhio l'ananas. Qualcuno si dovrà pur sacrificare," disse Moretti. "E mi saluti Alfredo Camarsa, quando lo vede in caserma."

Era proprio vero che dovevano fare i patacconi, che ci venisse un canchero.

30

"Io licenzio tutti e vi lascio per strada a fare l'elemosina!" Vittor non si dava pace. Iniziavano ad arrivare i primi clienti e c'era ancora soltanto Momo.

Per un attimo a Moretti parve di vedere un guizzo di luce negli occhi della Sabri, che addirittura gettò un paio di sguardi oltre il finestrone. La Gina fumava come una locomotiva a carbone, i capelli appuntiti più spiritati del solito, forse usava rovi al posto dei cuscini.

Moretti arrancava già dietro agli ordini dell'asporto, era una giornata campale, forse perché l'aria stava cambiando e la sera sembrava fare appena più fresco. Fortuna che c'era poca cucina e a condire gli dava una mano Zafàr.

Alle sei e venti sentì il solito rombo di mezzi corazzati in arrivo, e un attimo dopo apparve Padérna in fondo al giardino.

Si fermò alla baracchina delle bevande per la solita sambuchina ghiacciata con mosca. Si diede una bella grattatina alla testa, usando l'aletta del cappellino di pile. Poi si affacciò beato al finestrone.

"C'è Vittor che ancora un po' e dovete farvi riportare il defibrillatore," disse.

Moretti non lo badò di striscio, che aveva una via crucis di Quattro stagioni con modifiche e calzoni farciti all'inverosimile.

"Non è ancora arrivata la bastardina?" chiese Padérna.

Moretti alzò lo sguardo dal calzone. Super farcito. Che ci venisse... "Perché?"

Gli parve che anche la Sabri si fosse mezza girata dai fornelli. Stava preparando la boscaiola degli strozzapreti.

"Perché il Don mi ha detto dove lasciarti i panni puliti, e lei l'abbiamo vista che era lì intorno a fare l'appostamento, ma non le ho mica detto niente, che sennò le rovinavo il gioco da poliziotta."

"Qua non è venuta."

"L'ho lasciata lì che chiacchierava con la Castillo. Magari si faceva spiegare come fare le lasagne, che la Nedina su le ha insegnato a regola d'arte."

Moretti ripiegò l'impasto e chiuse il calzone lungo il bordo. Coprì con il pomodoro la parte sopra. Lasciò a Zafàr il compito di metterci un po' di mozzarella, non troppa sennò colava giù, si attaccava alla platea, ci faceva il buco e quello si sgonfiava, oltre a ridurre il forno a un macello. Che poi perché perderci tempo? Erano d'asporto, manco ci arrivavano belli gonfi a domicilio.

"Ma quando sei venuto giù?" chiese.

"Prima, prima. Ho portato la Iolanda a vedere i bagagli alle saline. Anche per lei vincono contro i gabbiani. Le poiane non è sicura, ma per me mica l'ha mai vista lei una poiana. Sai se là da dove viene ce le hanno?" chiese Padérna.

Moretti gli lanciò un'occhiataccia che era due cancheri insieme.

"Abbiamo anche visto..." riprese Padérna a voce più bassa. E con il mento indicò la Sabri.

"Oh Romeo, ma cos'avete fatto, una gita romantica? Il Don lo sa?" chiese Moretti.

Padérna allargò le braccia. "Certo che lo sa, è lei che è voluta tornare," disse.

“Ah, ecco.”

“Doveva prendere delle cose. Ma per me non vede l’ora di trasferirsi su da noi.”

Moretti aveva sbagliato due Quattro stagioni con modifiche. Maltrattò Anubi e le sistemò.

“Vado a farmi un giro,” disse Padérna, e usò il mento per indicare oltre il rotondone, verso gli ombrelloni del Bagno Agatina.

“Vai, vai,” gli disse Moretti, che poi però non aveva tempo per infierire perché ci mancava solo Padérna innamorato e gli si stava bruciando l’infornata da dieci. “Vai.”

Per venti minuti continuò a condire e a mandare accidenti a destra e a sinistra, finché non arrivò Vittor fuori dalla grazia di Dio.

“’Sta storia deve finire, è una pizzeria, mica un commissariato.”

Gli allungò il telefono.

Moretti, che aveva le mani che erano un macello, un po’ unte di condimento e un po’ sporche della fuliggine della pala, ci diede una bella lisciata al grembiale prima di prenderlo.

“Moretti.”

Il colonnello Sabino.

“Mi deve fare una cortesia. Qua, il nostro amico veneto… È venuto fuori qualcosa di interessante, ma non riesco a contattare Purociel… Moretti? Pronto! Moretti!”

Crescere un figlio non è mai facile. Neanche in due, figurarsi da sola.

Un sovrintendente capo è sempre in servizio, può essere richiamato in qualsiasi momento.

Quando poi c'è un processo di mezzo per un ragazzo trovato morto dove non dovrebbe stare, gli orari vanno a farsi benedire.

Tua madre aveva anche il suo lavoro.

Più crescevi, più era complicato. Tuo padre non si è mai fatto scappare niente, ma immagino che tua madre abbia iniziato a pensarci pochi mesi dopo lo scoppio del caso Renucci. Manolo era sempre in carcere, che cercava di scoprire chi avesse ammazzato un detenuto di bassa segregazione in una cella d'isolamento in cui non sarebbe dovuto stare.

E poi è iniziata la guerra contro i suoi superiori. Per tenerlo lontano dal carcere gli affibbiavano tutti i trasferimenti dei detenuti per le convocazioni in aula nei tribunali più lontani.

Quando è iniziato il processo, non poteva più andarsene da Bologna. Sarebbe stato come abbandonare Elio Renucci una seconda volta. E poi c'erano già le televisioni e i giornali in mezzo.

Amava il suo mestiere.

Amava voi ancora di più.

Ma il dovere è un'arma che taglia da tutti i lati.

Qualcosa devi sacrificarlo sempre, se vuoi mantenere l'integrità che hai sempre avuto.

Ha sacrificato la sua vita.

E così Vittoria è tornata in Friuli insieme a te. C'erano i suoi genitori lì, potevano darle una mano.

Poi anche i tuoi nonni se ne sono andati. I vecchi muoiono, no? Ma voi giovani crescete, crescete, e prendersi cura di voi non è più una specie di gioco. Ti devi fare aiutare da qualcuno. E certi aiuti non sono gratis. Così sono iniziate le rette.

Io non so neanche se si parlano, quei due.

Ogni sabato pomeriggio c'è sempre un momento in cui dalla provinciale passa una macchina di qualche forestiero che magari va a fare trekking e la scambio per la vostra che arrivava a Purocielo quando eri piccolo e trascorrevate qui il fine settimana.

Quante volte ti abbiamo spinto su quell'altalena nel fienile di Ca' Bartoli.

Ora ci sono solo ragnatele. I pali sono marci.

Ma non dispero.

Di legno per rifarla qua intorno ce n'è tanto, e le ragnatele se uno ci si mette vengono via con niente.

31

Aveva rubato al volo la bici a Momo. L'unica cosa che era riuscito a dirgli era stata di trovare Padérna e mandarlo al porto canale.

Eccolo di nuovo curvo sulla bicicletta, a pedalare come un forsennato per le vie di Galatea, quelle con i turisti più giovani che tornavano in albergo all'ultimo e quella con i turisti più anziani che iniziavano a uscire per la cena, e poi attraverso lo squero di piazza Repubblica, con i barettini dove si rintanavano i locali, e infine sul porto canale, con i pescherecci ormeggiati e le coppie che si facevano i selfie davanti ai trabaccoli.

Idiota che non era stato altro, maledetto coglione patacca fallito. C'aveva il cuore che gli scoppiava e un orrendo buco nero nello stomaco da cui uscivano brutti pensieri, come un fumazzo nero di Krong Thip, in cui si mischiavano quel povero ragazzo macellato in isolamento e Manuel quando era ancora ragazzino, poco prima che se andasse lontano da lui. Mentre rubi le ciliegie stai solo rubando le ciliegie per mangiartele di nascosto seduto dentro a un fosso, in una tiepida notte di inizio giugno. Poi vent'anni dopo perdi il lavoro, ti strappano la divisa di dosso, a casa non hai più nessuno ad aspettarti, e ti accorgi di quanto ti manca rubare le ciliegie o spingere il tuo bambino sull'altalena.

Perché ci si accorge delle cose solo dopo averle perse?
Spinse ancora più forte sui pedali.
Aveva ragione Bangkok. Il passo dopo il camper con il fermo sarebbe stato buttarsi in mare. E se fosse capitato qualcosa alla Channèl, non avrebbe più aspettato.

32

"Una sfortunata coincidenza," disse Iolanda Castillo.

Moretti capì che per lei non c'era più possibilità di ritorno: ora era davvero finita. Non c'è creatura più disperata di chi ha le spalle al muro. Anche in carcere erano quelli più pericolosi, e infatti Moretti cercava di non metterceli mai. Ma la Castillo doveva essere chiusa in un angolo da moltissimo tempo. Aveva lo sguardo di un animale braccato.

"Iolanda, non fare..."

"Non dovevi scendere così di corsa. Mi son presa uno spavento, io e la tua assistente stavamo solo parlando. È un po' troppo sveglia," disse.

Teneva la Channèl nell'incavo del gomito, così stretta che aveva gli occhi fuori dalle orbite, spalancati in un misto di sorpresa e terrore. Un conto erano i video a puntate su TikTok dei delitti celebri o dei casi irrisolti, con la musica perfetta e la pacata voce registrata in sottofondo, oppure i talk show con gli esperti seduti sulle loro comode poltroncine, con il trucco e i faretti sistemati ad arte.

Poi c'erano i delitti veri, le scene del crimine in carne e ossa e non in pixel: l'aria pesante, le luci sbagliate, il silenzio dell'imprevedibile, il sapore metallico della paura sotto la lingua. Con la mano libera la Castillo puntava un coltello sotto il mento della Channèl, ma era solo un dettaglio perché intanto la stava soffocando e nemmeno se ne accorgeva.

"L'idea era di mettermi comoda ad aspettare te. Temevo che prima o poi sarebbero arrivati ad Alfredo. E infatti. Mi ha avvertita sul telefonino 'pulito', come lo chiama lui, quello dove era vietatissimo scriverci. Mi ha detto di tornare, che dovevamo in qualche modo incontrarci perché c'erano i carabinieri al Barrakuda. Don Leo mi aveva detto dove ti eri trasferito mentre mi facevano tirare le tagliatelle, come se di fatica non ne avessi già fatta abbastanza per campare. All'inizio odiavo farlo, poi non è stato neanche male. Se avessi saputo prima di un posto come Purocielo, sarebbe andata diversamente. Mi sono fatta accompagnare qua con una scusa. Però abbiamo incontrato questa cameriera ficcanaso. Di Padérna me ne sono liberata, lei invece è un osso duro..." Moretti spostò il peso sulla gamba buona. La Castillo se ne accorse. "Vuoi fare l'eroico poliziotto? Finisce che ammazzo prima te e con lei faccio dopo," disse.

"Ti ho già detto che non sono un poliziotto." Continuavano a scambiarlo per quello che non era. Non capivano che lui era della penitenziaria.

"Già. Be', facciamola finita."

"Credi che sia la prima volta che mi ritrovo davanti a un coltello? Io ci facevo colazione con 'sta roba."

Moretti fu confortato dal fatto che a questo la Castillo non avesse la risposta pronta. E che non stesse ancora facendo niente. Nei raptus ammazzare è un attimo, ma appena ci si ferma diventa molto più difficile. Però la Castillo doveva averlo già fatto. La prima volta aveva usato il veleno. Con Franchino aveva usato Camarsa. Mani sporche che restavano pulite. Le bastava un niente per rifarlo.

La Channèl guardava Moretti con occhi grandi così. Anche lei aveva lo sguardo dell'animale in pericolo. Sembrava un capriolo paralizzato dai fari di un'auto nel bel mezzo di una strada. La sua pelle stava prendendo un colore orribile.

"Non tornava niente, perché non poteva tornare," guadagnò tempo Moretti. Sapeva che era una cazzata, ma non gli costava nulla provare. Gli serviva l'attimo giusto. Ora la Castillo era troppo tesa. Una molla pronta a scattare. "Soprattutto senza te nell'equazione. Da quando il Dottore ha mandato all'aria il vostro programma decidendo di uscire a mangiare la pizza, avete iniziato a costruire il tuo alibi. Male che andava, potevate ancora scaricare tutto su quel poveraccio di Franchino. Poco fa mi ha chiamato Sabino. Stava interrogando il tuo socio e mi ha detto che era venuto fuori qualcosa di interessante ma che non riusciva a mettersi in contatto con Purocielo. Ho fatto due più due. Dovevo farlo prima. Tu sei stata anni in Veneto. Lui aveva un bagno a Sottomarina. È in provincia di Padova, mi pare. Poi sono invurnito e ho una vita che fa schifo, sennò ci arrivavo ancora prima, quando il colonnello ha accennato alle amicizie dei clan casertani nel Nord-Est. Hai pianificato tutto appena hai saputo che il tuo vecchio amico Quadalti aveva bisogno di una badante. Tu arrivi qui a settembre, lui poco dopo. Siete venuti per i soldi. Eravate pieni di debiti. Tu e Camarsa siete amanti o solo soci?"

La Castillo lo guardò con aria strana. Era un po' feroce ma anche malinconica. Per un attimo Moretti ebbe quasi pietà di lei.

"Il tuo alibi sarebbe stato perfetto: chiedermi di farti da guardia del corpo. Sapendo già che avrei rifiutato. Mi avrai sentito ripetere mille volte che non sono un poliziotto, che faccio un altro lavoro."

"Si vede a colpo d'occhio che anche tu sei messo male, Manolo. Anche se lo nascondi sotto mille puttanate," disse la Castillo. Lo disse con un tono disperato, che la cadenza latinoamericana amplificò a dismisura.

Moretti accusò il colpo. Ma andava bene, finché riusciva a farla parlare. "Hai fatto un solo errore. Chiamarmi la sera che avete inscenato il suicidio."

Questa volta la smorfia fu di dispetto e rabbia. Per un attimo Moretti vide l'altra persona che era stata, che lui non aveva mai conosciuto. L'altra parte di lei. L'emisfero in ombra. La Channèl ansimò. Doveva assolutamente inventarsi qualcosa.

"Una mossa da idioti."

"Pensava di aver calcolato tutto. Ecco cosa succede a innamorarsi della persona sbagliata; è un fallito che non ne azzecca una, l'ho sempre saputo, eppure continuavo a fidarmi di lui. Non sono una delinquente. Non lo sono mai stata fino a poco tempo fa. Mi aveva detto di chiamarti perché pensava che ci avresti messo un po' ad arrivare visto che sei sempre a piedi," disse la Castillo, e le scappò una brutta espressione in spagnolo. Che Moretti ovviamente conosceva. In carcere si fanno i migliori corsi di lingue al mondo. Ma non capì se l'aveva rivolta a lui o a sé stessa.

"Non avevi considerato Ragù."

"Il tre ruote ti ha portato in due minuti," disse la Castillo.

"I romagnoli quando guidano qualcosa con un manubrio è meglio non sottovalutarli," disse Moretti. "Sono arrivato prima di quanto pensavate, e vi è venuto il dubbio che avessi visto Camarsa nella pineta. Doveva aver ucciso il povero Franchino da pochissimo. Farmi sparare al camper quando ti ci ho portato era un modo per sviare l'attenzione e rinforzare il tuo alibi: eri lì con me. E ha funzionato. È stato Camarsa? Deve aver aspettato che tornassi. Io da patacca che sono ho creduto che fosse una mossa per intimidirci. Ti ho anche portato al mio paese, come un'amica in pericolo."

Iolanda Castillo sospirò. Non era né triste, né feroce, né fredda, né arrabbiata. Era come se si stesse svuotando. "Alfredo c'ha messo più tempo del previsto," singhiozzò, "per soffocarlo. Mi aveva detto: 'Tra mezz'ora chiama Moretti.' Non ha potuto avvertirmi perché non avevamo più i telefonini 'sporchi', come li chiamava lui. Quelli che usavamo solo tra noi. Aveva deciso di sbarazzarsene subito dopo che Mario è morto."

Camarsa doveva essere uno dell'ambiente. C'era il telefono pulito che si usava tutti i giorni e poi c'era quello sporco, sacrificabile, che si usava solo per il lavoro: in caso di guai bastava gettarlo da qualche parte e farlo sparire.

"Voleva che stessi lì mentre lo uccideva, ma non ci sarei mai riuscita. Mai. Non volevo neanche che finisse così, ma ormai le cose andavano storte, ho anche cercato di convincerlo a fermarsi. Aveva già la cintura in mano e mi ha guardata con due occhi che avrebbe ammazzato anche me, se continuavo a scocciarlo. Mi sono chiusa in casa e ti ho chiamato dopo mezz'ora, come avevamo concordato. Ma lui era ancora lì. Se avessimo tenuto i due telefonini 'sporchi' sarebbe andata diversamente."

"Perché non hai convinto Quadalti a restare in casa appena ha accusato il primo sintomo?" chiese Moretti.

"Perché era un testone come tutti voi. Si sarebbe fatto accompagnare da Franchino, come quando gli veniva voglia di andare in spiaggia e magari sceglieva proprio il Barrakuda."

"Dove tu per ovvie ragioni non volevi farti vedere."

La Castillo sospirò.

"Mi sono innamorata della persona sbagliata, l'ennesimo boccone di merda dopo una vita che mangio solo quella. Nonostante il mazzo che mi sono fatta. Sono andata in Veneto per cambiare vita. Ho studiato. Sono un'operatrice sanitaria certificata. Sono molto brava, mi piace tanto. Ogni mese da quando sono in Italia mando i soldi a casa. I primi anni a Padova sono stati perfetti. Ne rimanevano tanti anche per me. E poi nessuno mi conosceva, nessun rischio di incontrare ex clienti per strada. Ma si vede che se il destino prevede merda nel tuo menù, quella deve essere. E dall'altra parte del mondo c'ho gente che mangia merda peggio della mia, negli ultimi anni anche peggio. Mi sono innamorata della persona sbagliata. Quando Brenzi s'è lasciato scappare con Alfredo che Franchino era il figlio segreto, mi ha convinta che potevamo sistemarci tutti e due, per sempre. Lui sa come convincere la gente. Ha truffato anche me. Ci vorrebbe una polizia apposta per controllare bene di chi ci si innamora. Guarda dove sono finita."

Moretti la guardò. I capelli in disordine, i tratti mascolini sottolineati dallo sforzo delle braccia. Una Dea dell'Amore disperata.

"La serata giapponese era perfetta. In un colpo solo saremmo stati in pace per sempre. Basta espedienti, basta debiti. Alfredo non poteva più aspettare. E a forza di ripetermelo, non volevo più aspettare neanche io. Ero così stanca di sacrificarmi per tutti."

"Hai ammazzato due persone." Moretti stava per dire "tre", visto che la Channèl aveva perfino smesso di cercare di liberarsi dalla morsa del gomito.

"Non sono più io, Manolo. Hai presente quando sbagli una cosa, e da lì in poi crolla giù tutto? Non me ne frega più niente."

"Sì, ho presente," disse Moretti.

"Nonostante le precauzioni, c'è sempre qualcosa che ci manda tutto in malora," disse la Castillo.

"L'ananas," buttò lì Moretti, che di tempo non ne aveva più.

La Castillo l'ananas proprio non se l'aspettava, quasi le venne da ridere. Il volto le si distese, per un attimo tornò a essere la cliente perfetta che ordinava la sua Nicaragua senza tanti fronzoli. Era tutto quello di cui Moretti aveva bisogno: un attimo di rilassamento dei muscoli. Sentì perfino la Channèl fare un mezzo respiro. Sapeva che non avrebbe vinto: non era un film di Van Damme. Gli bastava solo mettere il collo sotto quella lama al posto della sua apprendista detective. E darle una possibilità di scappare. Puntò al legamento del ginocchio e al polso della mano che stringeva il coltello. Un calcio che era anche un tuffo. Da quant'era che non lo faceva? Vent'anni? All'orizzonte, alla Dozza, un tizio su di giri che voleva sgozzare il compagno di cella. Sembrava passata una vita.

Il calcio non gli riuscì, ma la presa sul polso sì. Lui e la Castillo ruzzolarono verso la branda. L'odore del pagliolato della Nilde Rossa gli diede la nausea: per un attimo perse la presa.

Sentì dei passi. Era tutto storto, il cielo della cuccetta inclinato come nel mare in tempesta.

La Channèl che apriva il battente della cuccetta trascinando i piedi. Moretti sperò che non si fermasse, che non avesse visto troppi film. Se fosse rimasta per lui, si sarebbero fatti ammazzare tutti e due.

No. Stava uscendo.

Il coltello qualcosa aveva tagliato, scivolava tra le mani della Castillo e le sue. Lo sentì cadere sul pagliolato. C'erano solo i loro grugniti. La Castillo raccattò qualcosa e gliela sbatté sulla testa.

Moretti lottava ma gli sembrava di avere le vertigini, tendeva le mani in avanti, alla cieca, il sangue caldo gli bruciava gli occhi. La Nilde Rossa beccheggiava da una parte all'altra, o forse era lui che stava perdendo i sensi.

"Iolanda, fermati," disse con un filo di voce.

La Castillo si era alzata, il bordo della gonna in disordine che mostrava le gambe muscolose, la camicetta con due bottoni strappati e gli schizzi di sangue. Era quello di Moretti, come sbavature di rossetto. Il prossimo colpo sarebbe stato l'ultimo.

"Prima te e poi mi tolgo di mezzo io," ansimò lei. "Tanto va bene a tutti e due, no?"

Moretti ebbe una nitida visione di Manuel, o forse la richiamò a sé. Ecco cosa succedeva a far finta di niente e rimandare. Ti ritrovavi in brutti posti in cui rimandare non si poteva più. Voleva che fosse l'ultima cosa che aveva in mente prima di lasciare quel mondo di tribolazioni. Chiuse gli occhi.

Un frastuono assordante.

La Castillo dalla sorpresa perse la presa del coltello e gli inciampò addosso. Odore di cordite, oltre a quello di decenni di pesce e incrostazioni e sale e lotte del proletariato e Dio sa cosa. La sagoma sbiadita della Castillo che cercava con le ultime forze di recuperare il coltello, il suo braccio muscoloso che si tendeva.

Un colpo sordo.

La Castillo che gli si afflosciava contro, a faccia in giù.

"Brev, tabacaz," disse una voce con l'inconfondibile inflessione di Purocielo. "Preciso e forte il giusto. Che se il Don dice che è brava, è brava."

Era Padérna, con il suo fucile Flobert a pallettoni.

E davanti a lui la divinità nordica, Ludovico, con il rampone per recuperare le reti.

Nella strana nebbia che gli offuscava la vista Moretti vide il musetto timido della Channèl dalla porticina, con il fiatone. Due guanciotte pallide pallide che stavano riprendendo colore.

"Moretti, 'sgraziè. Tot bein?" Così, in dialetto, con una vaga inflessione svizzero-tedesca. Non c'era niente da fare, la Romagna si era impossessata anche di Thor, che ci venisse un…

Moretti perse i sensi con un mezzo sorriso, prima di riuscire a finire il complimento.

33

"Don?"

"Eccoti. Mi dicono che finalmente hai dormito in un letto con lenzuola e federe."

"La location è comoda, c'è anche il servizio in camera. Ma una notte basta e avanza, la vacanza deve finire subito. Se non rientro al Gradisca rischio davvero che qualcuno mi uccida. Qui l'ospitalità è ottima, ma l'atmosfera è un po' grigia: troppe flebo intorno per i miei gusti."

"Ho visto."

"Hai anche i superpoteri? La ditta ha incominciato a investire?"

"La ditta ha i superpoteri da tempo immemore. Mi ha mandato lì. Una pecorella smarrita ha chiesto di me come confessore."

"La Castillo è qui?"

"Non molto lontano da dove sei tu. Altro reparto. Con sorveglianza."

"Non pensavo che il colpo di Thor Servadei fosse stato così forte."

"Non lo è stato infatti. Quello che le fa male è dentro."

"Non sarebbero discorsi coperti dal segreto professionale?"

"No. Non sono questioni in sospeso tra lei e il mio principale."

"E che questioni sono?"
"L'amore."
"L'amore?"
"A volte ci si sbaglia e si scambia per amore qualcosa che non lo è affatto. Si paga il prezzo degli errori scontando la pena in terra, come è giusto che sia. Ma le ho assicurato che il mio principale neanche per un minuto smetterà di vegliare su di lei. E nemmeno noi. *Despondere spem munus nostrum.*"
"Il nostro compito è garantire la speranza."
"Ci vediamo presto, testardo d'un pecorone."
"Tre Gloria e un Padre, Don."
"Sempre sia lodato, amico mio."
"Sempre."

34

I tempi erano davvero cambiati e l'ananas imperversava in ogni campo dello scibile umano. Ora la troupe che intervistava la Channèl era formata da un unico ragazzo con un telefonino su una stecca come telecamera e un mini microfono nell'altra mano. Aveva un taglio di capelli a ciocche che pareva un casco di banane appoggiato sulla testa, e si era portato dietro anche un tipo vestito di scuro con la faccia severa della guardia del corpo.

Padérna lo guardava con vivo interesse e probabilmente una mezza idea di andare a riprendere il suo fucile Flobert a pallettoni, perché una specie del genere ci stava bene impagliata nello studio del Don.

Nessuno di loro aveva idea di chi fosse quel ragazzo, eppure gruppi di ragazzini continuavano a fermarsi sul marciapiede del lungomare e a guardare dentro la pizzeria. Qualcuno ogni tanto gridava qualcosa.

"È un *influènzer*," disse Vittor, che con i neologismi era sempre sul pezzo.

"Allora ci vuole l'aspirina," rispose Moretti.

La guardia del corpo gli fece segno di stare zitti, ma era difficile riuscirci, anche perché ogni tanto dal finestrone spuntava la testa di Zafàr, curioso come una marmotta, e gli scappava da ridere. Qualcuno doveva aver dato la voce ai Servadei, che si erano presentati per un improbabile ordine di pizze d'asporto, e ora se ne stavano ai divanetti a guardare perplessi la deriva dell'Occidente capitalista.

"Come ci si sente con una lama puntata alla gola?" chiese l'*influènzer.*

"Fa un certo effetto," rispose la Channèl.

"Hai avuto paura?"

"Un po'."

Moretti fu tentato di alzare la mano per dire che se l'era fatta sotto, ma si trattenne.

La Gina si avvicinò cauta. "Cos'è?" chiese.

"Un'intervista," rispose Moretti.

"Osta ciò," fece la Gina.

"*Ssst,*" disse Momo.

"Spiegaci tutta la storia," disse l'*influènzer.*

La Channèl prese fiato. Aveva le tre agendine contro il petto, le guance che parevano vulcanetti in eruzione. Stranamente non si era vestita come una criminologa in un talk show, con camicetta e gonna scura, ma aveva su il grembiulino da cameriera. E pensare che c'era già il furgoncino con il logo della RAI parcheggiato dall'altra parte del rotondone e l'inviato del programma serale di approfondimenti che attiravano altri curiosi, mentre gli operatori scaricavano l'attrezzatura. Quella mattina tutte le strade di Galatea a Mare portavano alla Channèl, la ragazza che aveva risolto il caso della coppia killer. Rischiando la sua stessa vita. Su una barca. Roba da film hollywoodiano.

"Parte tutto da quel tavolino lì, noi lo chiamiamo il Vintage. Ci sono un custode non troppo sveglio, una donna e il cadavere di un vecchio novantenne ricco sfondato. La donna si chiama Iolanda, è un'ex prostituta che da tanti anni ha deciso di cambiare vita. Si è trasferita dalla Romagna al Veneto, che a essere sinceri è già un errore imperdonabile a prescindere. Però sembra funzionare. È diventata operatrice sanitaria. Una bravissima operatrice sanitaria. Peccato che poi si è innamorata del tizio sbagliato, come capita spesso. Ma l'amore è così: acceca, no?"

"Parole sante," bisbigliò Padérna.

"Ma cosa vuoi saperne te," sbuffò Moretti.

Momo gli fece segno di stare zitti.

"Il tizio di cui si è innamorata si chiama Alfredo Camarsa, ha un bagno a Sottomarina di Padova. È un avanzo di galera pieno di debiti e precedenti penali per truffa ed estorsione, vari fallimenti a carico di bar o locali. Deve una valanga di soldi a gente che ti taglia la gola se non la paghi. E lui è parecchio che non paga." La Channèl fece il gesto del coltello alla gola. Si vedeva un livido scuro sul collo, nel punto in cui la Castillo l'aveva tenuta stretta.

"La Castillo viene a sapere che un vecchio cliente della sua vita precedente ha bisogno di una badante: lei sta bene dove sta, guadagna bene, oltre ai soldi che manda sempre in Venezuela negli anni è riuscita a metterne da parte anche per sé. Purtroppo però ne parla con Camarsa. Il suo vecchio cliente, Quadalti, è ricco, e Camarsa ha soltanto una cosa in testa. I soldi. Gliene servono parecchi. E abbastanza in fretta. Magari i carabinieri scopriranno altre cose, tipo che gioca d'azzardo o si droga. O potrebbero chiederlo a me: ci penso io a scoprirlo." La Channèl cercava di mantenere il tono serio e noioso da commissaria di polizia, ma ogni tanto le spuntava il sorrisetto da detective privata d'assalto.

"Camarsa è un tipo che comunque la possibilità di avvicinare qualcuno pieno di soldi non se la lascia sfuggire. È un truffatore, un manipolatore. Convince la Castillo a tornare in Romagna e a prendere quel posto da badante. Si trasferirà pure lui, così potrà nascondersi dai tagliagole che lo pressano e magari trovare anche il modo di arricchirsi. La Castillo sappiamo che prende servizio a inizio settembre dell'anno scorso. Poco dopo si trasferisce anche Camarsa, che nel frattempo l'ha convinta, o forse costretta, a dargli tutti i suoi risparmi per poter diventare socio di un bagno qui a Galatea, il Barrakuda Beach. È uno che cerca sempre il grande affare. Con i soldi degli altri però."

Momo infilò il suo telefonino sotto il naso di Moretti. Vittor e Padérna si allungarono a sbirciare.

"Guarda qua."

Moretti guardò.

C'erano l'*influènzer* e la Channèl. Il Vintage sullo sfondo.

Quattromila persone stavano seguendo la live, emoji si alzavano senza sosta sullo schermo: faccine arrabbiate, faccine con cuoricini al posto degli occhi, cuori spezzati.

"Ora la Castillo e Camarsa sono a Galatea. Non hanno più risparmi e lei con il suo stipendio mantiene la famiglia dall'altra parte del mondo, sé stessa e anche Camarsa, che è a un passo da una montagna di soldi ma non ha idea di come metterci le mani sopra. Quadalti si è anche lasciato scappare che nell'eredità lascerà qualcosa alla Castillo. Hanno un ottimo rapporto, o forse è in memoria dei vecchi tempi delle feste alla villa, a cui lei aveva partecipato varie volte quando ancora faceva il mestiere prima di cambiare vita. Io credo che sia stato a quel punto che Camarsa ha iniziato a pensare di uccidere Quadalti."

"Se ci trovavo lui nella barca, altro che sparare in aria col Flobert," disse Padérna.

"*Ssst,*" fece Momo, che ci teneva alla riuscita della diretta. La Channèl apprezzò l'attenzione con un cenno del capo e un sorriso.

"Credo anche che la Castillo non fosse all'oscuro delle intenzioni di Camarsa, il che la rende complice, ma che abbia cercato di fermarlo. Questo lo scopriranno i carabinieri: ovviamente se facessero un fischio ci metteremmo molto meno."

"Patacca," si lasciò scappare Vittor.

"Poi arriva l'occasione vera. A giugno. Un amico del vecchio milionario Quadalti, un certo Brenzi, sta morendo di cancro e va a passare gli ultimi giorni al Barrakuda Beach, di cui Camarsa adesso è socio. È proprio lì che gli fa una confidenza cruciale: il custode non troppo sveglio è il figlio segreto di Quadalti e nemmeno sa di esserlo. Sua madre frequentava le famose feste che Quadalti ha organizzato per anni alla villa, ed è rimasta incinta. Ha fatto credere a tutti che il figlio fosse del fidanzato che aveva all'epoca. Ta-daaan: bingo." La Channèl lo disse con l'effetto colpo di scena: persino i Servadei seduti ai divanetti alzarono la testa, il Grande per poco non ingoiò lo stuzzicadenti. Era arrivato anche Terri occhio di lince, con bretelle rosse regolamentari e canottiera ben visibile sotto la maglietta. "Come sappiamo, Alfredo Camarsa è la persona sbagliata a cui fare confidenze. Ripeto: è un truffatore, un manipolatore, un bastardo. L'autostrada per diventare assassino. Molti profili di serial killer sono così. Il mucchio di soldi gli dev'essere sembrato più vicino che mai. Oltre a quello che potrebbe ereditare la Castillo, Camarsa sa dove andrà anche un'altra fetta del patrimonio, probabilmente la metà, se non di più. E andrà a uno che non ha l'aria di essere la persona più sveglia del mondo: Franchino Tassinari, il custode nonché figlio segreto di Quadalti. Camarsa ha passato una vita a circuire i più deboli, e pensa di farlo anche con lui per arricchirsi. Se Quadalti muore, potrà in breve tempo non solo estinguere i debiti con i tagliagole, ma anche allettare i suoi amici delle cosche del Nord-Est con l'idea di una speculazione edilizia con i fiocchi: c'è la pineta privata della villa, che è immensa e in posizione invidiabile. Una montagna di soldi come non ne ha mai viste."

La Channèl diede un'occhiata a una delle agendine. Non per controllare qualcosa. Aveva lo sguardo un po' triste e un po' arrabbiato.

"L'amore fa fare cose strane. La Castillo è innamorata di un bastardo, forse manipolata: oppure semplicemente è sfinita. Magari cede, convinta dalla prospettiva di sistemare finalmente la famiglia. Così, con uno schiocco di dita, raga. In un colpo solo. Dopo una vita di sacrifici e fatica. Io ho controllato. Non so quanto potesse passargli, ma la Castillo ha i due vecchi genitori, due sorelle, tre fratelli e quindici nipoti, almeno quelli che sono riuscita a contare io. E in Venezuela si muore letteralmente di fame..."

"Che fatica deve aver fatto," si lasciò scappare Padérna.

A Moretti gli scappò invece di rialzare la mano, come a scuola. Non aspettò neanche che gli lasciassero la parola.

"Dottoressa, crede davvero che la Castillo possa aver ucciso Quadalti?" chiese a bruciapelo.

Quell'inaspettata domanda piacque molto all'*influènzer.* E stando allo schermo di Momo anche alle migliaia di persone collegate.

"Io credo che anche in questo caso la Castillo sia stata convinta da Camarsa. Ha approfittato della festa a tema al Barrakuda Beach in cui veniva servito il fugu, un piatto tipico della cucina giapponese a base di pesce palla. Pesce che al suo interno contiene una dose letale di tetrodotossina, il veleno di cui Camarsa si è servito per uccidere Quadalti. Forse è stata questa la molla che ha scatenato tutto: l'occasione fa l'uomo ladro. Avrebbe avuto sottomano l'arma per sbarazzarsi di Quadalti e farla passare per morte naturale. Ma una cosa è andata storta e la situazione è precipitata con un caotico effetto domino, stravolgendo i piani. A tal punto da dover uccidere anche il custode Franchino per farlo passare per un caso di omicidio-suicidio. Ipotesi a cui anche noi per un attimo abbiamo creduto."

"Cosa è andato storto?" chiese l'*influènzer.*

"Quadalti non è morto a casa sua o in un ospedale, come capita solitamente, ma seduto al tavolo Vintage di questa pizzeria. E in questa pizzeria c'era il *dream team* dell'indagine poliziesca."

All'espressione *dream team* sullo schermo di Momo ci fu un'esplosione di cuori.

"Ma c'è qui il *dream team*, adesso?" chiese l'*influènzer* guardandosi intorno.

La Channèl indicò con la mano libera dalle agendine. "Quello che spunta come una marmotta dal finestrone è il leggendario Zafàr," rispose. Zafàr aveva messo l'abito tradizionale pakistano, dorato, Padérna gli aveva detto che sembrava un po' Sandokan e un po' un Ferrero Rocher. "Là ai divanetti, vicino ai compagni Servadei, c'è invece Terenzio, quello con le bretelle. È stato grazie a lui che siamo risaliti al passato nascosto della Castillo. A lui e a Bangkok, che però adesso se ne sta in Thailandia, ma che dovreste contattare perché sono sicura che vi piacerebbe, se non avete il palato troppo fine."

Stando al cellulare di Momo, Terri occhio di lince e Bangkok ebbero il record di cuoricini e faccine sorridenti.

"E ovviamente non può mancare la mia guardia del corpo durante l'indagine. È quel perticone lì, che appena l'ho nominato quasi gli cadeva il telefonino per terra. È stato lui a trovare rinforzi e mandarli alla barca dei Servadei. Senza di lui sarei finita male. Grazie, Momo."

Moretti vide che al salvatore della coraggiosa detective in grembiulino tremavano le mani.

"Bravo, Papillon," gli disse Padérna dandogli una gran pacca.

Si sentì un colpo di tosse, seguito da una potente scatarrata. La Gina era di fianco a Vittor, con la testa coperta dalla nuvoletta di fumo come il Monte Fuji.

"E poi la Gina, naturalmente. La nostra roccia. Che se si sposta lei qua crolla tutto."

"E voi li avete smascherati, zia," disse l'*influènzer.*

"Ha nipoti?" chiese la Gina a Vittor.

"No, Gina, non ancora. Comunque non eravamo solo noi," rispose la Channèl. "C'era anche il reparto motorizzato di Ragù e ovviamente i carabinieri. Ma soprattutto quel fachiro là che ci sta guardando, che alza le mani per interrogarmi a tradimento con la fasciatura in testa che gli hanno messo dove ha rischiato di farsela aprire a metà, arrivato qui dritto dall'ospedale."

"Quello? Davvero? Bro, vieni qua!" disse eccitato l'*influènzer.*

Al "bro" Moretti aveva fatto cenno a Zafàr di passargli la pala per girare le pizze. L'avrebbe provata come giavellotto, magari funzionava.

"Il fachiro ha paura di venire qua, raga."

"Il fachiro stava per farsi ammazzare pur di salvarmi," disse la Channèl con un sorriso.

A Moretti gli scappò ancora di alzare la mano.

"C'è un'altra domanda del fachiro," disse l'*influènzer.*

"Dottoressa, dopo verrà intervistata da un importante programma di approfondimento della RAI. Perché non si è vestita elegante come solitamente fatto nel corso delle indagini?"

La Channèl si lisciò il grembiulino da cameriera. Aveva un luccichio negli occhi che era tutto un programma.

"Perché bisogna essere spavaldi in privato, ma umili in pubblico, Moretti. Inoltre volevo dirle che la sua tecnica d'arte marziale è ridicola, che le sue ginocchia sarebbero da far operare al più presto, ma quanto a grinta fa ancora scintille. Inquadralo. Ecco. Quello accanto al cacciatore con il cappellino viola e al proprietario in camicia hawaiana. Guardate lì che trinità. Il buono, il tirchio e il cattivo."

La Channèl strinse tutta contenta le sue agendine.

"Sovrintendente capo Moretti, tu sei una disgrazia ambulante e hai il cuore tutto sgangherato, ma sei una disgrazia ambulante con un cuore sgangherato grande così."

35

“Adesso finalmente è finita,” disse Vittor a Moretti.

Il pranzo era andato. La Channèl e i suoi lividi sul collo avevano garantito un pienone da Ferragosto. Pareva l’Anita Garibaldi, l’eroina dei due mondi. In un certo senso lo era. Momo se la mangiava con gli occhi.

“Forse ti tocca dare un aumento alla tua cameriera: l’aveva detto subito che la colpevole era la Castillo,” disse Moretti.

“Vabbè. Per l’aumento ci pensiamo. Oh, certo che una volta con i delinquenti l’occhio buono ce l’avevi, a ’sto giro invece ti sei fatto prendere per il culo come un ciù.”

Moretti sul fatto che era un ciù non aveva niente da ribattere. “Be’, magari posso recuperare,” disse, sistemandosi la fasciatura che continuava a cadergli sugli occhi. Adesso aveva pure schizzi di pomodoro e macchie d’olio extravergine, che ci venisse un canchero. “Andiamo.”

“Dove?” Vittor lo guardò preoccupato.

“C’è da chiudere l’altro caso.” Erano le quattro, Vittor lo guardò male. “Rientriamo in tempo, giuro,” disse Moretti.

Salirono in macchina. Per un attimo a Moretti parve che tutto l’universo potesse mettersi in ordine, quando Vittor allungò la mano verso i comandi dell’aria condizionata. Invece accese la radio. E tirò giù i finestrini.

"Dai dunque, che c'ho pure 'sto turbante," disse Moretti.

"Non voglio morire di cervicale," fece Vittor.

Moretti non poté esimersi dal mandarlo a cagare con un brutto gesto.

Gli fece prendere la terza uscita del rotondone, poi dritti per via Grazia Deledda, e dritti ancora alla rotonda del ponte. Radi turisti a passeggio, qualcuno che fotografava gli antichi trabachini. La luce era perfetta, sembrava già un po' più fresco. All'orizzonte, dagli Appennini, incombevano dei nuvoloni grigi. Fortuna che al mondo c'erano i montanari.

Superarono la stazione, poi Moretti fece svoltare Vittor verso la provinciale delle saline. Poco traffico. I fenicotteri beccavano nell'acqua bassa che rifletteva il cielo. Qualche solitario che faceva le foto di rito. Su un pilastrino abbandonato un topo di mare guardava l'orizzonte: così tranquillo, gli sembrava di ridare dignità alla propria specie.

Superarono la piazzola dove Moretti si era fermato con Padérna a guardare i fenicotteri. Padérna ci si era fermato anche con la Castillo, quando ancora non sapevano nulla di lei. Certo che corteggiare qualcuno parlandogli di poiane non era il massimo. Moretti doveva fargli un discorsetto, prima o poi.

A Moretti tornarono in mente i bicchierini richiudibili di Padérna, la vecchia gita nel Cadore e quelle parole del Don. *Non puoi stare nascosto in quel camper per sempre.*

"Qua," disse.

Svoltarono in una stradina ancora più stretta. Adesso le saline erano da tutte e due le parti. C'era un casolare in rovina in un boschetto di betulle.

"Ehi, ma questo..." disse Vittor.

"Già," fece Moretti.

Scesero dalla macchina. In lontananza, il ronzio del traffico sull'Adriatica.

La Saxo arancione era lì.

Moretti fece a Vittor cenno di non azzardarsi a entrare, anche se il cancello era aperto.

Seguirono il vecchio muro di cinta. Qua e là era fuori squadro, sembrava poter crollare da un momento all'altro. Moretti unì le mani a coppa, come facevano da ragazzi quando si aiutavano a scavalcare per andare a rubare le ciliegie alla Buratta, su a Purocielo.

Vittor poggiò il piede e Moretti lo issò quel tanto che bastava per farlo appoggiare con i gomiti al bordo.

Il vecchio cimitero di Galatea.

"A ottobre sarà un anno. Non oso neanche immaginare come dev'essere," disse Moretti.

Vittor tornò giù con un sospirone. Poi congiunse le mani e toccò a lui spingere su Moretti.

La Sabri era seduta a gambe incrociate davanti alla tomba della figlia Marianna. Si dondolava avanti e indietro. Si era spostata la treccia davanti. Le stava parlando. O cantando una ninnananna.

Moretti piombò giù di botto lasciandosi scappare una piccola esclamazione di sorpresa, perché le mani a coppa di Vittor avevano ceduto. Ginocchia e legamenti vari lo mandarono nel casino. Aveva ragione la Channèl, probabilmente serviva un intervento.

"Poteva dircelo," fece Vittor. Aveva gli occhi umidi.

"Quella è vecchio stampo come noi. Si pena in silenzio," rispose Moretti.

"Se sono come voi, son messa ancora peggio di quanto pensavo."

La voce della Sabri li fece sobbalzare dallo spavento.

Restarono lì a guardarsi.

Un ex detenuto con una camicia hawaiana, un ex sovrintendente capo con un turbante e una cuoca che doveva fare i conti con un dolore che non sarebbe più passato.

Tutti e tre con la stessa idea di abbracciarsi, ma nessuno con il coraggio di farlo.

"Non volevamo disturbare. Se me lo dicevi non ti rompevo le scatole ogni giorno," disse Vittor. "È ora che io e Moretti torniamo."

"È ora," confermò Moretti. Gli vennero di nuovo in mente i bicchierini richiudibili.

"Forse sì," fece la Sabri. E si risistemò la treccia dietro, nella posizione da battaglia. "Io ci sono, ma tarderò ancora un po'."

"Tanto per cambiare," gli scappò a Vittor.

Moretti fu sul punto di mollargli uno scappellotto, ma si rese conto che la Sabri aveva una piega delle labbra in cui era facile vedere l'inizio di un sorriso.

Era ora di tornare.

… da quant'è che non facciamo una gita insieme io e tuo padre? Ah, son passati parecchi anni. L'ultima volta andammo nel Cadore, mica tanto lontano dalle tue parti.

Nessuno aveva idea di come mettere gli sci, non ci riuscivamo. Saltò fuori poi che ci volevano gli stivali apposta, non gli scarponi come avevamo noi.

Uno quasi si faceva ammazzare dallo skilift: c'era rimasto appeso come un salame per le braghe e manca poco che ci rimaneva secco, l'altro pensava che le racchette servivano per giocarci agli spadaccini.

Però la grappa metteva tutti d'accordo: quella sapevamo come usarla.

Poi ci sono stati gli impegni. Ognuno c'ha la sua vocazione da portare avanti. Qualcuno l'ha coltivata restando qua in mezzo ai boschi, tuo padre l'ha coltivata in carcere.

Il lavoro va diviso: c'è chi si occupa di prepararli per il Paradiso, e altri che si prendono cura di chi il Purgatorio e l'Inferno inizia a scontarli in Terra.

Ma alla fine restiamo sempre quello che siamo, come il castagno secolare che resiste contorcendosi sul versante più ripido e può crescere solo lì.

Però ogni tanto una gita si può fare.

E così ci siamo detti: "Andiamo insieme da Manuel. Andiamo e torniamo."

Quindi veniamo da te.

Sempre che non sbagliamo strada e invece del Friuli ci ritroviamo in Bielorussia: la strada per Galatea ancora ancora, ma tutto il resto è terra incognita.

L'ultima volta che ti ho visto eri quasi un ragazzo.

Ma mi ricordo ancora quando ti ho battezzato.

A presto,
Don Leopoldo,
parroco più altolocato della provincia di Ravenna

36

Padérna e Don Leo restarono un po' indietro.

Era un giardino ben curato, c'erano tante aree gioco colorate.

Moretti avanzò cauto, un po' per l'imbarazzo e un po' per i sensi di colpa. Aveva i solleciti di tre rette dell'autunno precedente scaduti, i debiti del Tarassaco che gli drenavano il conto e non andava da aprile, da quando gli avevano fermato il camper. Ma in realtà era solo un vigliacco e ne aveva approfittato. Si sentì così ridicolo con in testa quella fasciatura che a ogni passo gli scendeva giù sugli occhi.

Deglutì.

Manuel era sulla panchina. Un ragazzone grande e grosso di quasi vent'anni con due occhi da bambino. Da una parte l'educatore, dall'altra Vittoria con una bottiglietta d'acqua in mano. Si era tagliata i capelli, dall'ultima volta. Piccole ragnatele agli angoli degli occhi. L'educatore passò un fazzoletto sulla bocca di Manuel.

A Moretti venne un groppo in gola.

Si fermò.

Non ce la faceva.

Una mano sulla spalla.

Padérna.

"Dopo ci stappiamo un Sangiovese, vai."

Un'altra mano, sull'altra spalla.

Il Don.
"Avanzare, marsch," gli disse.
A Moretti ci venne il magone. "Vai a..." disse Moretti.
"Tre Gloria."
Si fece coraggio.
Avanzare.
Arrivò alla panchina. L'educatore gli lasciò il posto. Si sedette. Fece un cenno a Vittoria.
Un guizzo negli occhi di Manuel, o forse era solo il gioco di luce dei raggi che filtravano dai tigli secolari.
"Per salvarmi l'anima mi sono rotto il cuore," disse.
"Lo so. Ma è la prima volta che lo ammetti."
"Già."
"Ti abbiamo visto nella diretta social. Quella ragazza ha ragione. Sei una disgrazia ambulante."
"Sarà per il camper. Al momento è pure sforacchiato. Padérna dice che lo porta ad aggiustare lui su." Indicò con la mano il solito posto da qualche parte, lontano.
"Ora manca giusto un meccanico per il babbo," disse Vittoria a Manuel.
Moretti gli sfiorò una guancia con un dito. Era fresca. Lui stava guardando i fogli che stringeva in mano. Si dondolava leggermente avanti e indietro.
"Come stai?" gli chiese.
Aspettò un po' la risposta. Ma le risposte non arrivavano mai, se non come suoni.
"Quando non riesci più a tenerli in braccio è un disastro. Vero, Manu?" Manu la guardò facendo un largo movimento con il collo. Rimase con la testa china su una spalla, a guardare tra le foglie. "Se ci fosse un altro modo, lo farei. Ma da quando i miei non ci sono più lo devo tenere qui. A parte il fine settimana. Non riesco a..." Allargò le braccia per finire la frase, perché già le stava tremando la voce e non sarebbe riuscita a dirlo senza piangere.

"Non è un problema," le disse Moretti.

Vittoria riuscì contemporaneamente a sorridere e a guardarlo malissimo. "Be', a guardare le rette arretrate non si direbbe... Quando credi che potresti..."

"Vittor ha un impero. Siamo già d'accordo. Posti dove mettermi questo autunno li abbiamo già."

Manuel fece uno strano movimento con il collo.

Vittoria fece un gran respiro.

"Del resto parliamo poi. Vi lascio un attimo da soli. Padérna ha sempre un po' di vino dietro, come ai vecchi tempi?" chiese.

"Guardali. Hai dei dubbi che si muovano senza Sangiovese?"

Vittoria fece di no con la testa e si incamminò. Il Don la aspettava già a braccia spalancate.

"Manuel," disse Moretti.

Lui lo guardò con quella faccia da bambino, gli occhi che non capivi mai cosa ci passasse dentro o cosa vedessero.

Aveva in mano dei fogli, scritti fitti fitti. Delle lettere. Riconobbe la calligrafia, che ci venisse un canchero. Si inflisse da solo tre Gloria e un Pater. Erano state incorniciate da disegni bellissimi: montagne, boschi fitti e animaletti che correvano. Riconobbe dei ciliegi.

"E mì basterd," disse Moretti, nella lingua in cui era nato.

Sembrava un insulto, ma era l'unica parola per poter dire "figlio mio."

al GRADISCA

pizza, piada e cucina

CLASSICHE

SCHIACCIATA
olio, sale, rosmarino

BIANCANEVE
solo mozzarella

MARINARA
pomodoro, olio, aglio, origano

MARGHERITA
pomodoro, mozzarella, basilico

REGINA
pomodoro, mozzarella di bufala, basilico

4 STAGIONI
pomodoro, mozzarella, ¼ funghi, ¼ uovo sodo, ¼ carciofi, ¼ prosciutto cotto

CAPRICCIOSA
pomodoro, mozzarella, ⅓ funghi, ⅓ carciofi, ⅓ salciccia

DIAVOLA
pomodoro, mozzarella, salame piccante, peperoncino

VERDURE
pomodoro, mozzarella, spinaci, asparagi, fagiolini, melanzane, radicchio, peperoni, grana

NAPOLETANA
pomodoro, mozzarella, capperi, acciughe

ROMANA
pomodoro, mozzarella, capperi, acciughe, olive

MARI & MONTI
pomodoro, mozzarella, gamberetti, funghi porcini*, prezzemolo

4 FORMAGGI
mozzarella, fontina, gorgonzola, scamorza, grana

'MERICANA
pomodoro, mozzarella, wurstel, patatine fritte

PER I CURIOSI

GUSTOSA
pomodoro, mozzarella, funghi, salsa tartufata

DEL PASSATORE
olio, sale, rosmarino, squacquerone, prosciutto crudo, rucola

LA CARRÀ
mozzarella, pomodorini, rucola, squacquerone, grana

PUROCIELO
pomodoro, mozzarella, patate al forno, funghi porcini*, pancetta arrotolata

MONTANARA
pomodoro, mozzarella, salciccia, gorgonzola, speck

NICARAGUA
pomodoro, mozzarella, tre strati di salame piccante, radicchio, erba cipollina, peperoncini piccanti

TRINITÀ
pomodoro, mozzarella, salciccia, fagioli borlotti, cipolla

REAL PORCINI
pomodoro, mozzarella, funghi porcini freschi

PIZZE SPECIALI

ALLE ERBE
olio, rosmarino, squacquerone, erba cipollina, rucola

OFFICINALE
pomodoro, mozzarella, ¼ erba cipollina e rucola, ¼ origano, ¼ maggiorana, ¼ santoreggia

* In caso di irreperibilità, il prodotto sarà confezionato.

AROMATICHE
base: pomodoro e mozzarella

TARASSACO E PANCETTA

PEPERONI E DRAGONCELLO

LEVISTICO E CIPOLLA

FUNGHI E NEPETELLA

MAGGIORANA E MELANZANE

CALZONI

MARGHERITO
pomodoro, mozzarella

FUNGHI
pomodoro, mozzarella, funghi champignon

CLASSICO
pomodoro, mozzarella, funghi champignon, prosciutto cotto

FARCITO
pomodoro, mozzarella, funghi champignon, prosciutto cotto, uovo sodo, asparagi, melanzane, spinaci, grana

LE DOLCI

COTOGNA
spianata, marmellata di mele cotogne, zucchero a velo

LO SCARPONE
spianata con mascarpone, zucchero a velo

~~**ANANAS**~~

NUTELLINO
calzone alla Nutella

PIADE

VUOTA

SALCICCIA E CIPOLLA

SQUACQUERONE E RUCOLA

CICCIOLI

PROSCIUTTO

PEPERONI E CIPOLLA

SPECK E SCAMORZA

MINESTRE

PASSATELLI IN BRODO

PASSATELLI ASCIUTTI

FORMAGGIO DI FOSSA, RADICCHIO SPECK

STROZZAPRETI ALLA BOSCAIOLA

SFOJA LORDA

LASAGNE ASCIUTTE

TAGLIERI

REALE

FORMAGGI DI FOSSA

MARMELLATE E MIELE

Nota dell'autore

Per quanto possa apparire improbabile, nessuno dei personaggi di questo romanzo è completamente inventato. Io ho davvero conosciuto un sovrintendente della penitenziaria che una volta in pensione aveva aperto una pizzeria: abbiamo condito e infornato insieme per due anni. Ho davvero duettato con una cuoca che aveva perso la figlia e riempiva i giorni di impegni per non pensare sempre a lei. Ho lavorato davvero con una lavapiatti ultraottantenne che fumava come una turca e litigava con la lavastoviglie. Conosco davvero persone che campano andando a caccia e a funghi per rifornire i ristoranti: sembrano usciti dai romanzi di Wilbur Smith, ma in salsa romagnola. E sono stato davvero dipendente di un tizio che aveva scontato qualche anno di carcere – per truffa aggravata – e aveva aperto un locale per ricominciare da capo. Questo romanzo è anche un omaggio a loro.

Stampato presso Rotolito S.p.A.
Seggiano di Pioltello (MI)

Printed in Italy